THE ELEPHANT ON KARLUV BRIDGE

查理橋的象

Thomas Trofimuk
湯瑪士．托洛費穆克 著
歸也光 譯

若與現實世界的象，無論生死，有任何相似之處，
純屬作者蓄意為之。

目次 contents

Alea iacta est.

骰子已經擲出。

PART 01

The Elephant on Karluv Bridge

對著黑暗呢喃

想像一座橋會說話多半是一件很荒謬的事，但我告訴麻雀，象要來了——用我自己的聲音。澄清一下，橋發出的聲音有別於它說話的聲音。橋無可避免就是會發出某些聲音。河水在橋墩分流激起的潑濺聲；在橋下飛竄、築巢、度過一生的鳥兒；橋面上的人類活動——成千上萬的人呆呆瞪著三十尊聖人與主保聖人的雕像、凝望河水。愛侶、孤獨的人、遭剝奪公民權者、傻子、孩童、乾瘦的人、好奇寶寶。所有這些東西——所有這些人吵吵鬧鬧，但那並不是橋在說話，只是在橋上演戲的物品與人與生物。有人會說：「噢，如果這些牆會說話——真不知道會說出什麼故事呢。」嗯，卡魯夫橋（Karlův Bridge）矗立超過六百年，想想我說得出哪些故事吧。

我想告訴你一個故事。這個簡單的句子不是很美嗎？因爲一旦說出來，後面有可能接著任何東西——一切皆有可能。我的故事則是關於一頭五噸重、名爲莎兒的非洲象，她推倒了布拉格動物園的東牆，踏著沉沉的腳步逃走了。我向你保證，這場逃脫並不驚天動地——更像是對著動物園四周的黑暗呢喃。事實上，牆幾乎沒發出丁點聲音。它傾斜，歪向一邊，伴隨著輕輕的一聲轟，緩緩倒在外圍附近那些發育不良的樹和灌木上。這一切發生在二〇一八年，我生日那天午夜剛過的時候，也就是聖多馬節（The Feast of St. Thomas）的六天後、聖西里爾與美多德日（Saints Cyril and Methodius Day）慶典的四天後，還有揚・胡斯日（Jan Hus Day）的三天後。我在一三五七年誕生時，大多數人只知道某天和宗教慶典的關係，像是節日或是特別的彌撒。他們很少管年分。

當象從灰色霧氣中冒出來，狐獴或許高高站在牠們的洞穴旁，瞪大眼警覺地看著。牠們見證象遲疑、試探路面，對路鋪得如此平整而感到猶豫，而後漫步離去。

你知道狐獴長什麼樣子嗎？不知道？好，牠們長得一點也不像狐——想像一隻油光水滑、黑眼睛、機敏、能夠人立的狗。或是一個好奇的瘦女人，煙燻妝，從不眨眼。

或許還有其他見證者。其中一隻長頸鹿或許抬起了頭，雙眼完全睜開，停頓了幾秒，注意到空氣中有股令人困惑的氣味，而後又沉入夢鄉。象區對面的圍欄內，狼群也可能轉向聲音來源，騷動起來；不過說到底，象跨過倒塌圍牆並不是什麼吵鬧到足以令人擔憂的事。

就這樣，一頭五噸重的象消失無蹤。

開始之前，這裡有一點小資訊要給你；繼續往下走之後，這些資訊或許會有些幫助。其實，這會是你唯一有必要記住的故事。說真的，說是一個故事，這其實更是一個片刻，不過話說回來，故事難道不都只是一個個片刻嗎？無論如何，這是一個簡單的片刻：一名老婦在清晨非常早的時分站在卡魯夫橋中央。黑暗纏黏萬物，陽光只是地平線上的一抹閃光。對這名老婦人來說，一切都像這樣的清晨時分——她再也睡不著，而且總是覺得冷。太多忘不了的事。除此之外，她還很虛弱，因此寒氣入侵她體內，不願離去。是這樣的：她在陰鬱的黑暗中站立於橋中央，一面揮趕一隻繞著她的頭打轉的蜜蜂。她冒出一身冷汗，因爲她看不見蜜蜂——只聽見牠的嗡嗡聲——她發狂般揮手。但她很老了，因此就算是發狂的這個概念，事實上也很慢。女人沒懷疑蜜蜂晚上應該都在睡覺才對，一心只希望騷擾她的這一隻滾開。只要你記住一名老婦人黑燈瞎火的在卡魯夫橋上揮趕蜜蜂，你就不會有事。

只要你能相信我，親愛的讀者，我會盡我所能帶著你跨越這條河。所有橋都是邀請。我只能希望你接受我的邀請。透過這個故事的每一個角色，你會看見星辰影響我們，而非束縛我們。*Astra inclinant, sed non obligant.*[1]

那頭象名莎兒，已經在布拉格動物園待了十七年，那天早晨則不在園內。來到這裡前，她在德國的一家動物園住了二十一年，當時名叫「哀悼的希得」。她生命的第一個瞬間發生於尚比亞（Zambia），東非的一個內陸國家，鄰國有剛果民主共和國（Democratic Republic of the Congo）、波札那（Botswana）、辛巴威（Zimbabwe）以及坦尚尼亞（Tanzania）——族繁不及備載。當然了，莎兒記得所有事，因爲象就是這樣——他們記得。他們記得所有氣味——無論多辛辣、多甜蜜、多噁心。他們記得每一場邂逅和天氣的所有細微變化。他們憑記憶知道每個季節、每一場久旱、每一次異常暴風雨。他們還能列出所有誕生與死亡，以及他們的每一場旅程。不過對莎兒而言，她生命的最初以及她是如何來到漢堡（Hamburg）動物園，相關記憶都一片模糊。她可能並不想記得她生命最初的那個片刻，也或許，就算她是一頭記得所有事的象，要她回憶三十八年前的事仍過分了些。對於這段記憶，她只有一些半凝結的片段——母親以及象群裡其他母象的氣味，綠色和黃褐色交織的大地，以及染紅天空的落日。

六歲的時候，莎兒被帶走，與母親和象群分離。這在她心中挖出一塊無所不在的空洞。她記得置身船上時的搖晃和起伏，也記得大海的味道和柴油的煙，以及引擎的低微震動，但

註01：即為「星辰影響我們，而非束縛我們」的拉丁文。

她並不理解。他們停泊於亞歷山大港（Alexandria），船上的莎兒聽見諸如「獸欄」、「卡達」（Qatar）與「蘇伊士」（Suez）等詞彙。有些新氣味——地中海令人飄飄然的味道，還有紫紋蝴蝶蘭散發的古怪香味；船上的貨艙裡有九十二株樣本。埃及警察上船時預期找到武器、毒品和走私品，也確實破獲。他們並沒有在找三隻象寶寶和九十二株藍紫色蘭花。象是個問題。沒有文件可追溯至尚比亞，船上的男人又不開口。警察必須快速行動，不到二十四小時，莎兒已經上了一艘飛往德國某動物園的飛機。剩下的兩頭象之中一頭死亡，另一頭被送去加拿大的動物園。

卡達的某酋長得另尋門路取得大象了。

莎兒一路上倒塌的牆、離開動物園、邁向布拉格市區，她立即知道自己即將展開人生的全新階段，這段時光將不附屬於任何形式、任何名稱或任何設計的動物園。在這期間，牆和圍籬都只是需要繞過去的事物。

夜間警衛之妻

七月八日清晨六點十五分——瓦夏與瑪塔

說實在的，開頭的這個部分也可以命名爲「心理師之夫」，畢竟瑪塔就跟她丈夫一樣，也是這個故事的一個角色。不過瑪塔不是布拉格動物園的心理師，瓦夏則是那裡的夜間警衛。動物園位於伏爾塔瓦（Vltava）河畔，布拉格的特洛亞（Troja）區。伏爾塔瓦河是一條流經城市的河。我是可以列出這座城市的每一區，但有什麼意義呢？你以爲你記得起來嗎？動物園在特洛亞，而我，美得令人屏息的卡魯夫橋，則連結小城區與舊城區——從 Malá Strana 到 Starä Měsťo，橫跨於伏爾塔瓦河之上。舊城區很繁忙，沒完沒了的。舊城區廣場擠滿觀光客，距離猶太人區不過幾個街口。我還記得以前，廣場只是一個臭烘烘又色彩繽紛的市場，而非現今這個觀光客陷阱。早晨時，手推車轆轆駛過，滿載蔬菜水果、雞和羊；傍晚時分又空空地推走。現在的扒手就跟十六世紀時一樣猖狂。感覺起來，扒手就像時空旅人一樣。

不過我們還是把焦點拉回心理師瑪塔和動物園夜間警衛瓦夏吧。這引發一些夫妻甚至伴侶稱號方面的問題。這是「我的」丈夫，「我的」妻子，「我的」伴侶。我們說「我的」時，所有權的概念可不只是暗示而已。但我不認同。我認爲指明瑪塔也是這個故事的主角之一是一件很重要的事。就這樣。噢，還有性交。這難道不是一個很令人愉快的詞嗎？性交，coitus，這個詞顯然是從拉丁文借來的，意指性交流的一種動作、匯合或接觸，源自 *coi* ——一起來、相遇、性交流。如果我有對握的大拇指和字典，我就可以查給你看，幫你找出恰當的定義，但你懂我在說什麼。你在納悶一條橋怎麼會懂拉丁文，對吧？這個嘛，我可是有幾百年的時間可以學習。有多少教士、學者和學生一面背誦拉丁文一面從我身上走過去，那數量可會讓你大吃一驚！我最近正在學俄羅斯語。Zdrahst-vooy-tyeh. 俄語中有十幾種方法說你好，這是其中一種。俄語的性交是 koitus，或 sovokupleniye，我兩種都聽過。我第一次聽見性交這個詞，是一七九八年時出自一名修女之口（別問）。偉大的作曲家路德維希・范・貝多芬——一個憤怒的矮個子——在這年二度來訪布拉格。他非常矮，而且非常憤怒，而且當然了，也非常天才。總之，這個故事從性交開始，不是貝多芬。開門見山就是性交。因為有何不可呢？

象逃脫的前一天，結束感覺比實際還長上許多的值班後，瓦夏・基許，布拉格動物園的夜間警衛爬上床，躺在妻子瑪塔身旁。他像平常一樣蜷起身子偎著她，聆聽她那深沉、悠長又鎮靜人心的呼吸聲。時間還早，不過空氣中已感覺得到這會是炎熱的一天。六月中有四天氣溫達到攝氏三十二度，而這天估計又是另一個大熱天。他愛剛安頓下來的頭幾分鐘，裏在繭裡的瑪塔正從最深沉的夢鄉中醒來，而他正開始揭開夢境的序幕。他喜歡想像在黑暗中與她相會，一種優雅、半夢半醒的交流，他們輕輕擦肩而過。

今天早上的她令他吃了一驚，因爲她吐出呻吟，背頂向他，放鬆，然後又頂他。她拱起背，又一次朝他擠來。

「摸我。」她低語，而他照做。她翻身仰躺，他則把注意力轉移到她的兩腿之間，來到她的核心時，瑪塔顫抖了起來。恍若慢動作，她伸手到床頭櫃從菸盒中抽出一根菸。她坐起來，背靠著床頭板，支起膝蓋，她才能看著他，然後她點燃菸。「對，拜託。」她說。她深深抽一口菸，繼續看著，彷彿下面發生的事帶來全新的感覺，而且迷人至極。

瑪塔沒菸癮——現在沒有了。這是她五年，將近六年來的第一根菸。對瓦夏來說，她抽菸這個舉動引爆爲一條全新的情色思路——一則新故事。他沒料到自己竟因此而如此亢奮。在這一幕中，他的妻子變成另外一個人，比他所能想像更黑暗、更複雜的人。這個新女人在床上抽菸，彷彿她不在乎菸味，也不在乎她或他的健康。

兩根菸後，瑪塔把他拉起來進入她，又點燃第三根菸。她一邊抽菸一邊看著他在她上方律動。

瑪塔在歡愉中漂浮，同時間，還有一種古怪的斷裂感。她可以輕而易舉想像她自己坐在房間的對面角落，靠著牆，看著她自己抽菸、幹她老公。窺視自己做愛這概念令她愉悅。

兩人都筋疲力竭後，她溜下床，躡手躡腳穿過走廊來到廁所。妳不會又開始抽菸，她告訴自己。這只是稍微玩玩。妳沒有菸癮。妳只是在假裝。只要我們不是老想著抽菸，那就依然只是玩玩而已。不要小題大作。如果妳想個不停，那才真的會壞事。

她丈夫一爬上床，她立即知道自己會抽菸——她買了那包菸，也確保菸就放在伸手可及之處。第一口菸進入體內，隨之而來的是一股強烈的感覺，她要這感覺和菸以及性愛的歡愉結合。她或許是想向自己證明，他們的床上依然可能發生任何事——她要瓦夏了解，她還有祕密武器，還有隱藏起來的零星欲望。

這對妳來說為什麼那麼重要？如果病患告訴妳這個故事，妳也會問相同問題。為什麼？因為妳想要孩子，妳想要妳的丈夫知道，孩子和刺激的性生活並不衝突。當然了，就算妳自己的母親懷妳的時候抽菸抽得像根煙囪，妳懷孕時還是不會抽菸。妳最後沒事，但妳不會拿自己的寶寶來冒險。

「妳必須立刻起床嗎？」瓦夏站在浴室門口。

瑪塔跳了起來。「天啊！」她火速擦拭、沖水。「我十點才有病患。」

「我來泡咖啡，我們可以回床上。」
「你不要睡陪我嗎？會不會太累？」
「感覺還好，而且反正我們有咖啡。」
「好。」
「剛剛發生了最奇怪的事……」
「哦？」
「我下班回家，爬上床躺在我妻子身旁，床上卻是一個喜歡邊做愛邊抽菸的陌生女人。」
「哦？她棒嗎？」
「棒呆了。」

瓦夏站在小廚房裡等煮水壺裡的水沸騰，他領悟自己有多累，同時也領悟跟瑪塔一起醒著有多令他快樂。他擔心過他們相異的作息，以及他們可能會受什麼影響。她工作時他入睡，他工作時她入睡，他們相聚時，其中一方通常都已筋筋疲力竭。他將最後的咖啡豆放進磨豆機，丟掉包裝袋。他們愛這款咖啡，沒那麼公平交易也沒那麼有機，不過更醇厚也更好喝。他注意到銀色煮水壺映出扭曲的廚房倒影。他回想起妻子抽著菸看他，一股顫慄竄過他全身。抽菸的女人以前會害他欲望全失，現在卻引發相反的反應。太難以理解了。

他注意到冰箱底層有一瓶凱歌香檳（Veuve Clicquot），那是瑪塔某個病患送的禮物。她把酒存放在冰箱裡，說好要一起慶祝值得慶祝的下一件事——無論事大事小。一轉眼七個月已經過去。

他把裝有咖啡的托盤放在床上。

瑪塔已經套上白色T恤。「昨晚過得怎麼樣？」

「妳知道的，工作就是一成不變。我盯著監視螢幕看，開高爾夫球車巡邏。一切都很平常，沒什麼特別的，除了我被超過五千隻動物包圍，牠們分屬六百八十個物種，其中有一百四十四種被歸類爲受威脅。」

「你把簡介小冊子背起來了？」

「我就是小冊子。我是活生生的人體動物園簡介小冊子，不過我很少有機會跟大眾互動，炫耀我變得多麼知識淵博。」

「那寫作呢？狀況怎麼樣？」

他沒立即回答。他調整托盤的角度，跟床對齊，轉向角落。「我正在讀書。因爲不讀書就寫不了書。我在讀村上春樹。」他不知道該怎麼告訴她，他並沒有在寫作。空白的頁面原本應該令人振奮，最近卻變成嚇人的空無，一片荒野，而他找不到回家的路。

「你今天會寫嗎？」

「我晚點會試著寫點東西。」至少這是眞的。他每天都試著寫，但也每天都寫不出來。

她啜飲咖啡，測試會不會太燙。「我喜歡你那個故事，有個女人找到樹林裡的門，然後她敲了門。好悲傷又好美。」他一年前開始寫這個故事，之前讀初稿給她聽過。

上個月，他和瑪塔以及她幾個來布拉格參加研討會的心理師同業碰面；他們有些人來自加拿大。他們在喝酒，她向他們介紹他，說他是作家，而非動物園的夜間警衛。這是她第一次這樣介紹他，而他不確定是爲什麼。他當時心想，她應該是覺得他的工作上不了檯面吧。小事一樁，卻自此在他腦中隆隆作響。講到禮儀，瑪塔從不出錯，但他到那之前她喝幾杯了？當然，這番介紹引發同桌疑問：**你出版過什麼書**？**目前正在寫什麼**？**還有類似這樣的評論：噢，你寫小說—虛構小說**？

瓦夏想尖叫，因爲就定義來說，所有小說都是虛構的。這就像在說：「可以給我一杯溼水嗎？」他停頓了一下，然後簡單地回：「對，虛構小說。」

他發表過半打短篇故事，稱不上最驚人的紀錄，但也算是個認眞的起點。

光落在床上和瑪塔臀部的方式分散了瓦夏的注意力。她側躺，房間沐浴在橘色和燒焦的墨色之中——一切不完美都因此而完美了。他想停止談論寫作，想再次做愛。晨光下的瑪塔看起來就像有人把她從高更（Gauguin）的一幅畫中摘下來。他很高興她對他的寫作這麼感興趣，然而她的柔軟肌膚、她的眼，她又是那麼樂意享受歡愉，這些比任何該死的故事迷人一千倍。

他累壞了，睡眠不足讓他有些呆呆的、色色的。他知道自己會這樣：當他極端疲累，他也會極端性慾高漲。

「想再來根菸嗎？」

她朝床邊小桌上的菸盒一瞥。「想，不過我想先跟你說一件事。」

「哪種事？」

「重要的事。」

「好。」

「我知道我們之前聊過，不過我的情況不一樣了。我覺得我準備好了。」

「準備好了？」瓦夏完全不知道她在說什麼。

「對。準備好生孩子，瓦夏。」

「什麼？」他以為他們都說好了。他們不要小孩。他們大約一年後會再談一次，不過就目前而言，孩子並不在他們的考量範圍內。或說他以為是這樣。

「我想成爲母親。」

「那很棒。眞的，眞的很棒。」就連他也聽得出自己聲音中的猶豫。「所以，是什麼改變了？發生了什麼事？」

「發生了我的生理時鐘。你聽起來沒我預期中那麼興奮。」

「只是，我們上次談的時候……」先緩緩是她的想法，而他也覺得先等等很好，因爲小孩這檔事嚇壞他了。

「我知道我們說好等等，但爲什麼呢？我想要孩子，瓦夏，但是我也希望你爲這件事感到興奮。」

「我很興奮。」對他來說，一想到生養小孩，感覺就像從懸崖跳入全然黑暗中。那是信仰之躍，但他還沒準備好要爲信仰而跳。

「聽起來不像。」

「我很驚訝。就這樣。我以爲……嗯，我以爲應該是反過來才對。」

「我不能自己做這個決定，瓦夏。我們必須一起決定。所以請你想一想，再告訴我你想怎麼做。」

「我會的。」

「很好。現在過來幫我點菸，我們來看看會發生什麼事。」她的微笑中有一種堅持、情色的玩鬧感，同時顯得自信又大膽，不過瓦夏不再感覺到情色或好玩。他不想跟抽菸的女人上床。他覺得彷彿有人剛剛拿了一本厚重的字典狠砸他的頭側邊。

剛剛他媽是發生什麼事？他的身體筋疲力竭，腦袋卻轉個不停。他在床上，完全清醒、心思起伏，瑪塔則在準備上班——換衣服，把頭髮甩到一邊，選擇對的鞋子。

他向來愛看她穿鞋——第一隻腳很輕鬆，不過接下來，爲了保持平衡，她必須踮腳站好套上第二隻鞋。今天早上，他看著她跳這支舞，感覺卻不若平時令他迷醉。

她在床邊彎腰親吻他，他沐浴在她的香水味中。「可以晚點再談嗎？」

「當然可以。」

「我今天排滿了，最後一位病患排在七點。」

她關上門時，瓦夏凝視天花板，試著回想他們結婚多久了。他聆聽她沿走廊走向樓梯頂時的腳步聲。十二年還十三年，他想。下一次結婚週年紀念日前必須弄清楚，不過當然了，忘記確切日期是重罪，只是忘記幾年沒那麼嚴重。

要是這件事害我們分手呢？在他腦中打轉的主要就是這個問題，因爲儘管她說一起做決定，感覺起來瑪塔已經為他們兩個決定好了。她以她的決定築起一面磚牆，而這令他害怕，因為他的背正抵著牆。他們當然會想出解決辦法。他們總是有辦法解決他們的歧見。

七月八日上午九點三十分——瑪塔

瑪塔坐在她的辦公室裡，也就是他們公寓的一樓。她審視筆記，準備迎接她的第一名病患。這個男人重複夢見自己站在月球上，屏著呼吸，對著一具傳統轉盤式電話說話。他知道自己的空氣即將用罄，快死了，而他撥打電話的對象令他意外。夢境幾乎一成不變，不過有一次是快沒電的手機；另一次，電話線被磨斷了，飄浮在無重力的太空中。

著裝時，瑪塔注意到自己身上有性愛和香菸的味道，但沒時間淋浴，於是盡可能梳洗，再噴上大量香水。她在他們做愛的期間抽了四根菸，第一根菸後就開始頭暈目眩。她覺得頭昏眼花、心情愉悅。如果控制自己只在做愛的時候抽菸，那就沒關係。她不想又變成菸槍，懷孕時不行，孕期之外也絕對不可以。今天早上之所以會抽菸，多半有部分是受那位舞者觸發；這名病患屢屢在晤談時詢問她能否抽菸。舞者害怕跳舞生涯的終點即將到來，常常幻想自己在和安娜・巴甫洛娃（Anna Pavlova）對話。她說這名逝世已久的芭蕾女伶是她的繆思、她的靈感來源。

她獨留瓦夏在床上，他多半大受震撼。她會讓他自己待著，讓他想明白自己對這件事的感覺。關於如何展開困難的對話，瑪塔知道自己都給病患哪些建議：別管正確不正確；選擇恰當的時間地點；從積極開始；確實傾聽，而且當伴侶說話時，只要聽就好；還有，永遠都要公平戰鬥，如果眞起爭執，那也要找尋微小的共識。她很熟悉這些策略的理論，但那可是瓦夏，而她怯於再次展開這個話題。今天早上，感覺好像她站在內附鏡中鏡的遊戲屋入口，而她害怕進去。她知道瓦夏擔心錢，擔心他們的年紀，也擔心自己會不會跟他父親一樣；瓦夏的父親相信小孩是麻煩的生物，吃太多、花太多錢、東西老是灑出來。瓦夏擔心自己無法付出他應該付出的愛——他內心本應愛自己孩子的那個部分不知怎麼地損壞了。她了解丈夫的種種憂慮，但她做了什麼？她說得好像已成定局，好像沒有對話空間了。天啊，她該跟她的心理師約時間才對。

如果她是她自己的病患，她會問自己什麼問題？**對妳而言，圓滿是什麼？小孩會讓妳覺得圓滿嗎？如果這個男人不想要小孩，妳會離開他嗎？妳這麼想要小孩嗎？如果他決定他不想跟妳生小孩，妳會心懷怨恨嗎？妳會不會有意識或潛意識地製造意外？**這顆星球上有幾百萬人選擇不生小孩；她認識的父母之中，有超過一半的人原本並沒有打算生小孩——沒仔細考慮這個選項、沒想那麼多。他們避孕時出了錯。他們喝醉了，粗心大意。避孕失敗。然後呢？然後他們順勢而爲。

她相信人類只有性交的生物衝動，並不是非製造嬰兒不可。嬰兒是性衝動的副產品。然而，她體內似乎有一股強大的力量，堅決要她生小孩。

她想過有沒有可能生下一個跟她一模一樣的女兒：戴牙套、高得嚇人、聰明到瀕臨怪胎的程度。一直要到瑪塔十一年級，男孩才首度進入她的視野。並不是說學校生活的早期那幾年有多糟——並不糟，只是尷尬又無比孤獨。她可不想要他們的女兒面對這些。

敲門聲響起，瑪塔站起來。夢見月球的男人到了。她認得他那種短促又膽怯的三下敲門方式。

七月八日上午十一點零五分——瓦夏

瓦夏平躺在床上觀察天花板，彷彿之前從來沒看過一樣。角落有些旋繞的花紋，朝平坦的中央區漸漸轉淡，一道小裂痕對角橫過整片天花板。他很想舒服地睡去——深沉、無夢的睡眠，不過瑪塔說人類每天晚上都會做夢。他想不起上次夢見了什麼，但若真要做夢，他希望夢中不要有嬰兒或小孩。

大約一年前，幾名倫敦的睡眠科學家來動物園研究他們的象怎麼睡覺。他們架起攝影機，日以繼夜觀察象群，藉此描繪出牠們的睡眠模式。布拉格動物園的象群頗龐大——有十一頭象，非常符合動物園與水族館協會（Association of Zoos and Aquariums）建議的六到十二頭——因此那些科學家才有資金做這項研究。他們試圖辨明圈養的象睡得比野生象多還少。這個研究附屬於另一個更廣大的研究計畫，主題是象的繁殖——理論是當象睡得較少，而非較多，牠們的繁殖效率會較高。這些科學家說，野生象每天晚上只睡大約兩小時，而且有時候好幾天都不會躺下。

研究團隊來的時候，瓦夏才剛到職半年。他和其中一名研究員變得熟稔。這名研究員的工作是確認攝影機有在運作，如果象受到驚擾，他也必須加以記錄。修．山謬斯是一個矮小、纖弱的男人，他每天晚上都穿同樣的卡其工裝短褲搭配各種簡單的灰色T恤。他喜歡用問題回答問題。他的許多回應都以「是吧？」作結，邀請著聽者理解，瓦夏發現這種說話方式有股感染力，而且也開始滲入他自己的言談中。修愛茶，尤其是印度茶，似乎隨時隨地捧著一杯。只要聞到從中控室飄到走廊和更遠之處的茶香，瓦夏就知道這名研究員也在大樓裡。

一個夜晚，瓦夏在一個監視螢幕前停下來，問修他認爲象會不會作夢——立即又覺得問這問題很蠢。修一點也不覺得蠢。「象是地球上睡眠時間最短的哺乳類之一。」他說。他靠向椅背，把眼鏡往上推到髮際線，唏哩呼嚕地喝他的茶。「所以沒多少時間作夢，是吧？不過當然會。我認爲牠們會作夢。我以前在納米比亞（Namibia）的一個團隊，我們跟了一群野象八個月。我看過一頭象從惡夢中醒來——她狂亂地起來，到處找她的小象，感覺就像她夢見什麼危險，或是她的小象走失了。她嚇壞了。找到她的小象後，她把她從頭到尾檢查了一遍——用她的象鼻嗅聞、碰觸她——確定一切沒事後，她把她的小象拉到她身邊。很驚人的景象。」

瓦夏略顯猶豫。「你認爲牠們都夢見什麼？我是說除了你剛剛說的惡夢之外。」

「我會猜，牠們夢見牠們知道的事。其他象、食物、牠們害怕的事物、讓牠們感覺愉快的東西，像是水、太陽，還有家人。」

「你說害怕的事物，指的是獅子、老虎，還有乾旱和老鼠，對吧？」布拉格動物園小心控制齧齒類動物的數量，因爲沒人想遇上象或是其他大型動物被嚇到，傷了自己或哪位飼育員。而且，老鼠有可能對食物庫存造成可觀的損害；這些飼料都存放於緊鄰各獸區的容器。三隻貓生活在象區裡面和附近。牠們的工作是在獸欄周圍和加溫的室內休息區巡邏。牠們在夜裡狩獵，抓起老鼠效率高超。除此之外，員工每個月都會舉行老鼠會議，稱爲「老鼠會」。開會時，由其中一名飼育員報告過去這個月捕捉到的老鼠數量，以及貓的健康狀況。一切都只是預防措施。瓦夏不記得他上次看見老鼠是什麼時候的事。

修微笑、搖頭。「對，掠食者和旱災，不過象不怕老鼠。那是一則寓言——有點像是無稽之談，是吧？」

「不好意思？」

「象不怕老鼠。沒有證據支持。從另一個角度來看，蜜蜂倒是會把牠們嚇得半死。我看過象群因爲蜂巢而驚逃。」

「你在開玩笑，對吧？」

「相信我。象害怕蜜蜂。」

「不是老鼠？」

「關於蜜蜂和象，幾年前牛津有一個研究者證明了故事和軼聞證據。她的做法是播放蜂群的聲音給野生象群聽，然後記錄隨之而來引發的恐慌。她重複做了好幾次實驗。」

瓦夏覺得一點道理也沒有。象爲什麼要害怕蜜蜂？

修或許是看出了瓦夏臉上的懷疑。「聽著，蜜蜂的螫刺無法穿透大部分的象皮，不過一整群蜜蜂會找上眼睛和象鼻末端——象身上最脆弱的部位。如我所說，我親眼看過。」

幾天後，瓦夏問：「象爲什麼不多睡一點？」

「食物和體積。」修說。「因爲象是大型動物，牠們需要許多食物維持身體運作，是吧？」

「牠們在晚上吃東西？」

修轉向瓦夏，旋轉椅發出不正常的嘎吱聲。「在野外的時候當然會，不過牠們更有可能是在移動到食物所在之地，或是在逃離掠食者。象花很多時間覓食、進食，結果就沒什麼時間睡覺了。」

修還沒說完。「你們的象不一樣，是吧？牠們每天吃幾百公斤的食物，但牠們不用自己覓食——有人會送來。而且動物園裡也沒有掠食者，因此我們發現牠們睡得比野象多。這只是初步結果，還沒有定論。」

第二週結束時，瓦夏和修已經開始稱呼象群爲「孩子們」，這成了他們玩笑的一部分。

「孩子們睡了嗎？」瓦夏會這麼問。

「躺下睡了，」修會這麼回，「終於。」

「你有沒有讀床邊故事給牠們聽？」

修會點頭，唏哩呼嚕地喝茶。「亞洛薇要求聽同一個故事三次。」

研究來到尾聲，科學家們發現動物園的象每晚睡四到五小時，期間或站或躺。象能站著睡的這個結果降低了牠們會作夢的可能性，因爲與作夢相關的快速動眼睡眠只會發生在肌肉極端放鬆的時候。

瓦夏還記得，他在新進員工訓練時曾記下鴨嘴獸的事；園內共有五隻這種動物。鴨嘴獸顯然都睡得無比深沉，每天可能有高達八小時的時間處於深層睡眠。知道鴨嘴獸有這麼長時間處於深層睡眠狀態後，瓦夏覺得很荒謬，除此之外也覺得入迷。談到睡眠，看來象和鴨嘴獸分屬光譜的兩端。

七月八日下午兩點——瓦夏

瓦夏不停想著，是他害她變成這樣的。是他把「我們來生個孩子吧」這個想法放進原本對沒有小孩無比滿足的妻子腦中。幾週前，瓦夏告訴瑪塔，象飼育員們懷疑園內的一頭象懷孕了。園方的希望成眞。過去幾年來，許多動物園都轉而求助人工受孕，成功的程度各異。布拉格動物園偏愛自然交配，成功率較低，不過最後誕下的幼象比較健康。他跟瑪塔提起可能有象懷孕的這件事時，他的用意並非啓發她，只是想分享工作上的趣事而已。然而，或許她那晚坐在鏡前準備上床，心裡則想著：**如果大象能懷孕，我為什麼不能？**

他不可能睡著了。水管在房子裡嘎吱響。半個街區外，工人正在挖路——手提鑽機並沒有持續開動，不過整天斷斷續續。他想著要不要打開電視看高爾夫頻道、烹飪節目，或是肥皀劇——這些過去都有幫助他入睡的確鑿紀錄。說眞的，只要沒有飛車追逐或槍戰都行得通。他看了看床邊小桌上的那疊書，但不想冒險，就怕對愈讀愈不想睡的故事入了迷。

過去幾個月來，妻子的行爲一直有些看得出來的改變，而他一直到現在才看眞切。瑪塔過去不曾柔聲哄嬰兒，也不曾爲嬰兒相關新聞落淚。最近這陣子，她總是會把聲調放軟、大驚小怪，而且提到嬰兒就哭。

瑪塔的姊姊宣布自己再度懷孕時，瑪塔的反應看似平常。她欣喜若狂——喋喋不休說著她有多爲姊姊感到高興。不過兩晚後，她在晚餐後開始落淚，並持續哭到早晨。她說那是喜極而泣——高興自己又要當阿姨了，也爲姊姊高興。那晚瓦夏不用工作，他抱著她直到她睡著——然後，當然了，他睡不著。隔天早上，她哭不出來了，但陰霾持續數日。

數週前，他們去哈維斯卡街（Havelská Street）的市集買韭蔥和其他蔬菜，有個女人坐在長椅上餵一個初生嬰兒喝母奶。瑪塔高興地尖叫了一聲，覺得不曾見過更美的畫面。他基本上還得硬把她拖走。

他不認爲休息和睡覺是同一碼事，不過或許他今天只能休息了。如果他告訴自己不用妄想睡著，接受這個事實，或許他終將能睡著。「就這樣了。」他對著空蕩蕩的房間說。「我醒著，而且會繼續保持清醒，不睡了。」瓦夏端著咖啡杯在公寓內走來走去、東看西看：太少使用的站立式寫字檯、抓花又嚴重磨損的皮製長沙發、地板上一隻孤零零的襪子、一個玻璃匣，裡面裝有卡爾．榮格（Carl Jung）親筆簽名的《榮格論心理學與宗教》（*Psychology and Religion: West and East*），題詞寫著：「獻給赫爾嘉．穆勒（Helga Müller）博士，妳一直以來都是我的最愛，C．G．榮格。」他和瑪塔常常猜想老赫爾嘉．穆勒到底是做了什麼，才會變成他的最愛。是他的同事嗎？學生？愛人？

瓦夏不知道把馬克杯放哪去了，到處都找不到——他掃視屋內，開始搜尋，但很快又失去興致。

他可以感覺到瑪塔的不耐，彷彿那是一只掛在牆上的大鐘，緩緩地大聲滴答響著，每一秒都是回音裊裊的嬰兒問題。他按下CD播放器的播放鈕，巴哈（Bach）的無伴奏大提琴組曲隨即在屋內迴盪。他不記得自己曾把這張CD放進播放器。

他和瑪塔第三次約會時，他們去聽了一場音樂會，演奏曲目包含六首組曲中的前三首。當時他已經為瑪塔神魂顛倒，而在那晚，他也愛上大提琴組曲。這些年來，她給過他這些曲子的四種不同版本。大提琴組曲成為他們的歌。其他情侶說得出來的歌播放起來可能只需要四分鐘，他們的「歌」則需要至少兩小時。

去年二月一個寒冷的夜晚，瓦夏獨自進象舍播放這些組曲給象聽。他在落雪中走去「象舍」；比較冷的夜晚，象群都待在這裡面——母象占據主要空間，兩頭公象待在比較小的區域。他知道自己正在打破最基本的規則。根據動物園的政策，若工作時需要接觸一頭象或整個象群，那麼最少需有兩名飼育員同時在場，因此他非常提高警覺又小心。他用廣播系統播放由皮埃爾・傅尼葉（Pierre Fournier）演繹的大提琴組曲。他將一張木椅子拖進象欄裡，坐下。夜裡光線昏暗，因此他只能將椅子擺在一個有足夠燈光供他閱讀的位置。坐好之後，他大聲地朗讀一本他在餐廳裡找到破爛的《生命中不能承受之輕》（*The unbearable lightness of being*）。他和瑪塔愛這本書，總會輪流讀給對方聽。五分鐘後，四頭象晃開，三頭留在附近。

瓦夏從書中抬起頭時，他發現莎兒矗立在他身旁，距離或許只有一公尺。儘管他知道他是在把人類的行為套在動物身上，感覺起來，這頭象似乎聽得入迷。有可能是象舍裡的音響效果，或是他的音質，或是文字的節奏，不知道是哪一樣把莎兒吸引過來。不重要。瓦夏興奮至極。她站在那兒聽，直到他的聲音變得沙啞。「好囉，我的朋友，」一小時又多一點點之後，他說道，「或許我們改天再來讀。」

瓦夏放下書，陪莎兒坐了一會兒。他往前靠，手肘撐著膝蓋，手指交纏支著下巴。音樂已經停止，寂靜絕望地攀著空氣。幾分鐘後，象邁步向前。瓦夏在椅子上坐直。莎兒把他從頭到腳聞過一遍，然後將象鼻的末端塞到他的手下輕推。他揉了揉她的鼻子──手維持原位，盡可能不動。他深深吸了三口氣，緩緩吐出三口氣，然後象才退開，轉身，緩緩走向其他象安頓準備過夜的對面角落。

七月八日下午三點──瑪塔

瑪塔正在檢視下一名病患的紀錄，接下來就是那名舞者了。她總是提早到──從不準時，也從不遲到──不過上一次晤談晚了八分鐘才現身。於是瑪塔記錄下來。舞者通常匆匆進來後隨即火速坐下，彷彿她的代辦事項清單很長，她們的晤談只是其中一個項目；她喝了很多咖啡，渴望趕快開始。之前的某一次晤談時，瑪塔試著讓她談生小孩的可能性，結果並不順利。問題很無害，因爲這是所有女人年齡增長後都要面對的一件事，豈料卻翻了車，化爲似乎牢不可破的尷尬沉默。在瑪塔心中，這是一個無害的問題。如果舞者是男性，她也會問對方是否想要小孩。

「小孩？」舞者說。

「對。妳有想過生小孩嗎？」

舞者起身，以緩慢又謹慎優雅的動作走到房間的另一邊，抬著頭，肩膀下垂，背完美挺直。她倒了一杯水，走回她的椅子。「我此時的人生中並沒有男人，所以生小孩的可能性……很低。」她從背包拿出一包菸。「我可以抽菸嗎？」

「就算妳早已知道答案，妳還是打算每次晤談時都問嗎？」

「嗯。」她說。「妳有沒有意識到妳剛剛用問題回答我的問題？」

瑪塔聽見了，但沒被分散注意力。「我問妳有沒有想過生小孩，因爲我知道妳幾歲，而要不要繁衍下一代並不算不尋常的問題。」瑪塔筆記——她的舞者對這件事有防衛反應，而且很敏感。無論她接下來說什麼，生小孩都是個問題。

「說實在的，我不會晚上躺在床上煩惱要不要生小孩。」

瑪塔預期舞者在意她的身體——因懷孕而增加的體重、無法跳舞的時間，還有孩子會對她的生涯造成什麼影響。

「好，那妳的童年怎麼樣？」

「什麼？」

「妳快樂嗎？有沒有朋友？」

舞者把膝蓋抱在胸前。「還不錯。」

牆升起。瑪塔身體往後靠，看著病患緩緩把自己變成胎兒的姿態。沉默如水充斥房內，緩緩淹沒她們的腳和膝蓋。她想像看著水面沿牆上升，然後她們兩個漂浮水上，踩著水，舞者則保持沉默，打定主意不談孩子或她的童年。

看來她的舞者打算就這樣坐到晤談時間結束。她樂於在這沉默中漂浮。

約莫十分鐘過去，瑪塔正準備打破僵局，或許繞過這個話題，不過舞者搶先一步。

「我看今天時間差不多了。下週五見？」

敲門聲，扎實的一聲咚，後面跟著兩次短促的輕敲——某種切分音，恍若舞蹈。瑪塔將筆記本翻到新的一頁，穿過房間開門讓舞者進來。瑪塔通常不會記錄客戶的衣著，但今天，舞者進入辦公室時，她注意到她似乎比平常更精心打扮。她出現時最常穿緊身褲，夾克下是T恤。她今天則穿寬鬆的灰褐色毛衣搭破牛仔褲，腳踩棕色馬靴。她的脖子裹著圍巾，當然了，她的聖猶達（St. Jude）獎章形墜飾也在。她們花過很多時間談這條項鍊。

「我上週去了薩佛伊咖啡廳（Café Savoy），跟安娜談了一下。」她還沒坐定就先開口。

「安娜・巴甫洛娃？」

「對。妳爲什麼老是要問一樣的問題？我只認識這麼一個安娜。」

「抱歉。安娜怎麼樣？妳們聊了什麼？」

「薩佛伊是我在全布拉格最愛的一家咖啡廳，安娜則討厭這地方。我愛這家店的一切，高高的天花板和拱飾、枝形吊燈，侍者總是穿著垂到腳踝的圍裙，還有妳走進去的那股味道——茉莉嗎？我想應該是茉莉。妳知道薩佛伊嗎？」

「知道。老派優雅，很迷人的咖啡廳。」

「每次走過薩佛伊的前門，我就滿心歡喜。」

「所以，妳是跟安娜一起去的嗎？」

「不是，剛開始只有我自己一個人。我在翻我的日記，抬起頭，她就坐在那裡，嘴角不認同地往下撇。她身穿海軍藍高領洋裝，戴黑色手套。她喜歡戴手套。」

瑪塔記下「嘴角不認同地往下撇」。她想知道安娜不認同什麼。「妳爲什麼覺得她喜歡戴手套？」

舞者歪過頭，若有似無地微笑。「妳知道安娜・巴甫洛娃不是眞的，對吧？」

心理師點頭，在椅子上動了動。「我知道。我只是試著想像這場對話。她還穿戴著什麼？」

「一串珍珠——珍珠白襯著洋裝的深藍色，顏色好美。她嚴肅又美麗——嚴厲地優雅，一如平常。不過我愛薩佛伊的光線。那種美讓妳無處可逃。總之，安娜不喜歡這家咖啡店——她說太老舊又太通風。」舞者往後靠，一面講述她和安娜的對話，一面抬頭凝視天花板。

「我不喜歡這家咖啡廳，根本就是一座老舊通風的穀倉。冬天太冷，夏天又總是太熱。」

她沒心情聽這些。「我不在乎。我爲什麼要在乎？」

「噢，我不知道，親愛的。因為我們都是舞者？因為我總是陪在妳身邊？」

「妳之所以陪在我身邊，是因爲我讓妳這麼做。」

「我或許該走了。」安娜把椅子往後推，半起身。

「別走……」

「**妳為什麼心情那麼糟糕？**」

「我半夜痛醒。」她從手提包拿出手機平放在桌上——藉此避免被人看見她自言自語，招人非議。

安娜坐下，細細打量她，彷彿試著在顯微層級捕捉這位舞者同伴的蛛絲馬跡。「**誰告訴妳舞者的人生沒有犧牲、沒有艱難、沒有痛苦？**」

「沒人說過這些。」她對著店內衝口而出，其他客人停下各自原本的動作，轉過來看著她。店經理是一個心胸狹窄、裝腔作勢的傢伙，一撮大得誇張的小鬍子，這時正在掃視店內，找尋騷亂的根源。當然了，她見過他，不過今天出於某種原因，他似乎更加高大、更裝腔作勢。她決定他看起來就像史達林（Joseph Stalin）。舞者啜飲她的酒。她最近喜歡不太貴、單杯販售的晚收夏多內（Chardonnay）。因爲新舞季幾週後就要開始，她限制自己一天只能喝一杯。她改爲低語：「以前沒那麼難。」

「妳覺得妳有什麼事是我不知道的嗎，親愛的？妳的身體當然會有耗損和撕裂。妳可是首席舞者。」

「但這支舞——這支舞有點嚇人。」

「塔夫納（Tavener）嗎？」

「對，塔夫納。《羔羊》這名稱是如此無害——妳腦海中會是一頭可愛的小羔羊在農家庭院玩耍。但這支舞，這首該死的曲子。感覺我永遠都不在我該在的位置。」

她的音量又大聲起來，史達林走向她的桌子。

「女士，麻煩您小聲一點。」他說。「您打擾到其他客人了。」他手指她的手機。「或許您可以關掉擴音，您就不用那麼大聲了。」

「我會小聲。我保證。」

史達林同志撤退，安娜皺著眉微笑。「**知道嗎，親愛的，故事永遠是重點。這支舞說的是什麼故事**？**如果妳答得出來，那所有其他答案也會跟著浮現**。」

每次安娜這樣都令她不爽。沒人問她建議但她偏偏要說，而且又令人火冒三丈地正確。

瑪塔全神貫注。「好，那《羔羊》的故事是什麼？」

「《羔羊》的故事是什麼？嗯，這首曲子源自威廉・布萊克（William Blake）的詩。天主的羔羊是耶穌。因此孩子、羔羊和耶穌基督融合成一個概念。詩提出一個問題：**小羔羊，是誰創造你**？敘事者接著將羔羊與耶穌寶寶兩相比較。不過敘事者也是那個孩子，而孩子也是羔羊，耶穌也是羔羊。我讀這東西一百次了，但還是他媽完全搞不懂這故事在說什麼。妳確定我不能抽菸嗎？因爲我現在眞的好想抽菸。」

「妳需要休息一下嗎？」

「不用，我需要抽菸。」

「這間辦公室裡不能抽菸。」

舞者將一根未點燃的菸塞進脣間，噘起嘴。「總之，問題不在於故事，而是音樂。塔夫納的改編之下，人聲撩撥不協調音，帶出某種黑暗又沉重的東西。有些時候，合唱團聽起來像在用英語之外的語言唱。那就是這首曲子的美，但也是這種美毀了我。」

「這支舞對身體的負擔很重嗎？」

「不會，稱不上重。編舞者是多娜・托基（Dona Tookey），業界的頂級高手之一。這舞碼仰賴呼吸的韻律，一切都跟呼吸有關。舞者誇張的吸氣和吐氣是舞蹈中一個聽得見的元素。多娜的編舞完全沒問題。事實上，這是一支優雅、極其美麗的舞。只不過，每次排練跳這支舞，跳完時我幾乎都會碎成一千片。它毀了某個東西。在我體內。它摧毀。我不懂它。」

瑪塔看得出來舞者的呼吸變得急促——吸氣時彷彿快速的小嗝。她喘不過氣了。

「我要妳爲我做一件事。我要妳吸一大口氣，然後憋住，我叫妳吐氣妳再吐氣，好嗎？」

「什麼？妳要我做什麼？我……」

「深吸一口氣。」她看著舞者照做。「好，現在吐氣，輕輕地、慢慢地。再來一次……」

「我知道怎麼呼吸。」

「我知道妳知道。」

五分鐘後，舞者的呼吸幾乎恢復正常，她繼續講述她的故事。

安娜在微笑，但她的眼裡滿是哀傷，彷彿想起某件意外令人悲傷的事。「**有一個俄語的詞，**」她說，「**Toska，意思是心靈的劇痛——或是靈魂中的痛苦。再來一杯酒吧。**」

舞者環顧咖啡廳找尋侍者，不過反倒找到史達林，他正朝她的大致方向皺眉。「我擔心的不是toska，而是我的身體。有些天感覺起來就像它太老，太累……」

「**Da, moy tovarishch（是的，我的朋友），這些就是不好過的日子。但妳撐下去。妳隔天依然起床，然後去做皮拉提斯，或是瑜伽，然後去排練。妳做所有偉大舞者都在做的事。妳到場，然後上工。**」

安娜．巴甫洛娃把手伸進包包裡拿出一包菸，熟練地從菸盒裡抽出一根長長的菸，劃根火柴點燃，吐出一縷長長的煙。

舞者大吃一驚。「我不認爲妳可以在這裡抽菸……」

「Da. Da. Da.（是，是，是。）抽菸對我不好，我知道。我都知道，不過人到了一個年紀，妳就像款待老朋友一樣面對罪惡。不過妳還太年輕，不會知道這些事。」

史達林在另外一頭怒瞪她——用眼睛和雙手質問她搞什麼鬼？她抱歉地朝他點頭。

「聽著，每天結束時，感覺都像我的身體正在背叛我。」

「Nyet, nyet, nyet.（不，不，不。）不是背叛，而是老化。不過隨著妳的身體老化，妳也獲得禮物——前提是妳有留心。」

「妳在說什麼？妳認爲膝蓋的疼痛是禮物？」

舞者閉上眼，告訴自己，坐在對面的這名俄國芭蕾女伶只是一個開口，可以進入她那磨損的潛意識。她在和腦中的聲音玩耍。無害地撩撥介於神智正常與不那麼正常之間的界線。她的安娜·巴甫洛娃繆思知道的並不比她多——或少。或許她是在聆聽通常會遭到壓抑的想法——她不想去思考的想法。

她對安娜點頭。「繼續啊，」她說，「妳覺得我得到什麼禮物。」

「妳了解妳自己的孤獨——妳知道它棲息在妳心裡的什麼地方，也或許並不是在妳自己心裡。妳並不是完全了解，但妳奮力搏鬥，而那種掙扎很重要。妳了解極限的哀傷。妳了解約束的力量——妳了解妳能做某件事不代表妳該做——尤其是在跳舞的時候。妳了解心碎。妳能夠清楚表達陷入愛河和選擇去愛之間的差別。妳對愛這個概念沒有牽掛，並從中獲得滿足。所有這些禮物都讓妳成為更好的舞者。」

史達林又走過來了，手上還拿著她的帳單。「女士，我先前已請您降低音量，因爲您的談話聲引起混亂。現在我必須請您離開了。」他將帳單放在一個銀色小托盤上，再把托盤放在安娜前方的桌上；那張紙條自己捲了起來。「侍者會過來清理桌面。」

「當然。」

史達林轉向她。「希望您理解我們爲什麼請您離開。很抱歉我們只能這樣處理。」

她沒說話。她想不出還能說什麼。除此之外，他看似眞心爲請她離開而感到懊悔——彷彿她無法遵守規則也是他的錯。

瑪塔靠向椅背，椅子嘎吱了一聲——她以前從沒注意到。這個聲音打破魔咒。舞者停止說話，轉而朝向自己的內心。外面在下雨，瑪塔看著雨珠在病患後方畫過窗玻璃。辦公室內的光線從溫暖的棕褐色轉變爲柔軟的銀。

「妳覺得那些禮物讓妳成爲更好的舞者嗎？」

「說實在的，我不知道。」

瑪塔起身，幫她的舞者倒了一杯水遞給她。她先喝一大口才放下杯子。

心理師回到她的椅子坐下，右腳滑出鞋子。那隻鞋掉落，她注意到鞋跟該換了。「兩個都是妳，」瑪塔說，「妳知道，對吧？並沒有一個在妳自己之外的安娜・巴甫洛娃。」

「對，當然。只是……她有時候令我驚訝。」

「妳覺得她可能在嘗試告訴妳些什麼嗎？」

「妳的意思是，我在嘗試告訴自己些什麼？」

「對，完全正確。」

「爲什麼要精心演這齣？我爲什麼不能直接看著鏡子裡的自己，並說『嘿，夏爾卡，有件事要告訴妳』？」

「我們的潛意識裡充斥著在我們意識知覺之外的想法和感覺，欲望和記憶。佛洛伊德（Freud）說，除了透過做夢和口誤，否則大多數的情況下我們都無法觸及自己的潛意識。」

「佛洛伊德式口誤（Freudian slip）。」

「對，沒錯。潛意識可以作爲儲藏室，存放我們無法接受或不愉快的感覺，例如痛苦或焦慮、恐懼或衝突。我想安娜就是來自那個儲藏室。妳不能進去，但她可以來去自如。」

「我該怎麼做？」

「繼續跟她交談，記住妳們的對話。我們再來弄清楚她試圖告訴妳什麼。這部分我可以幫忙。」

「妳知道有些咖啡廳和餐廳已經把我列入徹底發瘋的名單，而且數量還在持續增加中，對吧？」

「那部分我就幫不上忙了。」

舞者往後靠，伸展她的腿。她重重嘆氣，然後坐直、往前靠。

「我接下來要說的事聽起來會很怪。」她說。「我有一個聽起來很愚蠢的要求。」

「好。」**如果她又要求抽菸，我會放聲尖叫。**

「妳介意我捏妳一下嗎？」

「捏我？妳爲什麼想這麼做？」

七月八日晚上十一點十五分——瓦夏

大約六點半的時候，動物園來電。他們要他提早上班，因爲亨利許家的其中一個孩子病了。瑪塔還在看診，因此瓦夏傳訊息給她，跟她說他們可以早上再談、他愛她、晚點打給她；希望她在看診空隙看見這則訊息。他鋪好床，打開床兩側的閱讀燈，對準床中央。他們總是會做這一套鋪床、調燈的儀式，藉此對彼此無聲表達「我愛你」。並不是說沒做就代表他們的愛有疑慮，這只是一個沒說出口的小提醒。他不希望瑪塔以爲他逃避對話，不過當他們問他能不能提早上班，他一口就答應了。

七點半時，他在他最愛的熟食店匆匆外帶一份牛肉燉菜，在剛過八點時抵達動物園。事後回顧，牛肉燉菜或許是錯誤的選擇，因爲不好消化，而且有可能害他想睡覺。不過他當時滿腦子只想著療癒美食。

今晚，霧氣懸在視線高度，因此很難看清監視器上的任何東西，更別提注意到異常之處。不是說動物園在夜晚是犯罪活動的溫床。這裡通常都很平靜，夜間警衛巡邏、動物睡覺。

另一名警衛米可走進中控室，在一張椅子上攤開四肢，一條腿掛在扶手，另一條直直探出。

「你看起來很累，老兄。今天有睡嗎？」

「不多，不夠。今晚會很漫長。」

「需要的話，我有這個。」他伸出一隻手，手掌上有十二顆白色藥丸。

「咖啡因？興奮劑？」

「類似的東西。」

瓦夏的手機在檯面上震動，他接了起來。米可揮揮手，走出中控室。

「嗨。」他說。

「我以爲你說你要打電話給我。」她的聲音聽起來不生氣，而是在討拍。

「對啊，我是有想打。眞高興妳打來。我不想吵醒妳。」

「我還沒睡。聽著，我們沒必要現在談。我只是想親口跟你說我看到訊息了，眞甜蜜。」

「我是眞心的。」

「我知道，而且我有注意到床。我也愛你。」

「妳今天很忙噢。」

「對啊。今天下午跟我的舞者談。她跟鬼魂安娜・巴甫洛娃的對話眞是……唉，感覺她搖搖晃晃站在某個東西的邊緣。」

「她陷入困境了嗎？」

「我認爲她即將突破。光是談她和安娜・巴甫洛娃的對話就是一種解放。晤談的過程中，我想起你，不知道你有沒有可以談話的對象。你有沒有哪個人可以談……關於，嗯，所有事，不過當然也關於生小孩。」

他立即想起米可，他有三個孩子。「有啊，我有米可。」他說。「他和我會聊。」

「希望不只是談足球而已。」

「過分。」

「靠。抱歉，瓦夏。我這樣說太刻薄了……」

「我有聽出妳的關心，不過用不著擔心，我們也有一些很不錯的談話。我們打鼓、吃迷幻藥、脫光光圍著火堆跳舞的時候偶爾會聊心事。」

「我惹你生氣了。對不起。」

「沒關係。我懂。」

「只是我們都需要聊心事的對象。所以我才有這些病患，所以我才有候補名單。我的意思是，所以我自己也有個心理師。」

「我身邊有人可以聊啦，而且等我回去，我們早上也會談。」

「好，當然。你今天有睡嗎？」
「有，睡了幾個小時。」他聽得出自己聲音中的虛假，希望她追根究柢。
「好，我很高興。那就早上見了。」
「我帶咖啡回去。」

今晚有三名警衛值班。第二名夜間警衛薩姆的班從午夜開始。他們沒人會聽見象欄的牆倒塌，也沒人會注意到有頭象失蹤。主象區是個寬敞的空間，而且，不會有人大半夜的跑去計算這些厚皮動物的數量。主象群包含八頭母象和一頭兩歲大的公象，另外還有兩頭公象在分隔的圍欄內。你可能只會朝象群瞄一眼，知道牠們都在就好。瓦夏一心預期早上時每頭象都在，就像他也會預期獅子、猩猩、北極熊、土豚等等都在一樣。

午夜的數分鐘前，瓦夏正駕駛高爾夫球車繞著動物園的外圍行進，在牆外的公共道路上進行他的午夜巡邏。霧拖慢他的速度。很難看得清楚，而高爾夫球車當然沒有霧燈。哈拉賀夫科路（Hrachovkou Road）這裡無異常。很少出現任何異常，不過有一次，一隻他以爲是山貓的大型貓科動物在他前方衝過馬路，嚇得他把車開進水溝裡。回到園內後，他立即檢查山貓獸欄，確認他們的山貓都還在——吵醒牠們計算數量。牠們很煩躁，但大家都在。

河濱路（River Road）也無異常；沒動物、沒人，也沒有停泊的車輛——情侶很喜歡把車停在這裡做年輕人愛做的事。因為太僻靜了，警察很少費心來檢查。

他巡邏完畢，回到中控室——快速瀏覽監視器察看有無動靜、太亮或不太一樣的燈，總之就是任何不對勁之處。除了幾個明亮的螢幕顯示出內部通道，眾多監視器只是構成一整片的灰。看完最後一個監視器後，他嘆口氣，把腳抬到檯面上，危險地閉上了眼。

我不該閉眼的，他心想，但他無論如何還是閉了。他立即感覺到筋疲力竭的沉重感像張加重的毯子一樣蓋在他身上。他腦海中的黑暗摺疊起來，隨之而來的是瑪塔懷孕的畫面；她的腹部是一道鼓起的弧線，乳房像是腫脹的甜瓜。這是一幅令人愉快的景象，而瑪塔赤裸、豐腴的胴體占據他的視野——他滿腦子只剩下這個畫面。

無線電嗶了一聲，瓦夏睜開眼。這是米可在回報他的位置和一切正常。他人在獸舍，正要經過北區的路朝長頸鹿欄前進。「霧還是濃得要命，」他說，「什麼鬼也看不見。」瓦夏在日誌記上一筆。

冬季那幾個月，布拉格有可能長時間陰鬱潮溼——瓦夏就愛這樣。置身那樣的天氣，他覺得身心舒暢。瑪塔說這是因為他性格黑暗又陰沉。「這不是壞事，」她要他放心，「完美的作家性格。」

他前方的辦公桌上有一本筆記本；他從法國訂購了一打，這是其中一本。瓦夏承認開始任何一本新筆記本都很難，不過這次是一種讓人不得安寧的難堪感。自從八個月前得獎，他再也寫不出任何東西——當時他的一篇短篇故事獲得皮爾森（Plzeň）[2]文學獎。那是他開始並完成的最後一個作品。他構思想法，還有幾個半成形的角色，但自從那篇故事後就不曾寫出任何東西。他的創作枯竭了，但他不知道原因。他試過自由寫作和故事提示，甚至在喝醉的時候寫，不過每每寫不超過兩、三行就開始懷疑自己寫下的文字，質疑它，最終厭惡它。他似乎無法說服自己他的文字有其價值。他會更動一兩個詞彙，但依然不滿意。他有小說的構想，但只寫得出第一行；他覺得這段開頭頗有趣，但並不完美。

每天凌晨兩點半到五點，園內鴉雀無聲而平靜，瓦夏有心利用這段時間寫作，不過過去幾個月來的每一夜都沒有實踐。他應該用來寫作的那兩個小時半寧靜時間變成一種無聲的提醒，總是讓他想起他的失敗，而且隨著日子一天天過去，又加上一層層的沮喪。

他之所以得到這份工作，是因為他衷心相信要對機會說我願意——甚至包含看起來有可能是機會的事物。一天晚上，他在酒吧等其他同事來的時候，跟一個女人聊了起來。當時他的工作是在一家軟體公司撰寫訓練手冊。他說起沒太多時間創作故事或小說；那個女人剛好是動物園的執行董事，而她給了他一份工作。她需要有人值夜班。「我保證你肯定會有時間寫作。」她說。

瓦夏說我願意，三週後就到職。

第一週過後，他坐下和瑪塔共進晚餐，灌下一杯雞尾酒和兩杯紅酒後，他告訴她，他可能犯了一個大錯。他質疑動物關在籠內、欄內、圍牆內的整個概念。他以前沒想過，但這件事現在每週會有五次擱在他眼前，從晚上十點半到隔天清晨五點，而他不喜歡他因此而生的感覺。

「妳有沒有看著獅子踱步過？因爲我有。昨天晚上，我看著一頭獅子踱步踱了三個小時，在獅欄裡一條磨損的小徑上來來回回。第一個小時，我透過監視器看；後兩個小時，我人就在那裡，站在籠子旁。這大概是我這輩子見過最悲傷的事了。」

他往酒杯裡倒入更多紅酒，接著也幫她倒半杯。

「我忍不住一直看下去。我想轉身離開。我在柵欄的一邊，他在另一邊。他離家、離他

註02：捷克共和國的一座城市，位於布拉格以西約九十公里的波希米亞省西部，以啤酒而聞名。

的歸屬幾千公里遠，我則是距離我們的公寓二十分鐘路程。他完全不鳥我，我卻隨著時間分分秒秒過去而愈來愈沮喪。那隻獅子知道他應該在做其他事才對。他懂獸欄是錯的、一天有人餵食兩次是錯的，甚至連空氣都是錯的。」

「所以你要拿你這良心的刺痛怎麼辦？」

「我不知道。」

服務生過來爲他們送上主菜。瑪塔調整腿上的餐巾，抬頭看著他。「你不知道某件事的時候，你通常都怎麼做？」

接下來的幾週、幾個月，他讓他的好奇心掌控他。他問問題。他在值班結束後留下來，跟著飼育員忙他們一天的工作。布拉格動物園顯然不是一座爲了娛樂人類而囚禁動物的監獄。各動物園的目的不再只是展示動物——現在的主要目標是研究、教育與保育。諸多法規保護著動物園裡的野生動物，除此之外還有認證機構，例如世界動物園暨水族館協會，他們會確保世界各地的動物園在動物管理與照顧方面達到一定水準，包含生活環境、社會群聚、健康，以及營養。園內的繁殖計畫令瓦夏大開眼界。說到繁殖，布拉格動物園不只極其成功，他們還鎖定瀕危物種爲目標，將動物送回牠們的祖先家園，例如將普氏野馬送回蒙古。

瓦夏跟在飼育員身後看著、聽著，直到他不再那麼良心不安。動物園的普遍概念依然可怕，但至少這間動物園正在回饋地球。儘管渺小，他或許也能成爲其中的一分子。

瓦夏看過一個又一個監視器，來到第八個螢幕，這是象欄中兩個監視器的其中一個，透過霧氣，他可以勉強看見三頭象。

來到餐廳，他看著爐子上半滿的玻璃壺，他知道肯定已經走味了。他無法想像渴望喝咖啡到就連喝煮過幾小時的咖啡也不介意。他把爐上濃縮咖啡壺裝好，加入冷水，把咖啡粉塡入濾杯。他將咖啡壺放在爐子上，看了看布告欄。有人在賣一張巨大的皮革長沙發。新城（New Town）那邊有間公寓在招租。另外還有三、四張廣告，內容包含瑜伽課與勤思卡（Řımská）合唱團，後者將於清晨六點於卡魯夫橋現場演唱。這時間對演唱會來說很早，不過反正他還沒上床，因此可以輕鬆到場。他打算寫一則以這座橋爲場景的故事，一直想發展一個橋上小販的角色，或許賣東西，或許唱歌，或許演奏某種樂器。去聽這場表演會是很好的研究機會。

他知道他會以一個沿用舊名稱呼這座橋的角色開始這個故事。剛開始的幾百年，大家都直接稱這條橋爲 Kamenný Most ——石橋。因爲某些原因，他的祖母向來排斥將其冠上神聖羅馬帝國皇帝查理四世的名，只用橋的原始名稱稱呼它。對她而言，這條橋從來就不是卡魯夫橋或查理橋（Charles Bridge）[3]，永遠都是石橋。在他的故事構想中，她是主要角色的基礎。

好幾年來，瓦夏一直都在清晨時分造訪卡魯夫橋，並形成某種熟悉感。這座橋成為一個他敬重的朋友——超過六百五十歲的朋友，這個朋友還是一位沉默、單純的觀察者。瓦夏有三次在落雪後第一個踩過橋面；有些早晨，橋整個包裹在霧氣中。有一次，一位大提家在橋上演奏，那首曲子無比完美地應和著早晨的冷酷沉重感，他忍不住駐足傾聽直到曲子結束。然後還有那隻鞋，到現在他還難以忘懷。那是幾年前——他想應該有四、五年吧——一個七月的早晨。他獨自晃蕩，沒怎麼注意橋或河水或天空的顏色。他很累，但他發現那隻鞋——一隻黑色高跟鞋正正直立在橋的邊緣附近，彷彿是有人故意放在那兒，而非遭遺棄。他來回掃視橋面，也往橋下張望。河水黑暗無聲又快速。有個女人跳下去了嗎？另一隻鞋呢？女人哪去了？他久久站在那兒凝視河水，然後將鞋子丟進他的袋子裡，繼續前進。鞋子此時就在他的書架上。瑪塔問起過——這鞋很貴，她這麼說。他喜歡這隻鞋的神祕感，經常嘗試想像那女人是誰、她長什麼模樣——她頭髮的顏色，她的身高、年齡、性格。因為未知，這隻鞋成了一種邀請。

咖啡沸騰的聲音將他拉回現實。他將咖啡壺從爐子挪開，倒出咖啡、加糖。他決定要讓這早晨給他一個驚喜——他有可能精神夠好，可以去聽合唱團演唱，他也有可能太累了，所以直接回家。或許，在他和瑪塔談完後，他會倒在床上，像隻鴨嘴獸一樣睡著。

他端著咖啡回到中控室，把塞入式耳機塞進耳裡，音樂旋即從暫停的地方繼續播放。他在監視器前坐下，掃視大致灰成一片的眾多螢幕，察看是否有異常之處。

這個宇宙還有遠比夜間警衛糟糕許多的其他工作，他這麼告訴自己。他有可能在挖洞、收垃圾，或是在工廠裡一再重複某種粗活。瓦夏在理智上和情感上都懂這道理，但他依然害怕他的工作。他整晚坐在這裡，除了開高爾夫球車繞動物園外圍，和幾次簡短的步行巡邏，他從不離開主建築。對於這份工作的重要性，他沒有高估也沒有低估。他守衛超過五千隻動物，而就算他不喜歡這份工作的千篇一律，他也沒有等閒看待。

瓦夏望向監視器上方的時鐘。整個夜晚之中，他覺得午夜到凌晨一點這段時間最難熬。

註03：卡魯夫橋的捷克文為 Karlův Most，其中 Karlův 意指「Karel 的」，而 Karel 的德文拼法為 Karl，英文人名 Charles 即源自於此。Charles 一般音譯為「查爾斯」，但早期教科書提及歷史中的英國國王時，都將 Charles I、Charles II 翻譯為查理一世、查理二世，神聖羅馬帝國的 Karel IV 則翻譯為查理四世，一般中文網路世界也將 Karlův Most、Charles Bridge 稱為查理橋，因此本書沿用一般慣用譯名。

這個小時是夜班的「討厭小鬼」，無論怎樣就是不乖。那六十分鐘嘲弄他的道德平衡。這個可怕的小時充斥著懷疑，分分秒秒訕笑著他對愛，對浪漫，對仁慈的想法。榮譽與正直的重量消散，他可以想像自己當著混蛋、什麼也不在乎。這個小時隨心所欲低語著黑暗、負面的事——扒掉自我的繃帶，直到他相信自己愚蠢、虛榮又無才華。每一夜都是相同的戰鬥，他必須撐過去，不對黑暗束手投降。每一夜，凌晨一點左右，他都渴望喝酒。

今晚，他的心思繞著瑪塔和她的渴望。他的心思當然在瑪塔身上。瓦夏啜飲咖啡，環顧中控室。他閉上眼，在腦中回到前一天早上，再度和瑪塔做愛。他想迷失在這場景的記憶中，不願讓午夜到凌晨一點這段時間任意妄爲。那是一段好回憶，可以幫助他度過難熬的時光。不過意料之中，無論他再怎麼分散注意力，所有道路都通往瑪塔對生小孩的需求。

瑪塔打電話來時，他吃了一驚。她通常都在十一點左右上床，而現在剛過十二點半。她聲音中的緊張是一根繃緊的金屬絲。「我知道我們早上會談。我知道。我也知道你的恐懼不會神奇地消失，但你可以再跟我說一次你最害怕什麼嗎？」

他盡他所能坦誠相告。「我主要是擔心自己會成爲什麼樣的父親。我知道妳會是一個超棒的母親。我對這一點毫無疑問。」

「噢，瓦夏。我知道你擔心，但我們有兩個人。我們有彼此。你不是孤軍奮戰。」

「妳記得我爸……」但他不想打開這扇門。

「你爸很糟，小心眼又刻薄。那你跟他相反就好，懷抱同情心、坦率、仁慈。」

「被妳一說，好像很簡單。」

「這些都是我們做的選擇。我們可以選擇展現同情和仁慈。我們可以努力當個坦率的人。我愛你，而我已經知道你有同情心，而且仁慈又心胸寬大。」

「所以妳覺得我會是個好爸爸？」

「我知道你會是個很棒的爸爸。利用你童年的教訓，成爲你希望你自己也有的那種爸爸。如果我現在在你身邊，我會捧著你的臉，用我的額頭碰你的額頭——就像達賴喇嘛。我知道你是正人君子，而這樣就夠了。」

他努力想相信她所說的話。他想相信她，但有個合唱團在他腦袋後方唱著一首截然不同的歌。這首歌提醒著他，他不像樣，對任何人來說都沒什麼用處，而且他不是好人。他父親的聲音唱著這首歌，不停重複。也是同樣的這麼一首歌在告訴他，他寫不出東西、之前得獎只是僥倖；告訴他，他的故事構想是垃圾，不值得繼續；告訴他藝術或許無比重要的這個想法很愚蠢；告訴他無聊又任性的小孩才需要聽人說故事。這個合唱團唱的歌是他父親的贈禮，而他天天與這些歌對抗。他父親的聲音堅持他很蠢、永遠成不了任何事，而他持續與那聲音的回音對抗。

或許瑪塔是對的——藉由跟他父親反其道而行，他可以成爲一個好父親。不該怎麼做的樣板就在他那有些破爛的記憶之中。

七月九日凌晨一點三十分——瓦夏

爲了進行檢查，瓦夏和米可來到動物園的下半部，途中在獅欄前方稍停。「瑪塔想要小孩，」瓦夏說，「而我不知道我是否準備好當個父親了。」

「太棒了，兄弟。恭喜。」

「不是啦，還沒成定局。我們還在討論。我的意思是，我不確定我準備好了。」

米可沒那麼老，但一頭漸灰的頭髮，蓄著短短的灰鬍，他微笑表示理解並點頭。「我們永遠不會準備好。有時候我們以爲我們準備好了，但永遠不可能眞作好準備。這種事沒辦法。」

「但我不應該感覺自己準備好了嗎？」

「那不重要。無論有沒有準備好，到了某個時間點都會變得可怕，然後令人興奮，然後又變得可怕。就像在黑暗中搭雲霄飛車，而這趟旅程將會以你無法想像的方式改變你的人生。你不可能準備好。沒有哪本書能幫助你準備好。」

「說這些沒幫助啊，米可。」

「有時候眞相就是這樣——你知道的，討人厭。」

他們巡邏完第一圈，瓦夏回中控室坐好，米可則繼續巡邏動物園的另外一邊。這是前一代夜間警衛傳下來的例行公事。其中一個螢幕中，米可走過一條走廊，打開末端的門，消失無蹤。短暫的動作，接著再無動靜——螢幕中又是走廊的靜止存在。中控室安靜無聲，幾分鐘後，他的頭變得沉重，開始搖晃，他努力維持清醒，坐直，對抗著趴下來睡的衝動。

瑪塔很少談論她的病患——她通常都靜靜保護他們的隱私。但是她過去這週一直在談她的一名病患，沒提及姓名，但聊到的細節比平常多許多。

上次瑪塔這麼常談起某位病患是兩年前的事。當時她開始治療一名士兵，她說此人曾經歷某種創傷，正在跟其中的道德含意搏鬥。他在努力跟自己的憤怒以及他對正義的理解和平共處。他質疑自己是否做了正確的事。關於那名病患，瑪塔只說了這些，不過瓦夏看得出來這名士兵令瑪塔心神不寧。

新的這名病患是一個害怕自己無法繼續跳舞的舞者。她已接近生涯的尾聲，而她迷失了。瓦夏問了瑪塔一個問題；說是問題，其實只是證明他有在聽，有在關心。「她是舞者？」

他那晚休假，在十點這個合情合理的時間上床。兩點時，他吃下半顆安眠藥；六點時，他完全清醒。到了這個時候，他疲累無比，甚至覺得頭昏眼花。**沒關係**，他告訴自己，**因為我即將跟瑪塔共度白天的時光**。

瑪塔坐起來靠著釘扣皮革床頭板，膝蓋立起，啜飲著咖啡。她凝視對面的牆——第三格抽屜拉不攏的梳妝檯、一落書、一根黑色蠟燭，還有他們在摩洛哥（Morocco）買的浮雕盒，裡面裝有她的鑽石耳環。

「對，她是舞者，對她來說，不能再表演就跟死了一樣。這還不夠複雜，她還說安娜．巴甫洛娃是她的偶像。」

「那個俄國芭蕾舞者？」

「對，就是那個生涯尾聲時病得非常重、應該做手術就能救她一命，但那也代表她永遠無法再跳舞的安娜・巴甫洛娃。她拒絕手術，寧死也不放棄她熱愛的舞蹈。」

「眞有這種事嗎？」

「我不知道。故事是這樣說的，不過我想我的舞者可能信了。」

「妳爲她擔心？」

「對啊。她在受苦，但還是藏著。她跟我談、跟我分享，但我並沒有完全贏得她的信任。還沒有。」

「但她付妳錢。妳做的不就是說眞話的生意嗎？」

瑪塔點頭。「對，不過有時候謊言也是眞話，或者沒說出口的是眞話，或者避而不談的是眞話。她想告訴我什麼都可以。她可以有所保留、說謊，或是吐露她人生最私密的細節。就目前而言，我想她已經告訴我她說得出口的一切了。幫助她解鎖剩下的部分就是我的工作。」

瓦夏把他的馬克杯放在床邊小桌上。「妳擔心她傷害自己？」

「有想過。她三歲就開始跳舞；藝術不僅重要，還受到推崇、讚賞，而她在那方面出類拔萃，她就活在這樣的世界裡。不過現在，她的身體在對她說：**不，妳玩完了，找其他事做吧。**」

瑪塔爲什麼跟他說這些？爲什麼要談這麼多有關某特定病患的事？爲什麼挑這時候？

「妳覺得她寧死也不願意停止跳舞？」

「我不知道。」

「我不知道我會願意爲什麼而死。」

「我們大多數人都不知道啊。父母知道。我想父母對他們的孩子都有一種強烈的保護本能。大多數父母爲了救自己的孩子都不會有半分猶豫。但是我想，對我們其他人來說，需要的只是最微小的衝動。你心想，不，不能這樣，然後就站到子彈前，或是衝過來的公牛前，或是巴士前。你行動，因爲你是人類。」

這是一則故事，他心想，概念是人不知道自己擁有小小的勇氣。他想像著一個場景，某個角色在其中受到考驗。在這個場景中，勇氣出人意表，只是某個不顯眼的動作——像是站著、什麼都不做就是勇敢之舉——不作爲。不過瓦夏想不出開頭要怎麼寫。他擠不出一個角色、一個名字，或是一個情境。這是一個無家可歸的概念。

七月九日凌晨兩點三十一分——瓦夏

瓦夏看著時鐘，在腦中計算還要多久才下班。他快速掃視一輪監視器，在日誌中凌晨兩點半的框框裡打勾。在餐廳裡，他領悟自己對於要不要跟瑪塔生小孩並沒有更明確的想法。等到他們的女兒十三歲時，他或許會把這個優柔寡斷的漫長夜晚當作故事的一部分說給她聽。

收到瑪塔傳來的訊息時，瓦夏說是驚訝，實際上還更好奇一點。訊息寫著**你在做什麼？我完全沒睡意**。他看著監視器牆上方的時鐘搖了搖頭。如果攸關性命，瑪塔當然不會使用表情符號——她覺得這東西俗不可耐。他愛這樣的她。她知道沒有經理在他身後盯著他，動物園的夜班工作也沒有截止期限或緊急會議。他幾乎隨時都能說話。

他沒回傳訊息，直接打電話給她，而她幾乎立刻接起來。他才要打招呼，但她搶先開了口。

「你知道我的胸部會變大吧。我母親懷孕的時候乳房變得超級巨大。我現在就不算小了，如果再加上一個小寶寶，哇啊。」

「好喔……」

「這只是一個我覺得你知道之後可能會很高興的額外津貼。」

「眞是……哇，眞是厲害的額外津貼。」

「瓦夏，逗你的啦。天啊！配合一下好嗎。」

「我在笑啊。不過在凌晨兩點、距離我下班還有好幾個小時，現在這時間，我不希望自己滿腦子都是妳胸部變巨大這件事。妳今天超級晚睡耶。」

「睡不著啊。工作還好嗎？」

「瑪塔，相信我。我有在思考。」

「我知道你有。我沒預期立刻就談，我只是很高興能聽見你的聲音，我想念身邊有你。」

「我知道，我也是。妳明天會很累喔。」

「明天比較不忙。」她說。「鄰居又在吵架了。駱賓斯基家，吵一個小時了。」

「嚴重嗎？」

「跟平常差不多。他們和好了。我聽見床在撞牆。」

他對生小孩的提議有些疑問，但有點不敢問，因爲他認爲瑪塔能夠回答他的每一個問題。他不知道他們有沒有空間容納一個小嬰兒，一個學步兒，一個小孩。他還擔心錢。嬰兒會沉重打擊他們的預算。如果他們兩個都在工作，那誰照顧小孩？他從沒抱過嬰兒。要是他失手摔了她呢？要是寶寶不喜歡他怎麼辦——或是他一抱就哭？他發現自己只想像生女兒的情況。他爲什麼會這樣？

這想法的廣度令瓦夏筋疲力竭——他如此疲累，也是因爲前一天沒睡飽，還有他們幾個月前才歷經冗長討論後否決了生小孩。「我回家後我們就談，對吧？」

「我們現在就算在談了。」

「沒錯。現在可能時機不剛好。」

「你不會抱持完全負面封閉的態度，對吧？這對我來說很重要。我是指我們好好談談這件事。」

「**負面封閉**是醫學詞彙嗎？是不是曾經出現在妳的心理學期刊裡？那本手冊叫什麼？」

「《精神疾病診斷與統計手冊》。」

「對，《發瘋寶典》。」

「告訴我，你現在在想什麼。」

「我在想我對這時機不是很確定。而且我們老了，我們會是高齡父母。這樣妳也沒關係嗎？」

「從來就沒人確定過時機。還有，對，我覺得當高齡父母沒問題。」

「要是女兒的朋友看著我，問我是不是她祖父，那怎麼辦？」

瑪塔沒回應，瓦夏等待，看著薩姆在五號監視器現身數秒。

「你想要女兒。」她終於說話。

「什麼？」

「你剛剛說了『女兒』。」

「對，我說了。總要選個談論的主體，而我選擇**女兒**，而非**兒子**或**其他**。」

「這讓我心痛，瓦夏。我的身體想要這個。」

「等到我們的孩子二十歲，我就五十八歲了。」

「等到她三十歲，」她說，「我就七十歲了。」

「我很快就要忙了。我擔心妳明天會很累。」

「我現在再試著睡一下。我很高興你打來。我愛你。」

七月九日凌晨三點十四分——瓦夏

瓦夏開著高爾夫球車繞動物園外圍巡邏，不是很認眞地查看著有沒有異常之處，腦子裡主要還是繼續推算他的年齡；他現在三十八歲，等到他四十八歲、五十八歲、六十八歲，孩子會是幾歲。

瑪塔想要這樣。她四十歲了，她還是想要這樣。他不確定他希望自己的小孩被誤認爲孫子。他是還好，但要是孩子爲此傷心或覺得難堪呢？在河濱路轉回動物園的轉角，他開得太快，高爾夫球車一邊的輪子抬離地面。車子碰地落回地面時，瓦夏差點失去控制。他等心跳回到它該在的位置，然後繼續巡邏，接下來的速度慢多了。

他努力想像自己抱著嬰兒的畫面。他頗確定自己不知道該怎麼抱嬰兒，更別提換尿片了。不過這兩件事都要晚一點才會發生，都是小小的未知。首先，要先製造嬰兒。這可是創造生命！關乎決定成爲汗流浹背的神祇——把DNA攪和在一起，創造出全新的東西，終極的創作。上帝在《創世紀》的某個地方說「要生育繁殖」。他們會是遵循上帝的指示，而物種延續——他們的血脈延續，他們的DNA被推向未來。一絲興奮裹住瓦夏的心。他第一次覺得和瑪塔生個小孩這件事古怪地情色又令人振奮。

回到主建築後，瓦夏注意到餐廳的流理檯上有一碗櫻桃。看起來很新鮮，他吃了兩顆。他決定再喝一點咖啡，把咖啡壺放上爐子後，他又吃了三顆櫻桃。他拿起一顆細細檢視。他想像試著對某個沒吃過也沒嘗過這東西的人描述櫻桃。勃艮地葡萄酒色的鏡面球體？紅色的美食，酸酸甜甜又多肉？這是作家的練習。描述某個普通的東西，彷彿它前所未見——試著用嶄新的方式看待它。他將櫻桃丟入口中。

櫻桃在瑪塔和他的故事中扮演著舉足輕重的角色。沒有櫻桃，他們或許就不會在一起。要是他迷信，他或許會相信這碗櫻桃是徵象，或是預兆，或是某種預言，要他實現瑪塔的願望。但他並不迷信。他不會避開黑貓，也不會害怕破鏡或在屋內開傘。他會捏一小撮鹽撒在左肩，但完全是因為這是他母親以前會做的事，他不知道這動作有什麼意義。

瓦夏和瑪塔相遇於瓦爾普吉斯之夜（Walpurgis Night），焚燒女巫之夜，在聖尼可拉斯教堂（St. Nicholas Church）附近的一家酒吧。他熱愛瓦爾普吉斯之夜。他還記得小時候和爸媽去外面的街上看篝火和煙火。這個節日是關於焚燒把冬季留下來那麼久的女巫——擺脫她們，春天的暖意才會降臨。人群聚集在街上的火邊，大家在漫長的冬季後烤香腸、喝自家釀的酒。

酒吧的天花板有一幅壁畫，描繪的是一棵綻放的櫻樹，延伸到整片天花板，不過這酒吧也沒多大間就是了。大約有三十位客人能夠坐下，大多數人站著，瑪塔則是扮裝成女巫獨自坐在角落的一張桌子旁，頭戴尖帽，一頭黑長髮，齊劉海橫過額頭。一支掃帚倚著牆，他想應該是她的。當時他正在喝他的第三杯皮爾森皮爾森啤酒（Pilsner），在酒意之下鼓起勇氣穿越酒吧走過去找她說話：「妳知道他們今晚要焚燒女巫，對吧？」

她靠向椅背，將他上下打量一番。他的衣著毫無特別之處，那天多半穿著他最愛的綠色卡其衫、黑色毛衣和牛仔褲。應該就是像那樣的基本款。他記得他的頭髮有點太長。她說很性感。他肯定沒有扮裝。他在任何場合都不扮裝。

「女巫的擬像。」她說。

「一樣啊。就妳而言，算是有點大膽又美麗的表現。」

「所以你是說我很美？」

「大膽又美麗。」

「所以我不美？」

她噘起嘴，而瓦夏一時無法確定這是嚴肅的噘嘴，抑或是她在逗他玩。「美只在旁觀者的眼裡，我沒立場評論妳的美，不過既然妳都問了，是，我覺得妳很美，而且大膽。」

她對空椅子點點頭，他隨即在她對面坐下。

「妳不怕在焚燒女巫之夜穿戴這身服裝？」

「別傻了。這只是在向冬季說再見。」她往前靠，手支著下巴。「還有另外一個跟冬季吻別的傳統──你知道的，不燒女巫。不過需要一棵盛開的櫻樹，我們需要在午夜站在樹下，然後……」

「我不要親吻女巫。而且，我不知道要上哪找櫻樹。」

她朝天花板的壁畫一瞥，微笑。

瓦夏愛瑪塔的玩笑和伶俐。她比他機敏多了。他當然知道那個傳說，如果少女沒在瓦爾普吉斯之夜的午夜時分在櫻樹綻放的粗枝下被她的眞愛親吻，她這一生就注定孤獨又悲慘。瑪塔咯咯笑。「或許喝個幾杯後可以再回過頭來想想這件事。」

「什麼事都有可能，」他說，「只有親吻女巫除外。」

「那要是我告訴你我不是眞正的女巫呢？」

「妳要怎麼證明？」

「嗯，我只有兩個乳頭，而且沒有凍得要人命。」

「就這樣嗎？這就是證明？」

「對，而且我還是偶爾上教堂。我可以也願意念誦《主禱文》。」

一群男男女女進入酒吧，帶來木材燃燒的煙味。其中一個女人頭戴紫色巫婆帽。她點啤酒的時候發出嘎嘎的笑聲，和瓦夏四目相交。在那一秒之內，他覺得他可能認識她——她的笑聲很耳熟。他把注意力拉回瑪塔身上。

「每個人都要盡一己之力，幫忙揮別冬季。」他對瑪塔說。「農夫需要我們幫忙，我們萬萬不可等閒看待這份責任。但若我有任何機會在午夜的時候吻妳，我們應該好好認識一下彼此。我是瓦夏。」

瓦夏將汩汩作響的咖啡壺從爐子上推開，等待沸騰回歸平靜的時候，他又吃一顆櫻桃。當時瑪塔告訴他，她名叫希達．馮．夏芬貝，正在大學念哲學，而非說真話：她其實是心理系四年級。還有她的頭髮——她在他們認識後的數週持續戴著那頂黑色假髮。一直要到他們第五次約會，他才終於確定她是金髮。她給的電話號碼倒是真的。

七月九日清晨四點二十分——瓦夏

此時此刻，他們沒有共識。瑪塔希望他們有共識——最好跟她的想法一樣，但他的想法並不一樣。相較於瑪塔的百分之一百一十，他只有百分之六十，而他不知道這樣夠不夠。他不像瑪塔想得那麼透澈；他的掙扎懷疑令他煩惱，但顯然他的妻子比他更煩惱。

他希望回家時就能給瑪塔答案。他想像她在他們的床上酣睡，或許正夢見自己成為母親。他知道她會在大約五點半起床，彷彿完全清醒般走去浴室坐下來小便，擦拭、沖水，然後一秒也不浪費，立即溜回床上繼續睡。就像小便的衝動有自己一套肢體動作，一支夢中之舞，她的身體知之甚詳，完全沒必要醒來。

開高爾夫球車巡邏最後一趟時，米可也跟著一起來。他縮起瘦長的骨架擠進瓦夏身旁。瓦夏想再次在腦中評估優劣，但或許跟人聊聊比較好。

河畔小徑依然被濃霧籠罩，於是他們慢速前進。布拉格動物園漸漸醒來。獅子的吼叫聲迴盪，鳥兒在高爾夫球車嘎嘎經過鳥舍時吱吱喳喳發牢騷，除此之外還有其他哼哼聲、呼呼聲，各種睡醒的聲音，但瓦夏都沒聽見。

河濱路上，他朝拿著一瓶能量飲的米可一瞥。「如果我們現在生小孩，最糟糕的情況會是怎麼樣？我有可能是個爛透的父親——自私又刻薄。我們的女兒毀了。她會因爲我又老又欠缺榮譽而恨我。她要花幾年的時間處理她的父親議題，她會因此變得容易受比較年老的男人傷害。」

「我爸以前跟我說過一個故事，有個男人非常想要一條狗，但他知道他會愈來愈愛他挑的那條小狗，而那條狗終有一天會變老、死掉，那他就會心碎。因此，他沒有心碎，也沒有感受像愛與歡樂、痛苦與心痛的那些情感，他反倒決定在他把小狗帶回家之前就殺了牠。你懂我在說什麼嗎？」

「懂。好，那最好的情況會是怎麼樣？我的愛的圈圈會變大，而且有可能持續變大。我會以我甚至無法想像的方式愛這個孩子。我會成爲一個懂得聆聽，仁慈又寬容的父親。我們會把我們的兒子或女兒養育成一個還不錯的人。我們又老又衰弱的時候——一眨眼就要到了呢——會有人來探望我們。」

「對，這些都有可能。」

他們繼續在沉默中巡邏。

養小孩很花錢，這他知道。他有可能得換個新工作。他至少應該在正常時間工作，他們的生活才更緊密。他們會有一輛巨大的嬰兒車嗎？他會不會用那種嬰兒揹巾？他或許該在這裡劃清界線——不，他不要用那些該死的揹巾。他一個大男人也不會把頭髮紮起髮髻。他也不會弄一個天殺的中文字紋身，自以爲紋的是仁慈，實際上卻是混蛋。絕對不用揹巾。瑪塔會輕拍他的手，說他是對的——那些事他都不該做。**除非你覺得揹巾實用**，她會這麼說。然後事實證明還眞的很實用。

還有迪士尼樂園！要是他們的女兒想去巴黎迪士尼樂園呢？該劃清界線了。他連一根小指也不會去碰那地方。他不會阻止女兒去，但他自己絕對不去。因爲美國迷失了、墮落了，而迪士尼樂園就是美國的虛假外表。這是他最後的底線。這件事沒得商量。不過說不定當他看見女兒的臉，看出她爲此而傷心，他的底線會動搖、消失，他就會帶她去巴黎迪士尼樂園。

那宗教呢？或許那條不可動搖的線應該畫在這裡。他說實在並不支持任何一種有組織的宗教。將恐懼敲入孩童心中，教導他們女性較低劣，重視信仰勝於科學——他不想跟宗教扯上丁點關係。但要是他們的兒子對某個宗教產生共鳴呢？要是他想成爲天主教徒，或是佛教徒，或是穆斯林呢？那要怎麼辦？

成爲父母就是這麼一回事嗎？你的所有榮譽界線都受到考驗？你的所有信念都受到質疑？這種前景並不令人心安。

他又轉向米可。「你覺得你有可能停止爲你的小孩擔心嗎？」

「不可能。我的孩子還小，不過我無法想像我哪天會停止擔心。」

「一輩子的擔心。稱不上有力的支持論點。」

「就算拿全世界的黃金或鑽石或錢財跟我換，我也不換。我高度推薦。」

瓦夏開過最後一個轉角，速度太快了，差點沒在北極熊獸欄前失去控制。這是宇宙在告訴你要慢下來嗎？告訴你，你需要更多時間？認真想個透澈的時間？你在巡邏的最後一段開太快，結果看看發生什麼事——你有可能把可憐的米可甩進北極熊獸欄。不，你不相信這種鬼扯。你沒有開口求助。你沒有仰望上天或低頭祈禱。你靠自己。你知道該怎麼做。你完全知道該怎麼做。

七月九日清晨六點零七分——瓦夏與瑪塔

瓦夏下班回到家時，瑪塔正坐在他們的床中央，看起來像剛哭過幾個小時，臉色蒼白、淚跡斑斑，眼睛附近冒出皺紋，化為一團模糊的灰黑色。梳妝檯上的蠟燭立於自身滴落的一灘燭淚中。瑪塔身旁的床上有一座面紙團堆成的小金字塔，還有一些散落地上。她看起來悲傷又疲累又空洞。幾年後，當他們講述這個片刻的故事，聽起來會很好笑——或許吧。他會講到巡邏時差點翻車的事，而且還兩次，因爲他太心不在焉。她則會取笑自己哭了整晚之後臉看起來活像一隻悲傷的浣熊。

「妳有睡嗎？」他問，不過他看得出答案是什麼。

「稍微。」她說。「我只是有點難過。」

她以為你想拒絕。你必須立刻告訴她。「我忘記買咖啡了。我來泡。」

「好啊。我想咖啡應該是好主意。」她的聲音死氣沉沉。

他在門口轉身。「我們可以聊聊安娜·巴甫洛娃。我查過她的事了。妳知道嗎，有一個古老的芭蕾傳統是這樣的，若是有位芭蕾舞伶過世，在她排定的下一場演出當天，他們會在沒有她的情況下照常表演。他們不會找人代替她，反倒是用一盞聚光燈繞著她本來應該在上面的空舞臺打轉。他們在海牙（The Hague）爲安娜·巴甫洛娃這麼做。又美又令人心碎。」

瑪塔沒在聽。「什麼？」

「沒事。算了。我只是以爲妳會感興趣，妳知道的，因爲妳的病患。」

「我的病患？」

「別放在心上。我晚點再跟妳說，先去泡咖啡。」

「咖啡。好。」

「我的意思是，如果我們要生小孩，我會想保持完全清醒。」

她花了幾秒的時間才聽進去。「什麼？你剛剛說什麼？」

「我說，等到我們的女兒二十歲，我就五十八歲了。」

「我們的女兒？」

「女兒或兒子。」

「你是認眞的嗎？不是開玩笑？」

「對，我很認眞。」

「眞的？」她尖叫，跳到他身上，一面把他拉到床上一面親吻他的臉和頸部。

瓦夏朝櫥櫃內張望，找到某種無咖啡因的咖啡。在他心目中，這並不是眞正的咖啡。他繞過轉角望向臥室。「沒咖啡了，」他說，「我跑去歐洛買，很快就回來。」

「我不需要咖啡，我什麼都不需要。我愛上一個完美的男人。」

「眞的嗎？他叫什麼名字？他不知道妳他媽已經結婚了嗎？」

「噢，他知道得很。知道了反而更刺激。」

瓦夏熱切地點頭。「我知道那傢伙。或許妳該待在他身邊。」

「正有此意。」

她全身赤裸躺在床上，靠著床頭板支起膝蓋。房內光線昏黃，兩層純白色窗簾在微風中飄盪。鳥兒在窗外的樹上鳴唱。他研究瑪塔的臉——柔和的下頷輪廓、散發慈善光芒的眼睛。他喜歡像這樣時的她——對他、對這世界、對無盡的可能性開放。他在這一刻做了一個決定，他要記住瑪塔——每天一個小細節。他會從她胸部的斜度開始——不是大小，也不是形狀或握在手裡的重量，而是瑪塔在床上移動時乳房起伏的模樣。那個細節填滿這個片刻。明天，他將記住她左手臂和乳房外緣之間的那個複雜空間。後天，他會記住她的一邊耳垂。之後的那天，他將研究她留在浴室地板上的溼腳印。工作繁重呢，而他一想到就覺得高興。

或許瓦夏那天早上從來就不該出現在卡魯夫橋。從他們公寓的前門出來時，他是一個任務在身的男人——他要幫瑪塔買咖啡，他回去後，他們要討論可以爲小寶寶取什麼名字。他們終究得討論宗教，多半也該談談割包皮。他們絕對該就幾歲可以穿耳洞達成共識。他將告訴她他在動物園的工作有多乏味、多千篇一律，他又是多無聊、覺得自己困住了。在某個時間點，在他們做完有關小寶寶的夢之後，他或許會對她坦承他寫不出來，還有寫作的孤獨。

他將爲自己沒早點告訴她而向她道歉。他將告訴她，他之所以對寫作的情況保密，是因爲他害怕失敗。或許瑪塔會知道他該做什麼才能再次開始寫——知道他爲什麼寫不出來。

瑪塔會被說服他們將生個女寶寶。她或許會成爲舞者，也有可能是律師或醫師。瓦夏會堅持他一心只希望他們的孩子快樂。「其他的一切都沒意義。」他會這麼說。

來到轉角，他差點撞上一個使勁提著一桶水的年輕人。這男人停下來喘口氣。

「橋上有隻象。」男人說。「牠渴了。」

「你說什麼？」

「有隻大象。橋上。」

「哪條橋？」

「*Na Karliv Most.* 查理橋。」

「大象？你確定嗎？」

「皺巴巴的灰色皮膚，大約五、六噸重？巨大的耳朵？長長的鼻子？我很確定是大象沒錯。」

「抱歉，蠢問題。確切是在哪個位置？」他的心臟重擊。如果是他們的象怎麼辦？不可能是他們的吧。

「就在橋中央。聚集一群人了。」

瓦夏朝水桶點點頭。「需要幫忙嗎？」

「那就太好了，謝謝。」

他們一人伸出一隻手提著握把，水桶懸吊在他們之間。他們一起盡可能加快腳步走向橋。瓦夏心裡想著，這頭象肯定是什麼魔術表演或馬戲團的一部分，不過就他所知，目前鎮上並沒有馬戲團。而且，最近一次經過布拉格的馬戲團沒帶動物——一隻都沒有，甚至連狗也沒有。

「搞什麼鬼啊？」象映入眼簾，瓦夏脫口而出。他拉著水桶和男人一起站定。**不是莎兒，就是亞洛薇**。

「就跟你說是隻大象了。」

「怎麼會發生這種事？」他並不是在問提水的夥伴，而是在問空氣，問自己，以及問這個世界。

「什麼意思？你還好嗎，老兄？」

瓦夏點頭。「我認識這頭象。」

「你認識這頭象？」男人認眞地打量瓦夏。「怎麼——你們是臉友嗎？」

瓦夏沒理他。等到他走到距離近得足以看見耳朵的位置，他就能確定了。莎兒的右耳邊緣有一道獨特的鋸齒狀撕裂傷疤。但怎麼可能？他的其中一頭象怎麼可能跑來卡魯夫橋？

這頭象應該是在他值班的時候逃走。確保動物安全、乖乖待在園內是他的職責，他卻不知怎麼地弄得一團糟。他可以聽見他父親的聲音——**你只需要做一件事，而你卻搞砸了。你的失敗又多了一筆**。他可以看見父親那張咄咄逼人的窄臉在餐桌對面。這個男人確信他在對自己的兒子做正確的事——教導他人生總是艱難、不公平又殘酷。

「嘿，」男人喚道，「你還好嗎？」

「我在動物園工作。我必須打個電話。接下來你可以自己提過去嗎？」

男人點頭，調整抓握的位置以平衡水桶的重量。瓦夏已經在對著手機重重按下號碼。希望接電話的是格爾塔，因爲她認得出他的聲音，他們關係不錯，他就能告訴她，她需要知道哪些事，動物園才能把這頭象安全帶回家。

「格爾塔，我是瓦夏。我們的一頭象在卡魯夫橋上。」

「好，犀牛也在河裡嗎？天啊，瓦夏，你是喝醉了嗎？去睡一下吧。」

「幹，格爾塔！」他從來沒對她大小聲過。

「靠。哪一頭？」

「九成是莎兒。聽著，我不知道怎麼會這樣，不過妳現在需要立刻去做兩件事：叫三個人開卡車到卡魯夫的一端，然後派警衛去象區弄清楚莎兒是怎麼逃出來的。要他們從北側的牆開始檢查。」

「卡魯夫的哪一端？」

他掃視橋。象在中央，所以說實在的哪一端都沒差。他挑了路比較好走的那一端。「小城區橋塔。」

「收到。」她說。「我再回電告訴你卡車預計抵達的時間。」

她掛斷，瓦夏對她的頭腦清楚和簡潔心懷感激。現在，他希望莎兒能信任他，記得他，讓他帶著她走到小城區橋塔。

舞者在這個時候完全出現在他眼前。需要快速橫跨幾步才能繞開，但他沒辦法，因爲有太多人排排站在橋上。去莎兒身邊、帶她安全回家是他的職責，但若要繞過舞者，他就得打斷她的舞，而那是一種褻瀆。她在象和合唱團之間的開放空間舞動，而他想她應該也是表演的一部分——配合合唱團演唱而設計的一支獨舞。瓦夏看著她，思考著有沒有可能做正確的事並不總是正確。或許象恰恰就在她該在的地方。或許他應該直接回家找瑪塔，回到他們的床上。

密切注意舞者的同時，他也發現有兩個人並肩坐在橋邊緣，其中的女人在哭。發生了糟糕的事。男人戴著紅色小丑鼻，看起來跟女人一樣悲傷，不過他的傷悲中混雜著關切。他們沒交談，但瓦夏認爲他們之間或許不需要言語。

合唱團暫停，然後又開始唱。瓦夏領悟，團員們看得見象，但指揮看不見。合唱團前排有名黑髮女子一隻手貼著她的肚子。他不確定那隻手是保護的意味，抑或只是在感受她的橫膈膜。

那頭象——不知怎麼從布拉格動物園逃脫的那頭象——或許是因爲某個理由才來到橋上。終有一天，他想他將能夠退後一步、解譯那則訊息。他會等待這支舞結束，然後他會擠過人群來到莎兒身旁。他需要照顧莎兒。象不屬於橋上。她會記得他，她會記得他的聲音和他的味道，她會跟著他一起走去卡車那兒，車肯定快到了。

獨舞結束，他邁步朝象走去，不過群眾尖叫，慌亂地逃開。莎兒衝向人群，直朝他而來。爲什麼？爲什麼這頭象在全速奔逃？瓦夏堅守陣地。莎兒肯定會認出他並停下來。她會想起他是誰。她會認出他的聲音，並爲他停下腳步，他會確保她平安回家。

瑪塔仰躺在床上，腿伸直跨過床頭板靠在牆上，臀部下墊著一顆枕頭。她在努力把他留在體內。她饜足而快樂，而且筋疲力竭。此時此刻，她好愛她的丈夫，不介意等咖啡等那麼久。她很想喝一小口她的香檳，但不確定自己有辦法倒著或甚至側躺喝而不灑出來。

十五分鐘過後，她伸展，感覺得到他在她腿間滴滴答答。她幾乎可以睡個回籠覺，但她的舞者早上十點會到，她想保持清醒。她需要咖啡。等瓦夏買回來的同時把香檳喝完會是明智之舉。香檳如果不冰或氣泡消散，那就不好喝了。而且如果一切順利，她很快就不能再碰酒精。

瑪塔想著她的舞者。她記得自己還小的時候也上過舞蹈課，不過不記得曾渴望成為舞者。覺得跳舞是個好主意的是她母親嗎？成為舞者是她母親的夢想嗎？成為芭蕾舞伶？在崇拜的觀眾面前登臺？瑪塔在母親的慫恿之下開始學跳舞，除此之外，也因為她的幾個朋友和同學也有在學。她本身比較喜歡閱讀，或是打籃球，或是看電影。跳舞的重點肯定不只是感覺很好，或是眞正感受音樂吧？需要有個人解釋她是為誰而跳，但從來就沒人解釋。在她的舉手投足之中，故事總少了一個關鍵部分。

舞蹈班有一個名叫萊拉的纖弱女孩，她每次上課都穿一襲簡單的白色舞裙，跳舞時有一種超齡的優雅。十二歲的瑪塔大受震撼。有天晚上下課回家後，她宣布她愛上萊拉了，絕對要跟她結婚。她的父母沉默不語。瑪塔心想，他們或許是太震驚了。接下的數週、數月，他們溫和地鼓勵她改學鋼琴。瑪塔的跳舞時光就此中斷。

她曾試著回想自己當時爲什麼愛萊拉，不過唯一記得的是她每次上課都穿白色舞裙、她一頭黑髮。因爲萊拉是如此美好，在一打舞者之中，她似乎顯得鶴立雞群。或許瑪塔的迷戀只是在回應另一個人類的孤獨。

她的舞者似乎也很孤獨。瑪塔可以輕鬆想像出她置身一群舞者之中，看起來徹底孤獨——因爲她的優雅、她的天賦，也因爲她纖細得幾乎不存在，而這種不存在又幾乎就是一種存在。瑪塔希望她的辦公室成爲舞者的庇護所，一個她可以覺得安全的地方。然而治療不只是關乎安全感。沒錯，可以是一個談話的地方，可以在這裡說你在其他地方都說不出口的話。像是一種避風港，在這裡沒有批判。不過也有可能是個危險的地方，因爲黑暗被揭露、假設遭挑戰。自我被探索、檢驗，有時還被推翻。或許她的舞者只需要一隻沒有批判、沒有預設立場、沒有期待的耳朵。瑪塔擔心自己辜負她的舞者——她的問題是不知道該怎麼結束她的舞者生涯，而瑪塔害怕他們找不到答案。

她應該自問她是否有可能對她的舞者產生了些許痴迷，些許迷戀。瑪塔下週應該跟她自己的心理治療師約個時間。有些她需要確認的事情、她想釐清的感覺。她曾經迷戀萊拉——

無論是不是稚嫩、天真的愛，那份情感都相當強大。壓抑總是在我們最沒預料的時候給我們當頭重擊。而現在還有「另外」這位舞者需要人保護。

七月九日清晨六點二十九分——橋

我喜歡故事以我爲中心的時候，而現在就是我的章節——〈橋〉。我，我，我，我！你將會發現這本書裡有很多像這樣的章節，名稱都和這裡一樣。這些章節是關於那天早上那頭象在橋上發生什麼事，當然了，也關於與她產生連結的幾個破碎靈魂。聽著，我知道象並不是這世界上最優雅的生物。因爲體型的關係，牠們看起來笨拙又粗魯，而且沒錯，那象確實對橋造成了一些小小的損害。我知道你在想什麼。那象在我的橋面踩來踩去，還打破東西。但不是那樣的。沒有哪個頭腦清楚的人會想要有頭公牛闖進瓷器店，這句話絕對沒錯——在我六百六十一歲的生命中，我聽過這句陳腔濫調好幾千次了——你會以爲套用在大象身上肯定加倍正確。不過並沒有。對於自己有龐大、哪裡容得下牠們，象有一種莫名精確的意識。不像走過我橋面的許多人，牠們知道哪裡裝得下牠們。我隨時都寧可帶一隻象進瓷器店，也不要帶公牛，週日還可以帶兩次[4]——另一句已經聽過上千次的陳腔濫調。

等一下會說到臬玻穆的聖若望（Saint John of Nepomuk）雕像，臬玻穆的聖若望是第一個告解保密殉道者，反誹謗的主保聖人，洪水與淹溺的守護者。誹謗的意思是你針對某個人提出虛假或詆毀的言論，藉此損害他們的名聲——所以就是中傷或詆毀。如果你站在大象所站的卵石橋面，你會看見懷抱十字架、一臉痛苦的臬玻穆的聖若望，神聖的頭上有五顆金色星星串起的圓。基座上有兩塊牌子——一塊描繪臬玻穆的若望被五花大綁丟進河裡，另一塊描繪一個男人在摸一條狗，背景則是一個教士在聽取皇后告解。無數祈求好運以及有天能重返布拉格的觀光客撫摸之下，這兩塊牌子已經變得晶亮無比。

註04：橋提及的兩個陳腔濫調原文分別為 like a bull in a china shop 和 any day of the week and twice on Sunday，前者以進入瓷器店的公牛描述笨手笨腳之人，後者則是隨時的意思。

註05：臬玻穆的若望是捷克的一位民族聖人，被波希米亞國王瓦茨拉夫四世淹死在伏爾塔瓦河。後世認為他的死因是由於他是波希米亞王后的告解神師，並且拒絕透露告解的秘密。根據這種說法，臬玻穆的聖若望被認為是天主教會第一位因告解保密而殉道者，由於他死的方式，他成為反誹謗的主保聖人，同時也是抵禦洪水的主保聖人。

那象從聖尼可拉斯教堂緩步走過街道，踏上長長的卵石斜坡，鑽過小城區橋塔的拱門，來到橋上。她沿橋走了一小段，終於來到河水上方，在臬玻穆的聖若望[5]雕像附近、河流的中點停下腳步。她在涼爽的早晨打了個顫。溫度一點也不寒凍，但霧氣濃得足以讓她覺得冷。那象站在河水上方；朝牆外望去，下方肯定就是伏爾塔瓦河，她覺得口渴。她看不見水，但聞得到。霧氣在橋下升騰、旋繞，河隱而不見。她看不出要怎麼走到水邊。她筋疲力竭，開始輕輕搖晃。搖擺的動作愈來愈小，直到她終於沉沉靠著雕像的臺座，徹底靜止。她想睡了，但知道這裡不適合。

她陷入淺眠，在那幾分鐘內，她不再擔心飢餓或口渴或危險。非洲大草原的味道伴著她一整晚，這時將她推入半夢半醒之間，其中有她不可能知道或理解的景色。如果夢境可以揭露新世界，那麼或許卡魯夫橋上的這頭象就體驗著一片無限延展的綠、熾烈的熱，還有刺眼的藍天。她看見龐大的獸群——土壤在數千頭象的踩踏下化爲飛塵。她也了解了何時該如何越過寬闊平原的記憶地圖，彷彿她一直以來都知道這些路徑——橫越無邊大地的路徑一直都在，就釘在她的ＤＮＡ之牆上。

有個女人提著一桶水站在莎兒前面。莎兒嗅了嗅她的袖子——薰衣草和汗水。她又嗅了嗅水，清涼新鮮，她一飲而盡。

「還要嗎？」女人問。「我可以再幫妳拿一點。」

這個人類屬於那河，莎兒心想。她的聲音讓象覺得安心。有同情、仁慈，以及和善。

十幾個人聚集在女人身旁。其中一人是個年輕男子，棕色的皮革郵差包橫背胸前，他上前，自願幫她裝滿水桶。她將水桶交給他，而他快步從象身旁離開，奔向小城區橋塔。象休息。她把重心從一腳換到另外一腳，漸漸睡著的同時稍微晃了晃。她已經醒著超過二十四小時了。

愈來愈多人聚集在她前方，她覺得不習慣。沒錯，她習慣人，但這裡沒有獸欄，沒有圍籬——她和他們之間什麼都沒有。這些人帶著各自的恐懼、興奮、悲傷、緊張與歡樂，每種情緒都如此激昂——他們看著那象，沒人走開。這頭巨大的哺乳類動物是最神奇的魔術把戲，他們就像第一次看見某個新玩意兒的天眞孩童——看見某個不可能是眞的，不可能實際存在的東西——他們滿心歡喜。象令他們敬畏，而身爲一個團體，他們萌生保護欲，以及占有欲。一個這一輩子都虔誠遵守規則的中年婦女提議報警——一秒後，她又自覺愚蠢，因爲警察只會壞事。另一個人提議打電話給動物園，看看有沒有動物走失。一名年長婦女轉向身旁的人，問對方鎮上是不是有馬戲團。幾個人將各自的手機拿到臉前方記錄這頭象。但象沒在做任何事，只是看著人數愈來愈多的群眾看牠。牠看似有些被逗樂了，或許有些好奇。如果這時有名魔術師上前解釋，說他將在幾分鐘內將這頭象變不見，現場也不會有人覺得意外。

自願去提水的年輕人已經來回三趟了，每次他提著水回來，人群都變得比他上次離開時更大，象把提來給牠的水喝個精光。現在可能已經有上百人了，象靠著臬玻穆的聖若望雕像。

距離臬玻穆的聖若望雕像不遠處，合唱團暖嗓完畢，指揮無聲地爲他們打拍子，他們唱出第一句。「小羔羊，是誰造出你……」他們沒顧慮不到五十英尺外的那頭大型動物，繼續演唱。他們歌唱時笑容滿面。他們當然都看著指揮，但也因那頭象而分心——歌手免不了也渴望小小的魔法或奇蹟。

莎兒的視線沿橋朝合唱團的方向來回掃。**又是哀悼的詩歌。這首歌跟著本象，但本象並不想要隨詩歌而來的畫面。**她不想要，但她感覺到死亡的畫面慢慢靠近。母親的死，其他象倒下，還有可怕的塵土——起始之地的閃爍畫面。她踏著腳步搖晃，讓她的身體隨緊張的能量搖擺。要是死亡就在人群中的某處怎麼辦？在等待恰當的時機，等著她放鬆防備，或是分心？

PART
02

The Elephant on Karluv Bridge

一張貨運清單，但上面沒有名字

一位想像出來的知名舞者，一名逝去已久的芭蕾舞伶。幻覺，顯靈，鬼魂，人類啊！眞是的！人類自言自語對我來說不是新鮮事，但這名舞者和她想像出來的安娜・巴甫洛娃？這可引起我注意了；不只是對著空氣喋喋不休，而是迷人的你來我往。這位舞者，她是一個陷入混亂的女人。她看似拚命努力找尋她的路，但說眞的，我願意拿大把捷克克朗下注，她顯然徹底發瘋了。該名舞者的故事並沒有在這裡畫下句點。她當然有她自己的章節。事情是這樣的：儘管舞者和精神正常這四個字差個十萬八千里遠，我還是挺喜歡她想像出來的安娜・巴甫洛娃。我記得安娜・巴甫洛娃。她走動的時候彷彿有什麼無形的東西在托著她，像是美，或愛，或榮譽。那是一九〇七年的事。她在薄暮時分來到橋上，在帕多瓦的聖安多尼（St. Anthony of Padua）和耶穌寶寶的雕像旁停下腳步，久久凝視河水。她在想什麼呢？舞蹈？愛？未來？我還記得雕像豎立起來的那天。帕多瓦的聖安多尼是遺失之物、之人、之靈魂的主保聖人，但這不重要。安娜・巴甫洛娃並不是因爲這尊雕像對她具備任何意義才挑選這個位置。這裡只是剛好很適合停下來欣賞宜人美景。安娜・巴甫洛娃在偶然之下來到帕多瓦的聖安多尼雕像旁。她停在這位受人尊敬的遺失之物主保聖人腳邊，抬頭看著他那神聖的臉龐，他懷裡還抱著正在玩耍的耶穌寶寶。安娜・巴甫洛娃是一條線，拉扯這條線，舞者就會感到一陣劇痛。

一九〇七年六月一日，舞者安娜・巴甫洛娃來到橋上的三天前，捷克哲學家兼現象學家揚・帕托契卡（Jan Patočka）誕生了。我之所以知道，是因為孩子的父親在他出生兩天後那天快中午的時候來到橋上，跪在哀嘆的基督像（The Lamentation of Christ）前祈禱，因為孩子難產，他妻子大量失血，他們不確定她能否撐得過去。揚・帕托契卡之後會成為瓦茨拉夫・哈維爾（Václav Havel）的導師，哈維爾則是在一九三六年十月五日誕生於布拉格。你或許知道瓦茨拉夫・哈維爾是誰，不過我無論如何還是要跟你說。他是一名政治家、劇作家，以及前異議人士——也是捷克斯洛伐克的最後一名總統，以及捷克共和國的第一任總統。他的作品《致奧佳》（Letters to Olga）彙集他在一九七九年至一九八三年入獄期間寫給妻子奧佳・哈夫洛瓦（Olga Havlová）的信件。哈維爾因為身為不公控訴辯護委員會的領導者之一而遭共產黨政府送入監牢。你可以想像嗎？資訊量可能太大了。

聽著，象寶寶要花六到八個月的時間才能學會用牠們的象鼻吃喝、抓取物品。在那之前，牠們的鼻子都只是一個軟綿綿、不受控制的謎。你或許會想，如果象寶寶不能自己進食，牠怎麼能活下來？形形色色的科學家走過卡魯夫橋，他們各自抒發己見，沒人知道我在聽。象寶寶喝母親的奶水——每天三加侖——一直喝到大約兩歲，有時候還更久。

那頭象也是一條線。拉扯它，諸多故事、人物、地點就會感覺到小小的震動。如果那頭象是一條貫穿這則故事的線，你就必須了解牠的過去，對吧？之前說到哪了？噢，對，象寶寶上了一架飛往德國一家動物園的飛機。在漢堡動物園，那頭最後會被稱爲莎兒的象有一張貨運清單，但上面沒有名字，因此她剛開始時被套上飼育員主管女兒的名字——希得。

當然了，我最衷心的願望就是將你，親愛的讀者，從河的一岸送到對岸。

來到這裡的那個早晨，希得開始唱歌。因爲她剛出生，來到動物園的時候脫水又營養不良，她的飼育員單獨餵她，進食間隔才將她放進較大的象區內。一進入象區，她站在其他象之中，但有點疏離。這頭象沒有跟其他小象一樣玩自己的鼻子——用鼻子轉圈圈。她也沒有在象欄內跑來跑去追逐鳥兒，或是影子，或是其他較年長者的尾巴。她只是看著、聽著。象群的族長是一頭名叫米拉的母象，她敏銳察覺到這頭新象的孤獨，而且爲她感到擔心。米拉最後將教導希得她對起始之地所知的一切。米拉十歲時來到這座動物園。她原本是辛巴威某群龐大象群的一分子，知曉自由的危險——知道口渴、被一群鬣狗追是什麼滋味。她也知曉無邊無際的天空、沒有圍籬的世界，以及屬於那河是什麼意義。

就算是最年輕的象也具備相當不錯的歌唱能力，不過通常都要等到小象一、兩歲大的時候才會展現。詩歌的旋律響起，輕拂米拉內心深處的某個東西，她轉過頭聆聽。那是一首哀悼的詩歌，古老而神聖。如此年幼的象怎麼會知道這首詩歌？這個小傢伙來到這世界還不到二十天，而她知道這首歌。她是在悲傷之中誕生的嗎？米拉讓她唱完——容許她自己的心痛、她自己的失落與哀傷浮現。這頭較年長的象搖擺、聆聽，直到新生兒唱完，然後她靠近她，將她從鼻尖到尾端嗅過一遍。

如此年幼的象怎麼會知道詩歌？

小象吃驚地抬起頭。**什麼是詩歌**？

詩歌是象用來捕捉片刻的方法——還有紀念那些片刻。那是現時的儀式，也是記憶的儀式。

小象看著米拉，彷彿聽懂了——彷彿她正在理解、消化，不過米拉有所懷疑。對這小傢伙來說，**一切都是現時與未來**，不過主要是**現時**。每次呼吸都是新的；每個字詞、概念和想法都是新的。然而……她來的時候就已經知道這首詩歌了。

希得覺得困惑。她將象鼻下捲碰觸自己的胸口。**本象在唱詩歌**？

對，一首古老的詩歌。

米拉試著想像與這首詩歌同在的那個起點。她發生了什麼事？迷失者帶走她，但是在什麼情況之下帶走的？在米拉心中，所有人類都是迷失者，因爲他們看起來總是像被放錯位置、心神不寧——而且他們離那河好遠好遠。

這是一首好詩歌嗎？

是的，非常好的詩歌，而且也是重要的詩歌。它屬於那河。

河？希得不懂這個詞彙。什麼是河？

那是一個與大地、水，以及所有生物連結的地方。每次呼吸都是那河的一部分。每次吐氣，每次抽動和放屁，每個發出聲音的音符，每個動作。萬物都在那河之中。成千上萬的季節。而那河歌唱。

那河唱什麼呢？

那河唱所有詩歌。

什麼是季節？

季節是一次綻放到下一次綻放——一次落雨到下一次落雨。

這些象現在在那河嗎？

沒有，孩子。那河不在這裡。在這個地方，象拉的屎不餵養大地，而是被迷失者清掉——

不。當這些象死去，牠們不餵養土壤。不是這裡。野外的象會守護死象數日。牠們會回來以象鼻握住死象的骨骸，一起記住這頭象，並將牠的名字唱入詩歌之中。

我們可以去那河嗎？本象想聽那河唱歌。

夠了，孩子。夠了。

希得來的時候，米拉已經三十三歲了。她的三個孩子也在象群之中，牠們沒體會過危險，或飢餓，或自由的滋味。迷失者將這個新來的孩子從起始之地帶走——他們也是從同一個起始之地強行帶走她。米拉幾乎能夠在這個小傢伙身上聞到野草和塵土的味道，還有大家族的強烈氣味。

母族長決定將這頭小象拉到自己身邊。她將與她分享她對於起始之地所知的一切。如果這頭小象活下去——活不活得了尚有疑慮——米拉會教導她詩歌，甚至包含與動物園不相關、在其中也無任何意義，不過在她心中依然占有一席之地的那些。

因爲這個小傢伙在她抵達漢堡的第一天就唱了古老的哀悼詩歌，對米拉來說，她永遠都是哀悼的希得。

梅西與尤賽夫之卷

七月九日午夜十二點零三分——梅西

如果一頭象在午夜逃入城市中，無人看見，牠是否仍在城市居民腦中留下印象？多半不會。不過，一頭五噸重的象在城市街道漫遊卻無人看見，這種可能性又有多高？

聖馬可醫院（St. Mark's Hospital）的六樓，一條昏暗走廊的末端，一名護理師坐在三個螢幕前閱讀沒營養的雜誌。這是她九小時值班中的第二個小時。上週，她跟愛人一起在西班牙度假；最後一天，他們在沙灘上的時候，他甩了她——告訴她，他配不上這麼一個成熟、仁慈又美麗的女人。屁話一堆，不過說真的，他是對的，但她還是心痛得要命。護理師起身，轉身背對螢幕，在釘在布告欄上的一張紙上寫了些東西。鈴聲響起，其中一個面板的燈閃了起來。走廊另一端的病患——闌尾破裂——需要幫忙，或許還想喝水吧。這名病患不容易入睡。護理師快速掃視三個螢幕，隨即快步穿過長長的走廊。

這名護理師不會看見那象。她會聽說、讀到，但不會親眼看見。不過梅西・道廷看見那象，而且還不止一次，只是間隔了一些時間。你可能會想，梅西・道廷又是哪位。她是個酗酒者——戒酒中，也是某人的女兒。她很寂寞，而且大受驚嚇，因為她的計程車剛剛撞上一個正好在醫院前面過馬路的男人。除此之外，她即將心碎。
有愛之處必有痛。*Ubi amor, ibi dolor.*[6]

六一二號房，午夜剛過三分鐘，梅西．道廷坐在父親病床旁的一張綠色人造皮椅上。她打起瞌睡，不過她父親吐氣，她又快速醒來。她等著他吸氣，但沒等到。她又等。還是沒有。她又多等一會兒。最後，梅西緊緊閉上眼，將世界暫停——她快速吸氣、屏住呼吸。她想像走廊那端的護理站上方的時鐘——秒針永恆卡在九和十之間。她就待在那裡——介於她父親過世和徹底體認他已然死去之間。她想要餘生都活在這樣的不確定之中。在這電光石火之間，她不想看見她心知爲眞的情景，她也不在乎時間。梅西短暫溜走，時間因而錯亂。她爬到時鐘後方，將她的鞋子塞進主發條內。齒輪停止轉動。時間對折，然後再對折。無物前

註06：即前句的拉丁文。

進。梅西終於吐氣，發出類似嗚咽的聲音。

她睜開眼。那就這樣了。前一秒還在，下一秒就不在了。她傾身親吻父親的額頭。她的下巴和下嘴脣發顫，而她抗拒著這股顫抖。晚點有的是時間哭。現在有些必須做的事，但她沒動。她沒有眨眼。她變成一隻在冬季的刺骨寒冷中棲息於樹枝上的松鼠，她的呼吸是如此淺薄，肉眼無法察覺。

梅西獨自陪他，因爲母親和姊妹肚子餓，去醫院的餐廳了。他愈來愈衰弱；她們都感覺得出來，但以爲還有時間，以爲他還有可能撐過去。有各式各樣的故事提及病患挑戰醫師的預測。儘管情況看似險惡，梅西還是懷抱一線希望。她們離開半小時後，她直直坐在椅子上打起瞌睡。

她靜坐良久，希望父親繼續呼吸，無論再微弱都好，同時也希望他就此停止呼吸。一週前，他在小城區的一家餐廳心臟病發作。三天前，他陷入昏迷，醫師要她們不要失去希望，但也要爲最壞的情況做好心理準備。

混亂的回憶和突如其來的可怕孤獨感在她腦中打轉。她幾乎沒意識到自己在哭。她沒辦法好好呼吸。走廊底端的護理師爲什麼沒過來？爲什麼沒有警報？不是應該有警報嗎？

梅西回過頭朝門的方向看。她聆聽。寂靜。她答應父親要爲他做一件事。念誦唵。她父親想要她念誦唵，這個請求是他跟她說的最後一件事；那已經是三天前了。

「唵？」她說。

「對，唵。」他開始念誦，聽起來很美，低沉而渾厚。

梅西目瞪口呆。「好，好，我知道唵是什麼，但你又是怎麼知道的？」

「有在讀書，佛教的東西。」他的呼吸淺而短促。「很有道理。對我來說。」

「佛教嗎，爸？」

「答應我，要是出了什麼錯。不會出錯，只是以防萬一。」

「好，我答應。」

「清空病房。只留妳、我和唵就好。」

她哭了起來。

「不要眼淚。唵，妳和我。保證。」

他捏她的手，很用力，而她點頭。他臉部的緊繃感放鬆，呼吸也順暢了些。

在布拉格一間醫院的病房裡，午夜時分，梅西努力找到她的聲音。她好不容易深吸口氣，開始念誦唵。剛開始聲音發顫，而且音調太高了。她找到她的最低音，放鬆地哼出來。第一次的嘗試慢慢淡去，她又吸一口氣，重新開始。好多了，更穩定，也更深沉。第三次嘗試很不錯，音符強勁，一直延續到她這口氣結束爲止。

她親吻父親的額頭。他的皮膚冰涼。她有點心不在焉，在床旁的椅子坐下，傾身把臉靠在毯子上。她想起曾窩在爸爸身旁看《第七號情報員續集》（*From Russia with Love*）或其他龐德電影。他們家有條不成文的規定，那就是女兒們必須認同史恩．康納萊（Sean Connery）是最棒的龐德。「誰是最棒的詹姆士．龐德？」父親會這麼吼著，她們則全部尖叫：「史恩．康納萊！」當她窩進父親懷裡，安全與被愛的感覺無比巨大。或許她當時只是有這種感受，然而現在，此時此刻，她懂了。

過去這週的荒誕，過去這年在她那座鳥不生蛋島上的無垠孤寂，還有現在的失落，這些感受全部壓在她身上。她父親總稱北羅納島（North Rona）爲「鳥不生蛋島」，後來她也開始學他，因爲他取的名字太貼切了。那是一小塊陰沉的蘇格蘭，孤懸於北大西洋。梅西是那座蕞爾小島上的燈塔看守人，當初是在醉得一塌糊塗的情況下接受這份工作。她這輩子不乏在酒精影響下做決定，但唯有這一次她未曾後悔。

一週前，母親從布拉格打電話給她。梅西花了一天的時間才安排好直升機。然後就是從北羅納島到斯托諾韋（Stornoway），一段顛簸又恐怖的空中雲霄飛車之旅，接著是昂貴得該下地獄的倫敦班機，再從倫敦飛往法蘭克福，最後從法蘭克福飛往布拉格。可怕的三天。她不停接到家人回報父親的病況是如何持續惡化。姊妹們比她早一天到，當梅西在機場看見她們憔悴的臉龐，她們實在無須再多說什麼。

她們試圖以上帝來解釋這件事，上帝的計畫、上帝的恩典，還有上帝的意志是如何神祕難解；如果是平常時候，這番說法並不會惹惱梅西。不過歷經三天的機場、班機和等待，她的耐性已經消磨殆盡。

「我們一直在禱告，」克萊拉說，「虔誠禱告。」她的嘴脣很完美，活脫剛從時尚雜誌的美妝廣告走出來。

「禱告？好。但發生什麼事？媽只稍微跟我提了一下，不過……」

「心臟病發作。他們在等他穩定下來。」海莉說。「醫師說我們要有心理準備，可能會很難熬。他在上帝手中了。」

姊姊啜泣了起來，梅西抱住她，感覺得到她的肩膀在顫抖，哀傷的浪潮湧向她。她一直抱著她，直到她哭累、安靜下來。

她們穿過機場的入境廳，朝門口走去，梅西沉默不語。或許她單獨在島上待太久，不過當她的姊妹談起上帝在這件事中扮演的角色，她內心的某個部分退縮了。她想說她真心希望把父親捧在雙手中的是醫師，而不是天上的幻想巫師；就她所知，那傢伙可不會開刀。但她知道她的姊妹會說是上帝賦予醫師開刀的技能。

梅西轉向克萊拉。「先把話說清楚，實際上是誰說爸在上帝的手中？」

「嗯，他們沒有明確那樣說，但……」

「所以他心臟病發作，然後我們要有心理準備會很難熬？跟上帝無關？」

克萊拉的微笑中帶著憐憫。「總是與上帝有關，梅西。主無所不在，看顧著邪惡者與善良者。」

梅西想無聲地嘆口氣，但做得不是很到位。「好。帶我去看爸吧。」

她們在航廈外等計程車時，克萊拉退後一步，眞正注視著梅西。「我們覺得妳或許會想先梳洗一番，梅西。我們的旅館距離醫院不遠。」

梅西的聲音低沉、清楚而堅定。「請直接帶我去醫院。」克萊拉說那話肯定是在批評她的衣著，或者她的頭髮可能有些油的這件事，但她沒理會。當然了，克萊拉看起來穿著得體、一板一眼，黑白圖案的直筒長裙搭配白襯衫，脖子上圍著圍巾，纖細的腳踩著端莊的跟鞋。克萊拉多半不認爲自己有強迫症，不過梅西懷疑妹妹應該有這毛病。她太常洗手，而且洗得太用力，除此之外，她的手提包裡總是有三件密封在小袋子裡的乾淨內衣，因爲她白天時喜歡每三個小時更換內衣。她總喜歡說愛乾淨與虔誠緊緊相依。

我應該告訴護理師我父親過世了。她細看他的臉，希望看到祥和。他的靈魂此時正在病房內盤旋嗎？他在看著嗎？在布拉格的一間病房裡低頭看著他的女兒和一具屍體？她不知道自己相信什麼，但她不敢抬頭。她甚至不知道自己想要相信什麼。她回想起一個關於一碗茶的佛教故事——茶代表靈魂，茶碗則是肉體——一名僧侶試著解釋死後是什麼情況，他將那碗茶砸在地上，並問：**碗還是碗嗎**？**茶還是茶嗎**？我們的生命力——靈魂、精氣、能量——在死後或許依然存續。或許。知道這則關於摔爛一碗茶的故事對她來說已然足矣。

這具肉體並不是她的父親。他現在已經置身未知國度了。

梅西撐著床把自己推開。椅子無聲地在油地氈地板上滑動。她彷彿置身駭人夢境般步入走廊。護理師背對操作檯，正就著貼在牆上看似行事曆的紙張書寫。「他走了。」梅西低聲說。護理師抬頭，梅西注意到她的表情軟化了。護理師走出護理站，捏捏梅西的手——一言不發——然後快步走向她父親的病房。

一名教士坐在護理師的櫃檯後，原本正在寫字夾板上寫東西，這時站起來。梅西注意到走廊的淺綠色牆面，納悶著爲什麼醫院似乎都挑這色調。乏味，帶點灰棕色的綠，不上不下的顏色。用意或許是要表現無害的感覺。教士溫和地微笑看著她，他的笑容似乎在說：我懂。

他清清喉嚨。「妳父親去了更好的地方。」他說。

怒意在她心中爆發。「你他媽在跟我開玩笑嗎？去找我母親和我姊妹吧。這種哄人的……狗屁安慰得了她們。都是狗屁。」這名教士的年紀大得足以擁有自己的論點，他似乎想說些什麼，但忍住了。他很高，不過肩膀下垂。或許他習慣祈求。他點點頭，拿起黑色皮革包包。

「你知道嗎，我爸不常談宗教，但他過去常說，若是有人百分之百確定自己死後會去哪，那他要不是個騙子，要不就是個傻子。」她停頓。「我想你應該不是騙子。」

教士遠遠繞開她。經過梅西後，他又前進幾步，接著停下來轉身面對她；他的眼中有淚。「剛剛那樣說是我不對。我不知道我在想什麼。我猜我只是想試著安慰妳。我實在不認爲我這輩子曾對任何人說過那句話。我很抱歉，我爲妳失去親人感到非常、非常遺憾。」他張嘴想繼續說，但終究沒說出來。護理師已經走進梅西她父親的病房，而他轉身，沿走廊快步跟上。

梅西大步穿過走廊，取道樓梯下樓到大廳，很快就出了醫院大門，走入布拉格的夜晚中。除了繼續移動的決心，她身上再也不剩任何堅定之物。她不想應付其他人的悲傷。她知道這樣自私又衝動，但她母親還有另外兩個女兒可以依靠——再加上一個姊姊，她明天就到了。之後將有夠多的家人和禱告。梅西想獨處。她不想跟姊妹和母親一起禱告。她不想要有關死亡的陳腔濫調——現在不想。或許永遠不想。

她開始步行，朝任何方向、所有方向、沒有方向。她跟自己說好，要持續擺動雙腿，直到筋疲力竭，最後無論走到哪，那就是她該去的地方。

她在街上快速前進，沒人煩她——經過砂岩建築、林蔭大道、教堂，走過不比獸徑寬的窄道。她行經布拉格的色彩：暗黃色的砂岩、深褐色的建築正面、焦赭色和葡萄酒色的影子。**如果巴黎是光之城，那布拉格肯定就是影之城。**一個男人用小提琴演奏某首緩慢而悲切的曲子，她在附近慢下腳步。她翻了翻口袋，發現自己身上有錢，於是朝他的帽子裡丟了一張紙鈔，隨即繼續前進。

生命、死亡、卵石人行道、吠叫的狗、愚蠢的灰色天空、自己的腳步聲——一切都顯得荒謬可笑。她想像巨大而沉重的一袋悲傷以一根扎人的繩索綁在她的背上，她被迫背著它在布拉格的街道穿行。所有人都在看她，心裡想著：**我們最好避開她。她剛失去她父親，狀態不好。她可能很危險。看看她的眼睛，還有她是怎麼拖著自己前進。**

她經過一家餐廳，立即想起父親的評論。他會從他去探訪的城市寄明信片給她們——圖片從不重複，內容依照各個女兒的獨特個性量身打造。若是寫給梅西，父親會找尋當地的浪漫故事——食物可能一般般，不過餐廳位於半山腰某個唐吉訶德式的地方。若是寫給海莉，他會特別註記餐廳是否歡迎小孩；若是寫給克萊拉，他則常常提及也曾來過的電影明星或名流。有時候——如果那家餐廳出類拔萃——他會從同一個城市寄出好幾批明信片。不提天氣、他留宿的旅館，或他是怎麼來到他正在探訪的這座城市，或他玩得開不開心。只有簡短的評論：

> 親愛的梅西：羅馬的馬扎潘內餐廳。羽紋豬排超讚！皺葉甘藍佐咖啡與蒜苗出乎意料地完美。卡波納拉非常出色。阿爾芭・埃斯特維・魯易茲主廚是天才—她是個藝術家！搭配的是二〇一三年的巴巴萊斯科。[7]一家小而精緻的餐廳。這地方根本就是浪漫的定義，妳肯定會喜歡。答應我妳會帶妳愛的人來—某個鍾愛妳的人。
>
> 給妳我所有的愛，
>
> 爸

這是他兩年內第三度造訪捷克共和國，因爲他熱愛香腸和捷克啤酒，而在布拉格可以找到全世界最美味的香腸和啤酒。他第一次來到這座城市完全是一時興起——他在丹麥工作，酒吧裡有人提及布拉格天文鐘。他非瞧瞧不可。第一次之後，純粹就是渴望和喜愛驅使他一再重訪。除了香腸，他也愛巴黎咖啡館[8]的牛排佐自製炸薯條，搭配百爺啤酒[9]。他也很喜歡烏坤斯塔圖[10]的精釀啤酒，還有，當然了，他也鍾愛羅浮咖啡館[11]。當時他和梅西的母親在舊城區的匹佛阿巴列克[12]餐廳，他們剛吃完以半黑啤酒烹煮的豬肉香腸，他父親宣稱那是他這輩子吃過最美味的香腸；他還喝了一杯捷克皮皮爾森。他推桌而起，微笑；梅西的母親說他看起來像是心滿意足但有點困惑，然後他就倒下了，嚴重的心臟病發作。

父親熱愛生命——每天都是結局開放的非凡冒險。他看似活在當下，而這有時會逼瘋她

註07：本明信片中提及的羽紋豬排源自西班牙文的Pluma Iberico，其中pluma為羽毛之意，本書中的原文為pork feather steak；此種豬排取自豬大里肌靠近頸部的位置，因其末端收尖加上薄且長的形狀而得此名。卡波納拉（carbonara）為一道源自羅馬的義大利麵料理，材料通常包含雞蛋、乾酪、煙燻豬肉或醃豬肉，以及黑胡椒。阿爾芭・埃斯特維・魯易茲（Alba Esteve Ruiz）確實曾於二〇一三至一八年間擔任馬扎潘內（Marzapane）的主廚，並廣受好評，現已以阿爾芭（Alba）為名自行開業。巴巴萊斯科（Barbaresco）為世界知名的義大利葡萄酒產區之一，位於義大利西北部，所產紅酒有酒中之后的美稱。

註08：Café de Paris，家族經營的法國餐館，位於布拉格小城區。

註09：Budvar，捷克銷量最好的啤酒，酒廠位於捷克市。

母親。他喜歡他的女兒們總是給他驚喜、他的孫子都是可愛的說故事高手；他和妻子的關係是不斷進化的戀愛，而這他也喜歡。就算他每天起床去工作，他也總有一股冒險感。「看看我是怎麼靠這兩根瘦巴巴的東西走來走去。」他會這麼說。女孩們則咯咯笑、翻白眼：「你的腿嗎？認眞？」

他並不總是快樂，但總是對事物懷抱好奇心。也有像那樣的日子，他回到家後幫自己倒杯紅酒，抱歉地對女兒們微笑，並說：「今天的工作一點也不好玩，眞是倒楣。明天，我會做得更好一點。」

「有時候，」在一個罕見的坦誠片刻，母親說道，「感覺像妳們父親從沒看過我。他看著我，或是碰觸我的手，好像他剛剛才遇見我一樣。我們結婚三十九年了，而每次他看著我，彷彿一切都是嶄新的——好像我是什麼美好的驚喜，好像我們才剛開始在一起。我不知道他是怎麼做到的。」

梅西在尖塔高聳、散發詭異淡藍光輝的聖盧德米拉教堂稍停（Church of St. Ludmila），心想時間是一個天大的笑話。我們都相信自己有時間，不過我們並沒有。這笑話並不特別好笑，因爲太眞實了。她經過教堂，一隻腳在另一隻腳之前，踩著卵石街道。梅西也想要有某種信仰，好讓她能依賴——一套儀式和慣例，可以在她每次失足、跌倒時接住她。好讓她可以走上階梯到教堂門前敲門——尋求安慰、解脫。她想像有名年長的教士拉開門。我很痛苦，她這麼說。**我的心化為荒蕪，我想喝酒，但我絕對不該喝酒。**

教士或許會用那雙半夢半醒的濛濛雙眼看著她，並說：這裡沒酒喝，我們不賣酒。

不，你不懂。我不想喝酒。她說。**我實際上並不想喝酒。**我以為我的意思很清楚了。你知道吧？**絕對不該喝酒的女人卻想喝一杯？**你應該要想，**哇啊，她肯定真的非常痛苦；我或許該幫幫她。**

教士嘆氣。**妳想怎樣？**

我想要慰藉，想要救贖。我不想要我心裡、我腦中、我骨子裡的這種疼痛。我想要你告

註10：U Kunštát，位於老城區的啤酒餐廳，店家仍可看見中世紀歷史建築的痕跡。除了下酒點心之外亦提供義式咖啡，每晚六點固定舉辦品酒會，宜人的花園夏季開放。
註11：Café Louvre，開幕於一九〇二年，曾為卡夫卡、愛因斯坦等知名歷史人物流連之地。
註12：Pivo a Párek，專賣啤酒與香腸的酒館，店名本身即為啤酒與香腸之意。

訴上帝我想要我父親回來，拜託。最後，我想要有個男人每次都以嶄新的目光看我，就像我父親看我母親那樣。我想要有個人看著我並想，天啊，她真棒。不過這排在上帝把我爸送回來之後。

妳相信耶穌基督嗎？妳相信上帝嗎？

梅西猶豫了。**理論上相信。**

教士摸出眼鏡戴上。**女孩，上帝和耶穌基督和聖靈並不是理論──在這棟建築裡不是。**

我知道，我知道。只不過……

他搖頭，關上門，丟下她獨自在階梯上。她聆聽門的另一邊傳來鎖轉動的空洞聲音，喀的一聲上鎖。令人沮喪的最後聲響。

肯定有個充滿光的小東西吧，她可以像浮木一樣緊緊攀住，在悲傷之上漂浮。她並不責怪這名想像中的教士沒讓她進去。他立誓清貧度日、服從、獨身。他置身信仰的溪流，這個無信仰、絕望的蠢貨卻在大半夜猛捶他教堂的門，想要無信仰的救贖。

梅西提醒自己，她一小時前攻擊了一名只是想安慰她的教士。想起自己方才竟如此過分，她不由自主從喉中擠出粗嘎的呻吟。到了未來的某個時間點，她會覺得羞愧，而她將深切感受。就目前而言，她先盡她所能將它推開。

走到22 PUP精釀啤酒吧前，梅西心想，**嗯，喝一杯不會怎麼樣**。她可以坐在角落，只喝一杯啤酒。或許她可以跟酒保說好，只給她一杯，無論她拿什麼來換都不給她第二杯。那樣的話她就安全了。

父親不會贊同。他愛他的啤酒和紅酒，但也了解她的酒癮、希望他的女兒健康快樂。梅西喝酒時既不健康又不快樂。但若只是一杯，那就不會有任何問題。她告訴自己她只是口渴。如果她慢慢喝她那杯，眞正樂在其中，那會造成什麼傷害？她喝完就繼續走。說起來她到底要走去哪？她漫無目的，因此有大把時間喝酒。精確來說，她是要離開她的姊妹、母親，以及那位立意良善的教士。遠離醫院，遠離死去的父親。碎片切入她的心臟，而她一心只想要某個能夠軟化碎片銳利邊緣的東西。酒吧內傳來音樂聲——聽起來像藍調。門盪開，一對男女走出來，各自拖著一模一樣的銀藍色行李箱。梅西躲到樹後看著。

「一杯，」女人說，「你說喝一杯，結果我們喝了六杯。現在很晚了，而且我們沒有旅館可住。」

「不會有事的。」

男人很高，背有點駝——姿態邋遢。她身穿夏季花洋裝，粉色毛衣綁在腰間，腳踩涼鞋，一頭烏黑秀髮，戴著暗色框的眼鏡。梅西注意到她的英語沒他那麼流暢。她比較少縮讀，因此聽起來比較正式。

「我不要睡在街上。不要又來一次。」

「不會的。」

「已經超過十二點了。」

男人猛力一扯行李箱的提把，鎖定。「酒保說距離這裡兩個街口有一家不錯的旅館，現代大旅館。走吧，我們會找到這家天殺的現代大旅館。」他邁步沿街道前進，行李箱的輪子在人行道嗡嗡轉動。

「不是那邊。」女人手指街道的另一邊。「他說南，你那邊是北。」

「這就是南。」男人說。「基督在上，我有方向感好嗎。」

「這會兒你又無緣無故濫用主的名號。」她用指尖輕觸掛在脖子上的徽章型墜飾。「我跟你說過這對我來說有多冒犯了。這是戒律之一。十誡之一。你這是褻瀆上帝。」她畫了個十字。

「妳說得對，我很抱歉。但我知道這是南。」

她哼了一聲表達不滿。

「妳剛剛哼我嗎？妳爲什麼總愛跟我吵方向的事？信任呢？妳不信任我嗎？」

「我記得巴黎，還有米蘭，還有孟買，還有日內瓦。日內瓦最好玩。我說好玩的意思並不是眞的好玩……」

「聽著，日內瓦不是我的錯。我問了路，但指路的人說錯了。他們是吉普賽人。惡毒又居心叵測的吉普賽人。孟買的話有一千八百萬個人。把那麼多人塞在一個城市裡，總會出什麼差錯。」他吸口氣，接著重重嘆氣。「聽著，我知道我們以前有時候運氣不好，但這不一樣。我們進酒吧的時候天還亮著，所以我有方向感。我完全知道我們在哪。」

「如果你百分之百確定，那就聽你的吧。」她說。

「我不是百分之百確定，我只是確定而已。」

「但是你說你完全知道我們在哪。」

「這個世界只是看起來有秩序，實際上不過是一大團旋轉的混亂，妳卻想要確定的保證。」

「我只要一張床，然後睡覺。你可以給我嗎？」

「我跟妳一樣想要床。對，我做得到。」

「好，那我們該往哪邊走？」

他一面緩緩轉圈一面思考這個問題。他們站在街角，因此有四個選項。「我們走妳說的方向。」

她在人行道鑲邊石一屁股坐下，怒瞪著他。「你根本就不確定。還不如擲銅板算了。」

他朝街道張望。「對！沒錯。好。我們有四個選擇：左、右、前、後。我認爲是後面，妳認爲應該往前。我們可以擲銅板決定左或右。」

「太蠢了。」

他微笑，對她點頭。「我們來做決定、出發——不是我的選擇也不是妳的，而是不一樣的方法。我覺得這樣很不錯。」

「你知道我現在有多累嗎？」

他在口袋裡掏摸。「銅板來了。如果是城堡，我們往左，獅子的話就往右。」他將五十克朗的硬幣往空中一拋，看著它轉動。他沒接住，反倒是讓硬幣落在人行道上。他走過去彎下腰。

梅西看著這對伴侶拖著行李箱慢慢遠離她剛剛經過的旅館，其實轉過後面的路口就到了。他們朝旅館的反方向前進，不過他們正要展開冒險，而她沒有干預。

她從精釀啤酒吧前走過。她非常樂意抹掉她保持清醒的那些日日月月，但找尋旅館的伴侶介入了。他們有點醉，而她再也不想喝了——至少沒想喝到她無法抗拒的地步。

現在，她一步一步愈來愈深入歷史——無所不在的卵石、聖救主堂（St. Salvator Church）

的淡黃色正面與柱廊上的鬼魅般塑像，以及狹窄、無燈的街道。還有其他酒吧、酒館與咖啡廳——沿街還有其他可能性——但它們都沒像22 PUP酒吧一樣召喚著她。她愈來愈容易想像自己正走過十四世紀的一條街——要是看見長劍垂掛腰間的男人，或是身穿束腹與長裙的女人，聞到街上有馬糞和尿的味道，她也不會訝異。或是二十世紀中葉，路上有德國坦克和縮在火盆旁的士兵。或是一九六八年和民情激昂的布拉格之春，然後是緊接在蘇聯入侵之後毀滅性地喪失自由。布拉格的所有鬼魂陪著她走，表現出無聲的尊重。祂們靠向她，但沒有插手，彷彿祂們尊重她的失落。

七月九日凌晨十二點零五分——尤賽夫

我可以輕易想像尤賽夫．可利馬睜開眼，環顧單調的房間。他屬於橋，屬於卡魯夫橋，查理橋。我對他很熟悉。我看著他表演、歡笑、悲傷。我懷疑他將真正的自我深深藏起，但有足夠的他展現出來，我已看過他的心。我了解他。他與我連結。他的血就是我的血。我看過他逗得一個丈夫剛過世的女人無法控制地哈哈大笑。他的做法是嘗試彈吉他三次，每一次都失敗得比前一次更慘烈：椅子壞了、他控制不了自己的手、鎖不緊吉他絃。終於，最後一次嘗試時，觀眾確信這名小丑變不出什麼花樣了，他卻彈了一首他小時候學會的曲子，一首簡單的孤調[13]。他以西班牙語唱和；那個剛葬下自己丈夫的女人方才還對小丑的失敗捧腹大笑，現在卻因爲這段簡單、美麗的旋律而潸然淚下。

尤賽夫不在橋上。他在一個他沒有立即認出來的地方。他像個困惑的孩子一樣環顧房內，一點也沒頭緒自己在哪裡，或是自己怎麼會來到這裡。他猜他應該是在醫院。慢慢地，他回想起事發經過的斷續片段。牆面是柔和的綠色——或是泛綠的灰，或是橄欖灰棕——他沒辦法決定。旁邊還有另一張床，簾幔拉開，收攏在牆邊，不過房內只有他一個人。他注意到這裡聞起來不像醫院。沒有汙濁的味道——反倒古怪地清新，像是有扇窗子開著。窗簾拉上，光線昏暗。背景有低微輕柔的嗡嗡聲。他還小的時候，他的母親因爲某種他們不曾談起的疾病而住院。他記得那種不自然的寂靜，伴著壓倒性的嗡嗡聲，跟現在非常相像。

尤賽夫聞到淡淡的菸味。或許某處的窗子開著，或是走廊上有人剛剛抽完菸進來。

他不知道自己怎麼會來到這裡。他想下床回家，不過臀部陣陣疼痛。下床在房裡走動、找尋他自己的衣服會是一場眞正的試驗，測試他究竟處於什麼狀態。他知道他會需要挪動到床尾的位置，因爲他看不出要怎麼降下床側扶手。他依稀記得房間早些時候曾經在打轉，因此保持平衡或許會是個問題。他的頭持續發疼——沒有痛到讓人無力，但又嚴重到他每隔幾秒、幾分鐘就有感覺。

尤瑟夫覺得他記得今天過得不錯。他早上在卡魯夫橋工作，跟平常一樣扮小丑，一個街頭藝人，仰賴觀眾的慷慨維生。他每天都試著取悅短暫駐足觀看的人，同時實踐他的藝術完整性。這是一條所有藝術家都在走的鋼索。儘管他在巴黎菲利浦・高利耶小丑學校（Ĭcole Philippe Gaulier in Paris）的老師告訴他，他對身爲丑角過度嚴肅、他太恐懼死亡、他永遠無法在扮醜和必要的魅力之間找到平衡，尤賽夫相信丑角存在於他的骨子裡，他的心裡。

他在卡魯夫橋工作兩年了，從來就沒有固定的表演模式；對於什麼是娛樂，或逗人發笑，或感人，他永遠都在嘗試拓展邊界。觀察、改編、反應，然後就是到處放屁。今天早上

註13：Soleá，最基本的佛朗明哥曲式（Palos）之一，通常僅以一把吉他伴奏，有時被稱為曲式之母。

出師不利。或許是十點的時候吧，另外一個女人，這次這位身穿夏季花洋裝、太陽眼鏡推到髮際線內，她毫無停頓地走過去——沒考慮接受他送她的花。尤賽夫沮喪認命地垂頭，肩膀垮下，體現出被人往腹部踢了一腳的感覺。

這是今天第十三個女人拒絕他的小丑殷勤，而時間甚至還不到中午。他一點也不迷信，不過出於某種原因，這個數字令人不安。感覺就像一個凶兆、警示，在告訴他壞事即將發生。他這整週都在玩味著我們是如何爲愛甘冒丟臉、遭拒絕或奚落的風險。他會走近橋上的一名女子，吹響他的哨子，試圖引起她的注意——一旦她看他，一旦她停下腳步，他隨即把自己打理好，挺起肩膀，一手耙過頭髮，對她露出滿懷希望的微笑。接著他鞠躬，左手貼著心口，將花獻給她——一朵白色非洲菊。他是一個在追尋愛，追尋熱情與浪漫的紅鼻子小丑；這名小丑爲了愛賭上他的所有尊嚴。

他的右臂爆出一股劇痛，尤賽夫緊緊握住床側扶手。忘了尊嚴，也忘了愛，這股疼痛就是一切。他以口呼吸——小心而愼重的呼吸。他試著保持靜止，疼痛終於消退。就算他們給過他鎭痛劑，現在也已經沒用了。

今天似乎沒人想陪他玩。小丑看著第十三位女士走過——他張大嘴，在眼神中注入傷痛。賭上眞心就是這種結果：沮喪、消沉和痛苦。他轉身背對她，緩緩走了幾步，聽見銅板叮叮咚咚落入他的帽子；帽子就放在橋邊他的袋子旁。**好，有人喜歡他的表演。有人欣賞他那過度誇張的悲痛。**他在這段表演中提出的問題是，**接下來呢？對這名小丑而言，答案是再試一次，再失敗一次，然後再試一次。永遠都要再試一次。**尤賽夫的小丑很快就會覺得沮喪很無聊——他會快活起來，站直，拍掉身上的灰塵，重新開始。他正要這麼做的時候，突然有東西拉扯他的褲腿，他轉過身。

小女孩可能四歲，頭髮紮成馬尾，腳踩塑膠涼鞋，表情堅毅。他快速吸口氣，心中湧現突如其來的理解。她抬頭看他，拿著一朵藍色小花要送給他，而她令他自覺卑微。

他在她面前跪下，接下花朵。他找尋她的父母，找到在旁邊微笑的母親。他比劃提問：**我可以抱抱妳女兒嗎**？母親點頭，小丑對女孩張開雙臂，女孩抱住他。

到了下午兩點，他賺到的錢夠他吃頓好料了，於是他決定今天就此收工。他沿河畔步行，買了一杯咖啡，一邊讀報。他不記得報紙上寫了什麼，也不記得咖啡店叫什麼名字。他猜應該是斯拉維亞（Slavia）吧。他很喜歡斯拉維亞；這家咖啡廳以身爲作家、詩人和知識分子的聚會場所而聞名，當然了，店內顯眼地展示著他們那幅知名的畫作：喝苦艾酒的人[14]。

他相當確定自己去莫利內克（Mlýnec）[15]吃了炸小牛肉排。今天在橋上過得很不錯，他想稍微慶祝一下。他點了一杯紅酒，等餐點上桌時，他試著回想自己第一次來莫利內克的時候。他父母講過帶還是小嬰兒的他來這地方，還有他無時無刻都能睡的故事，但他一點印象也沒有。

這家餐廳眺望伏爾塔瓦河和卡魯夫橋，因此定價過高。餐廳的景觀仰望卡魯夫橋，正對宏偉石拱的弧形線條；這些石拱的底側在夜晚會點燈，橋上的燈籠點點橫過河流。餐廳以韃靼牛肉而聞名，他清楚記得自己第一次吃這道料理時的情景。那次是跟卡蜜拉一起來的，她堅持他非嘗嘗不可。這道料理搭配以完美比例拌入少許松露與大蒜的美乃滋，幾年來成了他的最愛之一。他們稱這道美食爲克勞達的乾式熟成韃靼牛肉，不過對他而言，它就是莫利內克的韃靼牛肉。

巴黎小丑學校放假的時候，他和卡蜜拉來布拉格旅行度假，他將他熱愛的這座城市介紹給她認識——私房景點和隱密的美。附高聳拱壁的雪之聖母教堂（The church of Our Lady of the Snows）是他在全布拉格最愛的一間教堂。他帶她去波特瓦咖啡廳（Kavárna Potrvá），此處同時也是酒吧兼表演空間，他第一次扮演小丑就是在這裡。還有從斯特拉霍夫修道院（Strahov Monastery）眺望的城市全景。他也在夜晚橋上點燈時帶她去莫利內克。

他們的關係在布拉格從室友升級爲戀人。他喜歡告訴自己，他愛上她和善的臉和她的眼睛，但這都是胡扯——主要是因爲性。他愛她胸部的形狀和握在手中的重量，還有她那鮮明的挑逗；說是挑逗，其實更像是挑戰。對他而言，她的肉體無比情色。

他再次審視他的病房，承認他對昨晚的記憶有些斷層。他怎麼會記得前女友的一切——身體的曲線、聲音，對於自己是如何進醫院卻不清不楚？他記得卡蜜拉是一個非凡的小丑，班上師生的最愛。當然了，尤賽夫相信小丑的純粹與美，卡蜜拉則只是想完成身爲演員的訓練。她是如此優秀，而這有時令他憤怒。或許他和卡蜜拉還在交往。不，不對。他們分手了。她在五個月之後終止這段關係——當時他相信他們很穩定，也相信他們幸福快樂、一切美好。那個時候，他去日內瓦探望生病的阿姨，而就在那三天之間，卡蜜拉從小丑學校退學，清空他們位於瑪拉爾街（Rue Malar）的公寓，搬回紐約。她從戴高樂機場（Charles-de-

註14：《喝苦艾酒的人》（Absinthe Drinker）為捷克畫家維克特・奧利瓦（Viktor Oliva）最知名的作品，斯拉維亞咖啡廳內的這幅畫雖為複製品，但自一九二〇年起即懸掛於奧利瓦最愛的這家咖啡廳內。

註15：曾獲米其林推薦，位置就在查理橋下。

Gaulle Airport）傳訊息給尤賽夫，語氣像是自己幫了他一個忙、他該爲她對此的犧牲心懷感激。他的阿姨在那天早晨過世。他沒理由懷疑她在訊息中所說的每字每句，而他沒有回覆。

他想起莫利內克的服務生，一名矮小、效率超高的男子，似乎總是魔法般來去桌邊。他認得尤賽夫，還請他喝他的第二杯巴羅洛[16]。他們或許聊了世界冰球錦標賽和異常寒冷的天氣。他相當確定他是在冰上滑了一跤摔倒，所以現在肯定是冬天。

他相當確定服務生告訴他蓄鬍男子有危險了。服務生說的是蓄鬍男子的淺浮雕頭像，描繪的多半是某義大利建築師的肖像，或是耶穌，或是綠面首[17]——這些奇特事物只是更增添布拉格的魅力。浮雕嵌在河岸的一段牆上，過去被當作判斷水位的標準。如果伏爾塔瓦河的水位觸及蓄鬍男子的頭髮，那就該疏散舊城區了。既然尤賽夫在一條橫跨該河的橋上工作，那理所當然，能知道這資訊對他來說再好不過。

他在莫利內克逗留，慢條斯理地喝他的酒，最後又加點了咖啡。這是奢侈的一餐，而他不介意獨處。之後，他一直走到尤利安旅館（Hotel Julian），打算從那裡搭計程車回家。在聖馬可醫院前面過馬路時，一輛計程車掃過路口——速度太快了。他眼角餘光看見那輛車，遲疑了一毫秒，接下來就在空中翻滾了。計程車停下來，車裡的女人們尖叫。其中兩人跳下車。他看見腿在他身旁移動，還有鞋子。他看著兩個女人過街到對面的醫院。另一個女人來到他身旁，一隻手輕輕放在他的肩膀上。他喜歡她的味道，聞起來醇厚，像是皮革、廣藿香和汗水全部混在一起，但也有一絲輕盈的氣味。

「別動。」她脫下長袖運動衫對折兩次壓著他的頭，執起他的手放在臨時湊合的繃帶上。

「按住這裡，持續加壓。」

他覺得他嘗到血的金屬味。「我在流血嗎？」

「別動就對了。我的姊妹去找人幫忙了。」

「妳是英國人。」他試著滾動身子側躺，但臀部痛得他皺起臉。

「美國人。」

「沒關係，我還是喜歡妳。」他蠕動，屈起膝蓋，臉又皺了起來。他把手伸進口袋。只

註16：Barolo，義大利最大也最重要的葡萄酒產區，同名的酒有葡萄酒之王的美稱。

註17：Green Man，以樹木枝葉或其他植物圖案裝飾的人臉雕刻，常具悠久歷史，在許多文化中都有相關神話。

要紅色小丑鼻還在，他就不會有事。他的指尖輕輕拂過假鼻子。

「可以幫我一個忙，保持靜止嗎？別動就對了。」

「我必須找到我的鼻子。」

「你的鼻子？」

「在我的口袋裡。」

「你的鼻子在你口袋裡？」

「對。這一個。」他從口袋拿出紅色泡棉鼻子給她看。「不是我眞正的鼻子，這是提醒用的鼻子。」

「噢……好喔。很好。」

她的手在他肩膀上略微一動。**拜託不要讓她把手拿開。**

「在我太嚴肅時用的。或是在我注意到我的自我太過膨脹時。或是在我錯失感恩的機會時。或是在我認爲有人需要稍微鼓舞一下的時候。」

「這個鼻子可以解決所有這些問題？」

「有了它，我才能讓路給更好的自我。」

「眞是強大的鼻子。」

一陣劇痛竄上他的背，他忍不住呻吟。

「很快就有人來幫忙了。」

「我沒事。」他說，不過聽起來更像呻吟或咕噥——然後疼痛來到他腦袋裡，而且如此劇烈，他本能地抓起她的手緊緊捏住。

女人的眼中立即注入滿滿的關切，還有恐懼。「你會沒事的。」她說。「頭部的傷總是流很多血。」

「妳的眼睛好親切。」他突然覺得頭暈目眩，這可真怪。他工作時一天到晚跌倒，以前從來不會覺得頭暈。

「躺著等人來幫忙就對了。」

「所有東西都在旋轉。」

「很快就有人來幫忙了。」

「我不想失去妳。」

「你不會失去我。」

「如果世界開始旋轉，我就有可能會失去妳。妳會往某個方向飛走，那就只剩我一個人了。離心力，妳知道吧？那妳就不在我身邊了。」

她的微笑如此微小，然而在尤賽夫眼裡卻無比美麗。她是蒙娜麗莎（Mona Lisa）。她是相信自己身旁沒其他人時的瑪麗蓮・夢露（Marilyn Monroe）。她是莫迪利亞尼（Modigliani）[18]筆下其中一個懷抱祕密的女子。

「我不會飛去任何地方。」

「噓，我要專注，這樣才能阻止世界旋轉。」

「你的頭肯定撞到地上了。你記得發生什麼事嗎？」

「妳的眼睛好親切。」他說。

「對，你剛剛說過了。你記不記得你的頭有沒有撞到人行道？」

「我說眞的，妳的眼睛好美。」

「謝謝。你的頭會痛嗎？」

「可能吧。」他正在從某個地方回家的途中。他想起這個了。他應該趕快起來回家。

「可能？」她微笑。「好吧，聊勝於無。」

計程車司機朝女人的方向走近幾步，低頭看著尤賽夫，眼神透出恐懼。「你會沒事的。」他對尤賽夫說道，接著轉向女人低聲問：「他會沒事吧？」

「我不是醫師。」

「但有多……多嚴重？」

「我依然不是醫師。」

「我一直到剎車不及才看見他。」司機說。「他憑空冒出來……」

「現在眞的不是討論這個的時候。」

「對。當然。但妳應該懂吧，我不可能停……」

尤賽夫看著他們的臉。司機非常心煩意亂，女人努力一心二用。「我覺得有點想吐，還有頭暈。我還是覺得頭暈。」

司機退開，又只剩下女人跪在他身旁。她抬頭望向對街的醫院。

「耶穌基督！」

「妳在生我的氣嗎？我是不是做了什麼冒犯妳的事？我不記得……」

註18：Amedeo Modigliani，義大利畫家，生於一八八四年，卒於一九二〇年，表現主義畫派的代表藝術家之一，裸女畫為其特色之一。

「不，你沒做任何事。是我們的錯。我們的計程車撞上你。我眞的很抱歉。」

「等等。我不是跌倒嗎？」

「呃，對，不過你不是自己跌倒的。」

另一個女人現在站在他身旁低頭看。她的瘦臉因爲憂慮而緊繃。她告訴眼睛親切的女人，護理師不願意走過來馬路對面這裡。他們必須叫救護車。有某些關於把輪床推下救護車、把人搬上輪床、開車把病患送入急救區的規定。

「開玩笑的吧？我從這裡就可以看見醫院裡面耶。我可以看見醫師和護理師站在外面抽菸。」

「他們會來，不過會開救護車過來。他還好嗎？」

「我只是有一點頭昏。」尤賽夫說。「沒事。輪床眞是個好笑的詞。」

「我覺得他撞到頭了，臀部可能也有受傷……或是他的腿。」

「我的頭非常暈。」他的聲音聽起來像是他正在夢中緩慢而謹愼地說話。

她看著他，微笑。「而且他的頭非常暈。」她轉向另一個女人。「有多遠？他們眞要派救護車來？」

「在路上了，姊。」臉皺成一團的女人說。

「我很想自己去推輪床過來送他去對面。」

「我喜歡，」他說，「我們來搭輪床吧。」

「呃，那是不可能的，因爲我們不知道你傷得多重，搬動你可能會造成傷勢惡化。」

「我受傷了嗎？」

「對。」

「但我現在非常靜止，因爲妳叫我別動，我會沒事的。我會沒事吧？」

「對，你會沒事的。」她說。「救護車快來了。」

「我眞心覺得我沒事，可以走了，只要妳幫我站起來就好。」

「所以你不痛了嗎？」

「還是痛，不過動了才痛，或是打算動，或是呼吸。」

兩個女人朝警笛的方向看，感覺像還在好幾公里外。

眼睛親切的女人朝另一個女人一瞥，那個比較矮、戴玳瑁框眼鏡的妹妹。「救護車不是從這家醫院來？這是在開玩笑，對吧？」

「我跟他們說我們就在對面。跟他們說過了。」她停頓，顫巍巍地吸口氣。「海莉上去陪爸了。」

「妳也上去吧。我不能離開，這裡一處理好我就過去。」

「確定嗎？」

她伸手碰碰妹妹的手臂。「確定。去吧。」

妹妹離開。他聽見腳步聲喀喀越過馬路。

「妳們的爸爸怎麼了？妳應該去陪妳爸。我沒事。」

「我不會丟下你的。」

「那是妳爸？」

「我爸……我爸在那家醫院裡。」她朝對街短暫一瞥。「他快死了，但我知道他不會要我丟下你。**他**就不會丟下你。」

「但那是妳爸耶……」

「他就是會這樣做。」

「我喜歡妳爸。我很遺憾。」

「噓。」她說。「噓。」

他聽見救護車靠近他們所在位置，關掉了警笛。兩名急救員在他上方盤旋。他們放下擔架，問眼睛親切的女人發生什麼事，而她試著以英語解釋。計程車司機在旁邊聽，不時加以補充。他承認自己完全沒看見尤賽夫。他開計程車八年了，以前從沒撞過任何東西，更別提撞人了。開車八年來沒發生過一次意外。直到現在。

尤賽夫想著文氏圖，想著如果這是一幅文氏圖，那應該會是關於語言和理解。英語的圓，捷克語的圓，還有肢體語言的圓，全部相交，而在三個圓交疊的區域，有某件事令這兩位意外溫和的急救員擔憂。他們包紮他頭部的傷，用白色頭帶將他固定在板子上，另一條帶子則緊貼他的胸口。他的頭兩側各有一塊東西，因此他只能朝上看。他們問那女人要不要拿回她的運動衫，她說沒關係。計程車司機再次出現，送來尤賽夫被摔爛的手機；其中一名急救員將手機滑進一個塑膠袋內。尤賽夫一上擔架立刻伸出手，她隨即握住。

「我在輪床上了嗎？」

「對。」她說。「你在輪床上。」

「好笑的詞。」

「你剛剛說過了。」

「輪床。」他暗自微笑。「輪床。輪床，輪床，輪床。」

他們將擔架對準救護車後方，這時他喊道：「等等！妳叫什麼名字？」

女人對他微笑，一個溫柔而戲謔的笑。尤賽夫決定他餘生的每一天都要愛那個笑容。一輛救護車停入對街醫院的急救區，警笛震天價響，她告訴他她的名字。她的嘴在動，但他聽不見她說了什麼，接著他就被抬上救護車後部。

尤賽夫試著坐起來。「來 Karlův most 看我——卡魯夫橋。梟玻穆的聖若望雕像！」急救員隨即關上門。

他沒向她道謝。他應該向她道謝的。他捏捏右手的小丑鼻，接著抬手將它套在自己的鼻子上。

一群醫師擠在他身旁。他們剪掉他的長褲，有人問他疼痛的程度。「滿分四分的話九分。」他說。「不對。滿分十分的話十五分。我總結一下：應該是百分之三百。」其中一名護理師說：「好，我們懂你的意思了。」有東西戳刺他靠近手腕的位置，然後嘶——冰涼的感覺，接著疼痛幾乎徹底消失。他在溫暖的奶油中漂浮。他不再說話，回到小時候坐在汽車後座，車窗降下，爸爸在開車，媽媽在前面的乘客座，正努力在收音機找到一首好歌。姊姊在他旁邊睡覺。陽光照在臉上感覺暖暖的，風瘋狂地吹拂他的頭髮。他沒去上學——暑假中，他們正要去聖馬利諾（San Marino）[19]。到那之後，他們會玩硬地滾球、探索舊城，每晚都到不同餐廳用餐。吃晚餐時，爸媽會讓他喝半杯摻一點點水的紅酒。不過陽光太亮了——令人目眩，直直射入他的眼睛。沒有遮蔭，而他沒戴帽子——他的帽子在哪？太陽無比明亮炙熱。

「你叫什麼名字？」眼鏡插入金色捲髮中的護理師凝視他。

他用右手摸了摸鼻子。「我的鼻子呢？」

「你的鼻子呢？」

「我的小丑鼻。」

「我們會幫你找出來。我保證。現在，我有些問題要問你。」

「好。」

「你知道自己的名字嗎？」

「我的名字？那妳的名字呢？」

「我叫阿納絲塔西雅。我是急診室護理師。換你了。」

「我的名字嗎？」他想說臬玻穆的聖若望，但又頗確定這應該不是他的名字。這是個好

註19：位於義大利境內的國中國，面積僅六十一點二平方公里，不到臺北市的五分之一。

名字，但他不是聖人。「這是在考試嗎？」

「不，不是考試。我們只是需要知道你的名字。」

「我有一個很不錯的想法，但我想要百分之百完全確定，我們還是看看我皮夾裡的身分證好了。」

「好，我們當然可以看看你的皮夾。但你知道你叫什麼名字嗎？」

「尤賽夫？」

「你叫尤賽夫嗎？你聽起來不是很確定。」

「我挺確定的。」他知道他應該要確定自己叫什麼名字。他的名字就在他的記憶中，只不過沒跟任何東西連結。他只是需要多一點點時間把它找出來。「我會沒事吧？」

護理師在寫字夾板上寫字，然後輕輕挪開他頭上的繃帶。「割傷看起來不太嚴重，我覺得應該不需要縫。我們會把它清乾淨，換上新繃帶。你會好好的。」

他看著他的護理師。**她名叫阿納絲塔西雅**。有了——他明確想起一個名字。不是他自己的名字，不過記憶力總算是發揮了點作用。

阿納絲塔西雅護理師湊近檢查他的頭，他差點就要承受不了。「妳的臉離我的臉眞的、眞的好近。」他說。「很好的臉，但非常、非常大。」

「我很高興你認可。」她說。「好，可以告訴我你姓什麼嗎，尤賽夫？」

「我的意思是眞的、眞的很大。驚人地大。超大！」

「那是因爲我們給你的鎮痛劑。你知道你姓什麼嗎？」

「我知道，但我會沒事吧？」

「說到治療腦傷，這裡是布拉格最優秀的醫院。你會好好的。」

他不懂爲什麼大家一直說他會好好的，明明他感覺一點都不好。

七月九日凌晨一點零三分——梅西與巴伯

梅西氣喘吁吁。她沒注意到自己走得多快。她在一面石牆旁停下來，彎下腰，手撐著膝蓋，努力喘過氣來。以這時間來說，路上的車很多。這是一條繁忙的馬路，但她不想要呼嘯的車流。她決定等一下有機會就轉彎——左轉，希望轉入一條比較安靜的街道。

她站直，腹部一陣抽痛，像是她一直在奔跑，而她的身體在喊，**妳在搞什麼鬼**？她把手指壓入腹部緊鄰肋骨下方的位置，試著稍微緩和疼痛。按摩抽痛的位置可能會好一點。巴伯會知道這種情況該怎麼辦。他是個跑者，一天到晚在講跑步後的脅部疼痛——成因以及該如何預防。此時此刻，她眞希望自己當初有聽他長篇大論。

幾年前，梅西還在格拉斯哥工作的時候，她有一次飛回家過耶誕節。巴伯來西雅圖機場接她。她落地時在下雨，後來就只是灰濛濛又潮溼。他們走匝道接上一條又寬又快的高速公路。她在蘇格蘭生活，不習慣這麼多車，也不習慣這種速度，她把安全帶拉得更緊一點。

「過得怎麼樣啊？」巴伯切過三個車道，旋即在一輛大貨車後減速。當巴伯問你過得怎麼樣，他是眞心想知道你快樂或憂傷的故事。他在那方面有點太認眞。所以當梅西回答不了這個簡單的問題，他想知道原因。

「我說不出我快樂不快樂，眞心不知道。我知道我可能飲酒過量，但我畢竟在酒吧工作——身邊都是喝酒的人。而且是在蘇格蘭，喝酒是他們的全國性消遣。」

「妳喝很多？」

「欸，我不會說很多。我會說多過正常。」

「『多過正常』是怎麼樣？」

「有時候，我睡醒的時候不在家裡，然後我……呃，我不知道我在哪。」

「哦？」他聽起來不帶批判性，只是好奇。

「我的意思是，只要我想，我也可以輕鬆看待。我並沒有完全失去控制。」

「說眞的，我有幾晚也像那樣。」

就梅西所知，所言非眞。她打賭他根本不知道她在說什麼。

等紅燈時，他沒看她，反倒是把眼鏡往日漸稀疏的髮際線推，閉上眼，彷彿他想吸收她剛剛說的話。「所以妳不快樂也不悲傷——妳只是有意識自己喝了多少酒。這樣說對嗎？」

「對。完全正確。」

「那妳的渴望呢？那是什麼感覺？」他們後方的某人壓著喇叭，於是他把眼鏡戴好，朝號誌燈一瞥，開過路口。

「你是指對酒的渴望？」

他點頭。

「我不知道耶。我只是喜歡喝酒。酒不會讓我快樂，也不會讓我悲傷，而是其他。」

「其他？妳是指不像妳自己嗎？還是說根本完全沒感覺？」

「對，其他。我飄浮一陣子，不會有感覺帶來的負荷。」

耶誕夜時分，麥可諾頓街（McNaughton Street）的三一聯合衛理公會教堂（Trinity United Methodist Church）氣氛愉快。除了巴伯之外，其他人都去了；他幫自己倒了杯威士忌，點著火爐，跟所有人揮手道別。

教堂沐浴在燭光和歌聲之中。合唱團的歌聲很美。大多數讚美詩都有一把大提琴伴奏。梅西聽得見她父親的男中音，並為此而感到快樂。

這家子回到家時，巴伯已經酩酊大醉。他四仰八叉躺在客廳的長沙發上，彷彿全身沒一根骨頭。

「你是喝了多少？」海莉怒瞪他。

「一點點而已。上帝怎麼樣？上帝還好嗎？」

「教堂很令人愉快，巴伯。」梅西的母親尖聲說道。

海莉看見空盤子，抿起嘴。「你吃掉耶誕老公公的餅乾？」

「還有，還有。我看過了。反正應該讓耶誕老公公吃新鮮的。」海莉沒說話，巴伯宣布他要早早上床睡覺。「耶誕快樂啊，大家。」他說。

克萊拉和海莉哄小孩上床，梅西的父親用托盤端出他的蘭姆蛋酒特調，但她婉拒了。艾拉姑姑和布魯斯姑丈大口喝完各自的蛋酒，隨即跟大家說晚安。凱西姑姑看起來絕對不超過九十五歲，她喝了三杯蛋酒才拖著腳步上床去。今天家裡擠得滿滿的，梅西發現自己置身爸的辦公室，躺在拉出式小床上。她發現電視在播《風雲人物》[20]，好好哭了一場，然後來到凌晨一點，她睡意全無。她還在過蘇格蘭的時間；她是這麼告訴自己的。

有人在客廳拖椅子，多半是某個家長在代行耶誕老人的職責。梅西前去調查——躲在角落偷看，發現是巴伯在將一個個包裹從綠色垃圾袋裡拿出來，一面瞇著眼看上面的名條。

「需要幫忙嗎？」

他嚇了一跳。「耶穌基督！梅西！我以爲只有我在這裡。好，妳可以幫忙。妳可以像飢腸轆轆又趕時間的耶誕老人一樣啃那些餅乾——然後留下一大堆屑屑。」

「沒問題。」她想過要不要提起稍早他和海莉之間的緊繃氣氛，不過決定還是算了。與她無關。「所以一點也不留給耶誕老人嗎？那就是你的計畫？」

他回過頭看她，微笑。「妳也知道那傢伙過胖，對吧？他差不多要得糖尿病了。我們這

註20：*It's a Wonderful Life*，一九四六年的電影，一般公認為經典溫馨勵志片。

是在幫他和全地球的小孩。」

布置完客廳後，巴伯邀請她和他一起喝一杯。「我想抽菸想得要命。」他說。「帶上威士忌和兩個杯子。」

他們墊著折起來的毯子坐在前階上。巴伯在出來的路上抓了兩件大衣。他把艾拉姑姑的貂皮給她，她接過來披在肩上，在柔軟的毛皮中聞到艾拉姑姑精緻的香水味。他們坐在遮陽棚下，外面又開始下雨了。空氣涼爽清新，雨落在人行道和大街上的聲音聽起來舒緩人心。

巴伯點燃一根菸，凝視酒瓶，然後看著她，無聲地對她說：**欸，妳是在等什麼？倒酒啊**。於是她倒酒。

「我不知道你是怎麼做到的，也不知道你是怎麼安排的，但不得不說，我很佩服你這麼致力於不去教堂。」

「欸，每年的這個時候都比較難——還有復活節，還有聖約更新[21]時間……要命，大部分的時候都很難啊，不過謝囉。」

梅西知道，在巴伯和海莉的婚姻中，他拒絕上教堂是他們之間最大的問題，因爲海莉對此從不掩飾。

「那今晚是怎麼回事？」

「對。我可能喝多了。只是，我發現幾杯黃湯下肚後，這些家庭的東西會變得比較順利——尤其是在教堂之後。」他看著她，關切漸漸在他眉間堆起皺摺。「今天的禮拜比平常還長嗎？因爲我實在不覺得我喝得有比平常多。」

她聳肩。「有一個大提琴手。你也知道衛理公會教友有多愛他們的聖歌。你今天有吃東西嗎？」

一隻橘斑貓掠過街道朝他們而來。牠在遮陽棚下坐下躲雨，然後抬頭看他們，試著決定他們是否值得信任。

「貓走路的時候，」巴伯說，「牠們有辦法把每一隻後腳幾乎完全剛好地踩在對應的前腳腳印上。這叫直接對齊，牠們的腳步因而非常安靜又穩當。」

「你知道吧，在書呆子量表中，滿分十分，你這行爲可以拿二十分？」

註21：covenant renewal，目的為更新教徒與上帝之間的聖約，部分衛理公會教堂常於除夕夜和元旦晚間舉行相關禮拜。

他點頭。「對啊，我自己知道。」

他們喝完威士忌，跟對方道耶誕快樂。巴伯躡手躡腳上樓回海莉的房間，梅西則鑽回她那張超不舒適的拉出式沙發床。

梅西因爲巴伯的離經叛道而愛他。她猜她父親也不信教，但他對於自己的信仰大多保持沉默。他跟家裡的女人們一起上教堂，沒一次缺席，而且大聲唱聖歌。不過感覺他的虔誠是一份送給妻女的禮物——至少是送給三個女兒中的兩個。就梅西所知，他去旅行的時候並不會去教堂——除非那間教堂有一間六百年歷史的主教座堂，或是具備歷史上的意義，或是裡面有家餐廳。有時候，梅西看著人在教堂裡的父親，會發現他面露懷疑論者的困惑表情。

耶誕晚餐的餐桌上有十六個人，包含寡婦史東，一名後來成爲他們家人的鄰居。他們的座位依據梅西她母親的計畫而經過謹慎安排。梅西的父親跟平常一樣坐首位，她發現自己坐在爸旁邊，對面是巴伯和克萊拉——彷彿她母親知道巴伯和海莉之間會有些摩擦。布魯斯姑丈在她右邊，然後是艾拉姑姑和凱西姑姑。她的母親坐在桌尾，五個孫子環繞身邊。梅西十歲時，寡婦史東的丈夫在一場火車出軌意外中過世；今天由她帶領大家禱告。

巴伯越過餐桌朝梅西的酒杯倒滿紅酒——公開叛逆之舉。克萊拉無疑正在密切注意他們倆各喝了多少，晚餐後海莉很可能會爲巴伯鼓勵梅西喝酒而斥責他一頓。梅西在坐下之前都還挺放鬆的。對她來說「挺放鬆」就是喝醉的代號。她和巴伯在早餐後痛快喝了一些泰斯卡22，因此到晚餐時，他們倆都已經醉了。

盤子傳來傳去；母親的料理跟平常一樣美味又豐富，總是會吃不完。「剩菜，」母親會這麼說，「我們是一個熱愛剩菜的家族。」梅西鏟了一匙球芽甘藍到自己盤裡，小心不讓任何一顆滾走，坐在桌尾的外甥和外甥女歇斯底里了起來。他們全部手指著桌子另一端哈哈大笑；梅西以爲自己幹了什麼蠢事，或笨手笨腳，因此他們在笑她。當她往左邊看，坐在那邊的是她爸，而他把白色餐巾蓋在頭上，鼻子上套著紅色小丑鼻——一副毫無異狀的樣子——一切正常。他假裝搞不懂他們爲什麼笑，看了看身後，搖頭，吃一大口馬鈴薯泥。她父親沒有出戲。很快地，桌邊的所有人都笑了起來。

「哈利，別鬧了。」母親試著阻止他，但她自己也在笑。

註22：Talisker，產於蘇格蘭斯凱島（Isle of Skye）的單一麥芽威士忌，其蒸餾廠創立於一八三〇年。

梅西的母親在切巨大的南瓜派和挖一球球冰淇淋，這時梅西冒出一個點子。她必須非常專注才能在桌上找出她的酒杯，她注意到克萊拉在打量她。她起身舉杯。「我想敬酒。我想敬一杯。」她還沒想到要敬什麼。所有人看著她清喉嚨。「敬感恩。感恩被低估了，不過我滿心感恩。感恩自己能在這裡，跟我的家人在一起，還有這隻為我們而死的可愛火雞。」她肅穆地對著火雞點頭。她停頓，然後隱約領悟她並不知道自己為什麼站著。「這隻為我們而死的火雞……」

「誰死了？」布魯斯姑丈的聽力不好，但他拒絕戴助聽器。

「火雞啦，親愛的。」艾拉姑姑說。「火雞死了。」

「謝天謝地。」他說。

梅西接著說：「跟家人在一起很美好——跟我的姊妹在一起——她們總是看顧著我。我的姊妹，她們總是看著。因為她們在乎，在乎我。」然後她想起來了——她在敬酒。「所以，家人。我想要敬我的家人。」她舉起酒杯，環顧餐桌四周。巴伯被逗樂了，咧嘴而笑。只有瑪莉・史東跟著舉杯。「家人不只是血緣而已。還有長時間以來已經變成家人的朋友……」

梅西靠過去跟巴伯碰杯，因為似乎沒人打算跟她敬酒，不過他的酒杯翻倒，紅酒在白色桌巾上蔓延。

克萊拉一躍而起，用餐巾按壓桌巾。「小孩在場耶。」

梅西困惑又擔心。「我把酒灑在他們身上了嗎？」

「不用擔心桌巾，克萊拉。」梅西的母親說。

「我罵髒話了嗎？我是不是說了什麼惹人嫌的話？我不是故意要惹人嫌。」

「沒有，不過妳喝醉了，在耶誕節，在耶穌生日這天。」

「噢，我沒那麼醉啦，而且我不認爲祂會介意。」梅西說。「祂自己也喝酒啊。紅酒，祂喝得可多了。」她查看爸的反應。他看著她，似乎覺得很好笑。

「沒人惹人嫌。」巴伯這句話與其說是他的看法，聽起來還更像命令。

布魯斯姑丈轉向妻子。「誰喝醉了？我沒喝醉，對吧？」

「對，布魯斯，你沒喝醉。」

「我也沒醉啊，」梅西說，「我很高興。高興沒什麼不對吧。耶穌會認可我高興吧。」

克萊拉三個孩子中年紀最長的諾亞在桌尾應和：「我也很高興。」

「不，你沒有。」克萊拉說。「你不像梅西那樣高興。」

梅西坐下。

「我在蕪菁裡加了肉豆蔻，」她母親插話，「你們覺得怎麼樣？」不過氣氛依然緊繃。

回家的飛機上，格陵蘭上空的某處，梅西試著重建耶誕節的事件。她打從心裡知道自己該戒酒了。

梅西不知道自己置身何方——嗯，河流就在附近，但那是她唯一確知的線索。無比漫長的一天。那天晚上八點左右，是她接到母親打來的電話。現在，凌晨一點，走在布拉格的街道上，那通電話分明只是幾個小時前的事，感覺起來卻像發生在三天前。

她母親在大約六點的時候叫她們都回旅館，堅持要女兒們回去休息，她留下來看顧。她承諾一有狀況就會打電話給她們。克萊拉和海莉住一個房間，梅西則是和母親同住上一層樓的兩室套房。回到旅館才過一小時，梅西正在淋浴，這時電話響起。爲了接這通電話，她在溼地磚上打滑，差點摔倒。母親的聲音聽起來緊繃又小聲。「去叫妳姊妹然後來醫院。」母親說。「立刻來。」

她的身體好沉，沖掉洗髮精時笨手笨腳的。感覺好像她愈是努力加快，她的動作就愈慢。

她站在姊妹們的房門口，急著想趕快出發。梅西朝走廊的鏡子一瞥。她看起來活像隻溺水的老鼠。她剛剛抓起乾淨的衣服就穿——牛仔褲和運動衫，還有一件寬鬆版的綠卡其軍裝外套，頭髮則是紮起潮溼的馬尾。克萊拉完美無瑕——互相搭配的鞋子和珠寶，衣服全部熨燙過，就連端莊的裙子也毫無破綻。海莉還在浴室裡，但很快就會打理好。

「我來叫計程車。」克萊拉說。

梅西把門稍微推開一點，希望藉此催促她們加快動作。「旅館前面就有計程車。」

「好，我們快好了。」克萊拉邊說邊拿起電話打到櫃檯叫了計程車。她當然想把車安排好。她微觀管理每件事——列清單、劃掉完成的工作、列更多清單，然後再幫這些清單列清單。

海莉走出浴室，看著梅西。「妳就穿這樣？」

梅西想說：**爸他媽的昏迷了，妳覺得他會注意我穿什麼嗎**？

旅館前方有四輛計程車，她們可以一人搭一輛，還會多出一輛。

上車後，克萊拉想要大家握起手來禱告。她坐在司機旁邊的前座，扭過身子，一隻手伸向梅西。「我們來禱告。」她說。

「噢，去妳媽的。」持續抵抗自家姊妹和上帝實在太累人了。

「認真？」克萊拉說。「妳要滿嘴髒話去爲我們的父親送終？而且再怎麼說，祈禱又不會要妳的命。」

海莉沒出聲。她消失在計程車內屬於她的那個角落——皮膚的分子似乎融入座椅的布料中。

梅西閉上眼，抗拒著回嘴的衝動。「好，妳是對的。我沒事，我們來禱告。」

「禱告的時候必須眞心虔誠。」克萊拉說。「上帝會知道的。」

「眞心虔誠，我準備好了。」就連她也聽得出自己聲音中的尖銳。

「眞的嗎？」

「妳到底要不要禱告？」

姊妹們握起手，克萊拉領頭。「親愛的天父，榮耀獻給天父與聖子與聖靈。祢是全能的造物主──神聖，充滿慈悲與愛。祢在我們受苦時給予我們安慰，我們今天懷抱沉重心情向您祈禱。最慈悲的上帝啊，我們心情沉重，因爲……」

「不。」梅西甩開姊妹們的手。「我不想禱告。妳們兩個自己來吧。我不在乎上帝，我只在乎爸。」

「所以我們才要禱告──爲了爸。」

「嗯，聽起來超像妳只是在崇拜上帝、讚美上帝、告訴上帝祂有多偉大。」

「對，因爲上帝會照顧我們的父親。」

「所以妳要巴結上帝嗎？爲了什麼？好讓爸在天堂有個好位置？我做不來。我不想跟這事扯上丁點關係。」

「嗯，我們就是這樣禱告的。」克萊拉說。「不然妳怎麼禱告？或許妳可以帶領我們……」

「我沒有。我不禱告的，可以嗎？」她上一次禱告是她在墨西哥食物中毒的時候，當時她在半夜禱告，因爲她不想死，也希望自己可以停止嘔吐和腹瀉，而這些似乎都不太可能實現。

對梅西來說，聽起來像克萊拉發瘋了。她就像一個每天早上在地鐵尿褲子的傢伙，因爲這樣可以保護他不受橘衣人傷害。或是那個在車陣中用報紙蓋著頭蹣跚而行的女人，因爲「他們」無法看透報紙。

克萊拉的語氣平靜而堅持，彷彿她並不確定，但她要讓自己聽起來確定。「我們的父親即將與上帝同在。」

梅西思考著怎麼說聽起來才仁慈，思考著正確的措辭。現在不是該爲宗教起爭執的時候。

「妳眞心相信那一套，對吧？」

克萊拉看著梅西，彷彿自家姊姊剛剛問了一個蠢問題。「對，我當然相信。我們的父親即將與上帝同在。」

海莉嘆氣。「快到了。我們可不可以先算了？」
「不可以。我想想聽聽梅西要說什麼。」
「沒有。我無話可說。繼續禱告吧。妳們的禱告很重要，只是別算我一份就好。」
「上帝愛妳，梅西。而且就算妳不相信祂，祂也依然相信妳。」
「噢去妳媽的。」她的妹妹開始朝她丟賀卡。
「認眞？我們的父親在醫院快死了，妳還這麼粗俗？妳知道嗎，罵髒話是欠缺想像力者的最後避難所。」
「爸只是昏迷，克萊拉。眞的假的，妳知道昏迷是什麼嗎？」
「很沒禮貌就對了。現在別這樣。」
「我沒禮貌，克萊拉。」梅西說。「我沒禮貌。妳很清楚。妳只要一有機會就會提醒我這件事。」
「我沒有……」
「夠了。」海莉的聲音發顫。「我們沒必要吵架。我們今天應該要愛彼此才對。爸會希望我們好好相處。他會想要我們笑。」淚水從她的臉頰滾落，她在手提包裡翻找面紙。
克萊拉激動得口沫橫飛。「或許梅西也不相信愛。」

「去死啦，克萊拉。我會愛，也有人愛我。我會愛。」她眼裡有淚，但她不想要這樣。當時不想。她不想讓克萊拉看見她的眼淚。

計程車快速轉過醫院前方的路口。響亮的一聲碰，一名身穿酒紅色襯衫的男子飛了起來，所有人都在尖叫。金屬撞擊肉體的聲音令人作嘔，梅西在她的位子上扭身從後車窗朝外看。**他沒事吧？一定要沒事啊。請讓他起來，拍掉身上的灰塵，然後走開。**計程車緩緩停下來。目瞪口呆的克萊拉和海莉凝視梅西。「去找人幫忙。」梅西厲聲喊道。「去啊！」她猛力推開車門。

梅西的姊妹跳下車，衝過街，她自己則是快步來到倒地的男子身旁。計程車司機奔向男子，但中途又停下來——距離近得足以看出那男人沒在動後，他就不跑了，反而彎下腰彷彿快吐了。他把頭轉過來看，隨即又轉開，再次試著看，又再次轉開。

梅西蹲在這個穿酒紅色襯衫、文風不動的男子身旁，盡可能小心地把手放在他的肩上。她捕捉到微小的細節：襯衫的布料，以及摸起來是如此柔軟；胸膛的起伏、頭上的血、他微笑時像變魔術一樣冒出來的酒渦。

「你爲什麼在笑？」

「不是笑，」他說，「我這是扮鬼臉。」

七月九日凌晨十二點三十分——梅西

梅西抵達的隔天，她和海莉一起吃午餐。她們去了羅浮咖啡館，海莉滔滔不絕地講述以前有哪些名人常來此地。她將她的旅遊書放在桌上的咖啡旁。

「想像一下，愛因斯坦就在那裡喝咖啡。」她說。「還有莫札特。他愛布拉格……」

她們坐在靠窗的座位，心不在焉地聽著爵士樂——鋼琴的聲音純粹而戲謔，切分音的貝斯應和著。

梅西對著海莉揮手。「告訴我妳過得怎麼樣。我們超久沒有兩個人聊聊天。妳跟巴伯怎麼樣？也跟我說說孩子們——他們都幾年級了？」

接下來海莉毫無間斷地說了二十分鐘。她的其中一個女兒開始上舞蹈課，而且很喜歡芭蕾。學舞很貴，但那是城裡最棒的舞蹈教室。巴伯在車庫裡自己釀啤酒，而且說實在的，喝起來還不算太糟。頭幾批爛透了，但他每一次釀造都加以改良。當她說到一個段落，看似打算喘口氣接著展開第二輪，梅西把手伸到桌子對面抓住姊姊的手，兩個人都眼裡含淚。

她們點了兩份 *shopska*（保加利亞沙拉），合吃一份韃靼牛肉和大份的匈牙利燉牛肉。服務生身穿白色圍裙，看起來無比美麗優雅又時髦；他幫她們點完餐後，梅西說：「多跟我介紹一下布拉格。」

「眞的嗎？」

「對。」

她從手提包拿出旅遊書，翻到第一個書籤的位置。「卡魯夫橋的長度爲六百二十一公尺，寬度接近十公尺——大約三十三英尺，附十六個橋拱，由三座橋塔看顧。橋上有三十尊聖人雕像，大多於一七〇〇年代早期豎立，現在大多是仿製品。」她停頓，時間只夠她啜一口水。「東端的舊城橋塔刻有一串數字回文——一三五七九七五三一，這是查理四世建立這座橋的日期和時間。所以就是一三五七年的第七個月的第九天，凌晨五點三十一分。古人賦予奇數某種神奇的力量，這與命理學有關，也是中古時代的信仰。爸愛回文。妳記得他以前總是遇見回文就興奮嗎？」海莉猛然吸氣，伸手遮住嘴。「我剛剛用過去式談論爸。」

「沒關係。所有回憶都是過去式。」

「不。我殺了他。就在這張桌子旁，我殺了我們的父親。」

「海莉，停下來。停下來就對了！呼吸。」

海莉瞪大眼，下顎顫動。

「海莉！」梅西捏她姊姊的手，使勁捏。「沒關係的。呼吸。深呼吸。」

幾分鐘後，梅西手指著旅遊書。「裡面還寫了什麼？」

她顫巍巍地吸氣，緩緩吐氣。「捷克語的卡魯夫橋是 Karlův Most。橋上最知名的雕像是臬玻穆的聖若望。他是主教代理，但被刑求後從橋上丟進河裡溺死。顯然當時的國王是個善妒的男人，而臬玻穆的聖若望拒絕對他透露波希米亞的王后告解了什麼。他維護告解保密，並因此而死。」

「所以，我們應該去參觀一下卡魯夫橋？」

「對啊，前提是妳喜歡德國人。書上說，布拉格每年有六百萬名觀光客，其中大多數都是德國人。」

「德國人沒什麼不好。」

「嗯，橋距離這裡不遠，不過書上說，深夜或是清晨最棒——才能避開人潮。」海莉看著剛剛又被倒滿的水杯，咬起下脣。

「怎麼了？」

「妳介意我喝杯酒嗎？我不想要表現得沒神經，但我想喝一杯。」

「噢，天啊，海莉！當然可以。我活著，而身邊有喝酒的人就是活著的一部分。妳想喝的話儘管點。」

梅西從安東尼納切馬卡街（Antonína Čermáka Street）轉入一條狹窄小路，心裡想著那個有酒渦的受傷男子。他很有趣，又有點古怪，希望他沒受太嚴重的傷。

她走過一座石拱門下，沒意識到自己走進了墓園。路的兩邊都是高牆，一路蜿蜒、收窄。光線柔和而不間斷。終於出現一個大小剛好的標示——這裡是祖布拉斯基墓園。街燈照亮高聳樹冠的底側，成排墓石和紀念碑沿路而立。

剛開始，她希望小路會在墓園的另一端與大街銜接，但她很快就看出小路實際上成環狀圍繞這地方的圓周，沒有出路。她只能從進來的地方出去。

她剛剛下定決心要跟著直覺走，現在看來祖布拉斯基墓園的黑暗綠色美景就是終點了。她沿墳墓之間的窄道來到看似中間之處，這裡的樹木之間有一塊空地，豎立著一座巨大的石造紀念碑，十字架聳立其中央。十字架上的耶穌大小接近真人，金色的雕像平滑而黑暗，梅西頭一遭害怕了起來。她轉身背對雕像的激昂氛圍。一塊打磨過的花崗岩旁有一棵高大的榆樹，她決定在此稍事休息。三根蠟燭依然在寬口玻璃罐內閃爍，在光亮的岩石表面投下黯淡的光圈。是誰點燃這些蠟燭？又是在多久之前點的？

梅西在冰涼又略帶溼氣的石板坐下。她朝路的那端望，看著十字架上的金色耶穌，注意到祂的頭部有一團薄霧。透過霧氣，只能勉強看見祂開展的雙臂。儘管天氣依然相當溫暖，她還是立起外套的領子，並把雙手塞進口袋。她靠著榆樹閉上眼。

有些時候，她會需要跟喝酒的欲望欲望搏鬥，但她知道喝酒並不會讓她感覺好一點——只會幫助她感覺得更少，而她想體驗這種痛苦。她想要她的痛苦變得如此熟悉，就棲息在她每一次吸氣的底部，並乘著她每次吐息的浪潮。母親多半很擔心——不是因爲她跟父親很親近、她又不見蹤影，而是擔心她喝酒，一杯接一杯，沒完沒了。如果她喝酒，她就有可能會在某輛皮卡後方貨臺的藍色防水布下醒來，這輛車則停在德州洛斯埃巴諾斯（Los Ebanos）某拖車式住家旁，而她身上只穿著胸罩和內褲，而且這種可能性會指數式成長。

四年前的那個早晨，她蹣跚走在路上，遇上一名美國邊境巡邏隊的警官，他告訴她，她正朝渡輪前進，即將跨越格蘭河（Rio Grande）進入墨西哥。他問她有沒有帶護照，因爲她會用上。她當然沒有。她身上只穿著胸罩和內褲——車鑰匙因爲某種奇蹟還插在她的褲腰。他提議載她進城。她被曬傷，而且手肘下多了一個看似海灘松的新紋身。紋身紅腫發炎。她不知道自己怎麼會、在哪裡、什麼時候紋身的。曬傷她倒是懂。根據警官車上的螢幕，外面氣溫高達華氏一百零四度，而這時候甚至還不到上午十點。她記得自己開車到加州的約書亞樹國家公園（Joshua Tree National Park），停車，走進酒吧喝一杯。除此之外還記得一兩首歌、搭便車、性。她認爲自己有可能曾跟一名貌似耶穌的男子做愛。

來到邊境巡邏辦公室，她打電話給海莉，安排好錢和回約書亞樹的巴士票。警官給她一件印有褪色NASA標誌的T恤和一件短褲；聞起來像是從發霉的失物招領箱撈出來的。

她失去了十天、她的身分證和所有衣物，而且只能希望車還在約書亞樹她原本停放的地方。

那天夜裡，在一家汽車旅館內，她爬進淋浴間，啜泣了起來。她還活著，置身德州的洛斯埃巴諾斯，距離墨西哥邊界只有一箭之遙。她還活著，而這件事是一個驚人而完美的意外。熱水、乾淨涼爽的床單令她無法承受——這一切太多了。她一直哭到水變成微溫。姊妹們或許會說這是奇蹟。她主要則是不懂為什麼像這樣喝了十天之後她還活著。在那輛皮卡的貨臺上，某個人用防水布蓋住她——關懷或背棄或冷酷之舉。梅西想要相信那是仁慈之舉。

她不會喝酒。她不會因為父親今晚過世就喝酒，他最想要的就是她健康快樂。儘管她軟弱、有缺陷，而且通常都很愚蠢，她也將清醒著體驗這悲痛。她母親會擔心。她那兩個結婚有小孩的姊妹也會擔心，因為她們是已經傳宗接代的大人了，梅西則稱不上完全成熟的大人，因為她三十三歲了還孤家寡人，這在她姊妹眼中就是長不大的象徵。除此之外還有另外一件事：梅西需要有人保護，以免她受她自己傷害——她的姊妹總是毫不遲疑地提醒她，她曾身無分文在德州醒來。「上帝看顧著妳，梅西。」她們這麼說，「上帝對妳自有打算。」

有時候，梅西希望她的姊妹不要老是透過信仰的透鏡看待所有事。在她們做的每一件事、她們的所有信念、基本上她們所說的每一句話底下，總有一條戒律，或是一行經文，而這實在令人火冒三丈。

花崗岩石板角落的一根蠟燭燃盡，另外兩根也搖曳閃爍。霧更濃了，帶著黏膩感沿十字架上的金色耶穌軀體而下，慢慢逼近地面。每盞街燈都有光暈。她又看了看十字架上的金色耶穌。霧氣中，這尊雕像讓她想起在醫院前方被計程車撞上的那名男子——他四仰八叉躺在地上，無助又困惑，疼痛不堪。

梅西閉上眼，沉沉嘆息。她想著那個被計程車撞上、有著漂亮酒渦的男人，請求上帝看顧他。她告訴上帝，司機之所以焦慮是她的錯，因爲她他媽沒辦法禱告。「抱歉噢，上帝，」她說，「就是忍不住想罵髒話。」她確保上帝了解她並不是在爲自己而禱告，而是在爲那個受傷的男人向宇宙許願。事實上，她不算是在禱告。「我的姊妹才禱告，我們的話只算是聊天，就這樣而已。」她停頓。「如果祢剛好在聽，又如果眞有天堂，請讓我爸進去。別以我來批判他。我最美好的部分都是因爲我爸，所有糟糕的地方都是我自己的問題。」她心中的某個東西軟化，她淚水盈眶。她努力不讓眼淚落下。「然後盡祢所能照顧我的姊妹和我媽，幫助她們。用祢平常那些方法。派天使來——如果祢是這樣運作的話——要天使站在她們身旁、保護她們，不讓她們被悲痛壓垮。」她發現自己並不知道上帝都做些什麼，或是可以預期上帝做些什麼。或許光是祈禱、簡單求助就夠了。仰望天空、觀照內心，並說：**我在這世上有如螻蟻，而且大多時候孤立無助。我迷失了。我們稱之為生命的這東西讓我自覺卑微。**

當她睜開眼，一頭象站在十字架上的金色耶穌後方。梅西用力吞了口口水，對著愈來愈濃的霧氣瞇起眼，看著那頭象津津有味地大嚼一束花。

「他媽搞什麼鬼？」她低語。

半隱沒於霧氣中的象相當巨大。牠或者沒注意到她，也或者沒把她放在心上。不過一頭象是要怎麼表現出牠知道她在場？對她點頭？揮手？她把雙腳抬到花崗岩石板上，無意識的反射動作。當然了，那頭象不在地上，牠在上面——肯定有十二英尺高。

梅西無法別開視線。她爲什麼會看見一頭象？大半夜的，在一座墓園中央，有可能出現各式各樣亂七八糟的東西，爲什麼偏偏是象。她試著回想看見象是不是代表好運。或許這頭象不是眞的。她已經不太可能出現酒精中毒後的震顫性譫妄，但還是有可能看見四肢具足的幻覺。

如果上帝是用這種方式回應她的禱告，她覺得非常令人印象深刻。或許有點過頭了。

薄霧旋繞、凝聚爲厚厚的霧牆，帶走她的象，只剩下一片白，和令人迷醉、潮溼而涼颼颼的空氣。梅西雙手捧著剩下的蠟燭，汲取玻璃罐內的暖意。她靜坐等待，聽見牆的另一邊有輛車駛過墓園外的街道。如果那頭象在霧中走動，牠也走得如此安靜。牠就在那裡——她看不見牠，牠可能也看不見她。她努力保持靜止。如果她盡量不呼吸，或許就可以慢下她的心跳，直到她消失。

無論有沒有象，她不久後都必須繼續走動，好讓身子暖起來。這時她聽見了——拖沓的腳步。然而並不是那頭象，而是兩個男人出現在她正前方。梅西起身退開。懷抱伏特加的高挑男子微笑，將酒瓶小心地放在地上。他的夥伴是個禿頭的矮子，身穿骯髒的軍裝式雨衣，看似驚訝。

高個朝她走近一步。「妳在這裡做什麼？」

「沒做什麼。」梅西說。「我正要離開。」她試著想像她可以說什麼樣的故事，才會讓她聽起來比實際上更危險。她不想跟這兩個男人說話。

主要由高個負責發言。「這時間還在外面走來走去也太晚了，尤其妳還自己一個人。」

她的腦袋飛速轉動。**他想知道我是不是自己一個人**。「我有說我自己一個人嗎？」

「我一眼就看得出妳是自己一個人。」

「好喔……」她希望這麼說能讓他們心生疑竇，讓他們猶豫。

他們環顧墓園內。「妳就是自己一個人。」高個說，但聽起來沒剛剛那麼確定。

「這裡只有她啦。」另一個男人說。

「如我剛剛所說，我正要離開。」她往右踏了幾步，矮個跟著她。

「妳想喝一杯嗎？我覺得妳應該跟我們一起喝一杯。這樣才友善嘛。」

矮個來到她身後抓住她的雙臂固定在她身後。他非常強壯，握住她手臂的手活像固定鉗。

「你他媽在做什麼？放開我。」她扭動，但他緊緊捉住她。「我不喝酒。我不想喝酒！」

「我們不會傷害妳，」高個說，「只是想稍微看看妳。」

「不要碰我。」

他從臀側的刀鞘抽出一把刀，在她臉前方比劃，一邊用左手解開她牛仔褲褲頭的釦子，拉下拉鍊，手伸到後面將她的褲子拉到膝蓋處。他拉開她的內褲褲腰，割斷布料，另一邊也如法炮製。她動彈不得，腎上腺素高速流竄。

他碰我的時候，我會尖叫。我會又踢又叫。我會叫得像發瘋一樣。拜託最多到這樣就好。有人會聽見我尖叫然後報警，或是他們會自己來救我。

高個拿起伏特加酒瓶，捏住她的鼻子，將酒灌入她口中。梅西嗆到，酒噴出來，沿她的下巴、脖子和胸口滴落。

「妳這樣很不友善耶。我們只是想表現親切。」他解開自己的拉鍊，探向她雙腿之間。梅西吸一大口氣，放聲尖叫，同時奮力踢出去，但他躲開了。她又尖叫，並更用力地踢。突然間，她身後的男人放開她，她被推倒，頭狠狠地撞在地上。她努力想看清楚，不過眼前只是一片柔和昏亂的模糊。男人們喊著：「快跑！」還有「他媽什麼鬼啊？」還有「我覺得我的手斷了！」還有「趕快離開這裡！」玻璃破碎的聲音。奔跑的聲音。一股黑暗，然後是平均而沉著的灰色光線。

她坐起來，環顧一根根街燈柱和穿過薄霧的圓錐狀燈光，外圍隱約可以看見樹木。她站起來，顫巍巍地拉上牛仔褲，扣好釦子。她止不住雙手的顫抖。她必須找到某個東西。她的背包。他們想要她的背包。那兩個男人想偷走它。他們要的是背包。可能掉在地上的某處。剛剛一團混亂，他們可能讓背包掉在哪裡了。她早該直接把該死的背包給他們。梅西跪下趴在地上，開始到處摸索找尋背包。肯定在這裡。她的背包裡有一小包止痛藥。她的頭好痛，需要吃點藥。吃下止痛藥後，她的頭就不會那麼痛了。她必須找到她的背包。她摸到鋸齒狀又尖銳的東西，聞到酒的味道，然後想起來了——她的背包在醫院，在她父親那裡。她的手被破酒瓶割傷了。

她不懂那兩個男人發生什麼事，但知道自己很幸運。有人救了她。她用指尖檢查額頭的腫包，好痛啊。

「我爸今晚死了。」她對著此時回歸寧靜的墓園低語。「我爸。死了。」

她想淋浴，想在滾燙的熱水下站差不多一週。她需要某個東西來沖掉她遭受的侵犯。**妳現在不能崩潰。妳必須繼續走。妳必須看看這個夜晚要把妳帶去哪裡。他們沒有傷害妳。**不過真希望剛剛有對救她的人說聲謝謝。

梅西握拳，穿過拱門來到外面，極端敏銳地感知著每一道影子、每一個聲音——沿著窄道從一池光走到下一池光，來到外面的街道。她擔心那兩個男人可能會在街上等她，但她對離開、遠離這地方的渴望更加強烈。而且，如果她開始走動，持續走動，或許她就會停止顫抖。

七月九日凌晨一點三十分——阿納絲塔西雅

護理師阿納絲塔西雅‧策馬克在大約午夜十二點三十分下班回到家，她讓保母下班，前去查看女兒，親親她，然後去廚房倒了杯酒。她早上七點半又要工作，所以只能喝一小杯，只不過她希望這是分量很足的一小杯。她拿下眼鏡放在餐桌上，按摩鼻梁。阿納絲塔西雅今晚這班只有五個小時，不過那個入院時過敏性休克的女人就足以讓她保持清醒，試圖睡著時可能還會做點惡夢。他們無法判斷她被叮了幾次。戴著小丑鼻被送進急診室的病人則一點也不恐怖——他憨傻而迷人，不過她知道，當她閉上眼，看見的會是那個遭蜂螫的女人腫脹的臉。

早上的時候，阿納絲塔西雅會帶著女兒走過卡魯夫橋，把她交給她 *babička*（奶奶），然後稍微提早一點到醫院。她想在開始值班前先去看看那個小丑鼻男。雅妮卡和她奶奶妲雅將共度這天——她們喜歡冒險，探索博物館和美術館、去別致的咖啡廳喝咖啡、嘗試新口味的甜點，或是造訪動物園。妲雅 *babička* 是阿納絲塔西雅的婆婆，而她的兒子即將成爲她的前夫。她愛妲雅；在她結婚那天，妲雅警告她自家兒子有可能是個多麼反覆無常又自我中心的混蛋。阿納絲塔西雅又戴上眼鏡，環顧四周。釘在布告板上的棕色信封裡有幾份法律文件。離婚協議書需要她簽名，但她還沒做好心理準備。此時此刻，她的丈夫正在加拿大的山上拍片，因此誰來養女兒這件事無庸置疑。不過等到他回來，他會想要參與；他總是說他想要共同監護。想到這她就頭痛又傷心。他說他早上會打電話來跟雅妮卡聊聊。阿納絲塔西雅沒告訴女兒爸爸說好要打電話回來。前兩次他說要打電話，結果都沒打來，把問題推到八小時時差和拍攝時程上。但女兒臉上的傷痛太令人難以承受。沒有哪個五歲孩子該承受那樣的痛苦。阿納絲塔西雅不會讓她的女兒燃起希望。

她又幫自己倒一杯酒——只倒一點點。

她聽見走廊的另一端傳來說話聲。雅妮卡醒了嗎？她今天比較早睡。她已經挑好明天想穿去 *babička* 家的衣服：藍色洋裝，背後附白色緞帶，搭配黃色橡膠靴。洋裝攤在腳蹬上，靴子則在門邊。雅妮卡很喜歡這雙靴子。

阿納絲塔西雅躡手躡腳走過走廊，貼在女兒房間的門上傾聽。雅妮卡顯然正在跟一頭想像中的象說話。

「你叫什麼名字，象先生？這是一棵蘋果樹，它煩人得要命。媽媽都是這麼說的。」

阿納絲塔西雅捂住嘴以免笑出來。她眞該停止在女兒附近咒罵。

「媽媽不喜歡這棵樹。因爲蘋果會在秋天掉在地上，她就要去把它們撿起來，有時候會有黃蜂。所以你可以吃這些葉子沒關係。我喜歡大象，但我更喜歡長頸鹿。不過比起獅子或狒狒，我還是比較喜歡大象。你不想說話嗎？我媽說嘴巴裡塞滿東西還講話很沒禮貌。你是想要有禮貌嗎？我是雅妮卡，不過大家都叫我小雅。爸爸叫我雅妮，但他去加拿大拍電影了。我想念爸爸。我想念跟他一起玩的時候。非常想。」

阿納絲塔西雅壓低音量咬著牙罵了一聲幹。雅妮卡當然想念她爸囉。現在她超級希望他眞的在早上打電話來。或許她該提醒他一下，傳個訊息，其中不帶總悄悄鑽進他們最近對話中的苦澀或輕蔑。只是說一聲。

「你不想告訴我你叫什麼名字嗎？你不想說話也沒關係。我有時候也不想說話……」

阿納絲塔西雅想打開房門。她對這頭幻想大象感到很好奇。她不記得女兒的房間裡有沒有大象玩偶。她是不是和一隻填充大象一起坐在床上？她會讓女兒聊完，不打斷她，或許等到早上再問她他們都聊了什麼。她不會透露她有在聽。

回到廚房，阿納絲塔西雅拿起手機傳訊息給丈夫。「嘿，」她寫道，「只是要提醒你……」但她又把手機放在桌上，起身。她必須確認。她從後門出去，走入霧濛濛的夜。蘋果樹在房子的前側。

七月九日凌晨兩點零六分——尤賽夫

他們為什麼要把那道料理叫作克勞達的乾式熟成韃靼牛肉？克勞達是誰？下次再去莫利內克，他應該大步走進廚房，堅持要會會這位克勞達。床邊牆上的時鐘發出他有生以來聽過最響亮的滴答聲。碰碰撞出每一秒，尤賽夫似乎沒辦法不聽見。他們說他們在留意他有沒有腦震盪的症狀。他們做了數不清的檢查，只不過他大部分都不記得了。醫師很關切，因爲他剛進來的時候不記得自家地址，對自己的名字也不是很確定，而且還覺得暈眩。臀部的X光顯示沒東西裂開或斷掉。其中一名醫師說，他的臀部可能會痛上幾天，他的頭如果有腦震盪，休息後也會痊癒。

他稍早想打電話給姊姊。儘管他們幾乎對所有事都意見分歧，但他很慘，他們給了他強效止痛藥，而且她是家人。不過他想起她正在演出——交響樂團演奏，而她在音樂會的夜晚總是遲歸。

當個優秀的小丑是體力活兒——一切關乎身體和心靈。他必須能夠摔倒、撞上東西。既然他現在沒那麼擔心了，他也就不再想跟姊姊說話。無論如何，他早上時會打電話給她——告訴她發生什麼事。嗯，已經是早上了，但他不知道他的手機在哪，所以說這些可能並沒有實際意義。要是他們可以讓他回家睡覺就好了。

他的公寓裡有一隻貓，他對牠有責任。他想不起自己早上有沒有餵貓，並爲此憂慮；不是因爲他想不起來，而是因爲貓有可能餓了。他應該想得起他的貓叫什麼名字——肯定是全世界最理所當然的一件事，然而他只記得姊姊的貓叫普契尼，他也記得小時候養的貓叫齊塔。爲什麼他想不起自己的貓叫什麼名字？甚至，他到底有沒有養貓？他當然有一隻貓。他想得起牠的臉，也可以想像牠早上討食物的樣子。他的貓是橘白條紋。

除了想餵他那隻沒名字的貓之外，尤賽夫疲累至極，渴望睡眠。不過一名護理師每半個小時會進來問他會不會想吐、會不會頭痛、是不是還覺得暈眩。她總是在病房裡，或者輕推他的肩膀，或者問他渴不渴。

說人人到，護理師推開門，對著他微笑。她身穿藍色刷手服。

「覺得怎麼樣呢？」

尤賽夫不喜歡這位護理師，因爲她一直吵醒他。「妳試圖讓我保持清醒，對吧？」

「在一段期間內，沒錯。醫師們想要我們監測你的瞳孔。」她凝視他的眼睛，在表格裡做了些紀錄。

「我的瞳孔有什麼不對？」

「你進來的時候，你的瞳孔有點擴張，比正常的情況下還大。這對腦震盪來說很正常。你也非常混亂，而這也是腦震盪的症狀。醫師很快會過來。」

護理師將燈光調暗，拉上門，尤賽夫閉上眼。**耶穌、瑪莉、約瑟，還有長久受苦的驢子啊，請讓我睡吧**。他讓睡眠的沉重感掌控一切。他在墜落……或是他可能夢見自己墜入夢鄉，在他夢中，他知道自己正墜入夢鄉……

尤賽夫坐在鏡子前重新戴小丑鼻、補妝，不過高空鞦韆出了一場意外，他們發狂般叫所有小丑去分散群眾的注意力。他衝進中央的圓形舞臺，絆了一跤，摔在鋸木屑上。他聽見些許竊笑的聲音。他起身，一面繞著圓形舞臺奔跑一面吹響他的哨子，在鋸木屑上打滑，好幾次差點又跌倒。他的鞋子又大又垂。他看不出誰受傷了——醫師在場，擔架也快到了。一輛黃色的車繞著圓形舞臺掃過一個大彎，在鋸木屑上滑行，撞上三個木桶才終於停下來。他注視觀眾，然後手指那輛車，假裝在轉動方向盤。黃車總是危險，他心想，然後轉身背對那東西。他故意撞上一條低低垂在中央圓形舞臺邊緣外側的繩索，再次摔倒。這次笑聲多了些。另一名小丑靠近，試著把他拉起來。他溫和地搖晃尤賽夫的肩膀。「該起來了，尤賽夫。」那個小丑說，不過是女人的聲音，柔軟，近似耳語。「不好笑，」尤賽夫說，「這不好笑。」改變自己的聲音是一個很不錯的把戲，但聲勢太小了。小丑的插科打諢必須大而簡單。總是大，總是簡單。

尤賽夫睜開眼。他不在中央圓形舞臺上，也沒有高空鞦韆意外。他環顧房內，然後看著站在他床邊對他微笑的護理師。

「你在作夢。」她說。

「有嗎？」他還聞得到鋸木屑和爆米花的味道。「妳有聞到嗎？」

「聞到什麼？」

「沒事。我以爲我聞到廣藿香的味道。妳沒用這味道的香水吧？」

「這家醫院已經實行無香政策好幾年了。」

「無香。對。」

「有需要什麼東西嗎？要不要幫你拿點水？」

尤賽夫疲累無比，而在這股疲勞的表面之下，還有一口疼痛之井。他很訝異自己居然那麼快就墜入夢鄉，還在夢中做著他愛做的事。他猜應該不可能再次回到夢中的那個馬戲團。他從來就不曾回到做過的夢境中。他曾跟一個女人約會，她堅持只要她想，她隨時都做得到。

他朝護理師的方向嘆氣。「眞有人會在凌晨兩點的時候喝水嗎？此時此刻，這整家醫院裡有誰正在喝水嗎？我猜沒有。我打賭一億克朗，這整座該死的城市裡現在沒一個人在喝水。」他甚至沒讓她開口回應。「說眞的？我想喝蘇格蘭威士忌加汽水，妳可以給我威士忌加汽水嗎？或是純威士忌？或是威士忌加冰塊？我甚至不需要杯子，整瓶直接給我就好。」

護理師點頭。「好，所以不要喝水。」

她滑步離開病房，他則倒回枕頭上。之後得道歉了。再三地、用力地。或許她會假裝了解，假裝原諒，並繼續相信他就是個混蛋。無論如何，他會試著道歉。尤賽夫搖頭，用指尖按摩眼角。他甚至不喜歡蘇格蘭威士忌。

他可以聽見護理師們在他病房外的走廊上交談。

「就在三一六那傢伙前面進來的女人。她在ＩＣＵ，進來的時候完全進入過敏性休克。」

「他們知道是什麼造成的嗎？」

「蜜蜂。她被叮了超過五十次。」

一想到被一大堆蜜蜂叮，尤賽夫忍不住縮起身子。他頗確定自己就是三一六那傢伙。

「那三一六怎麼樣？」

他不確定自己喜不喜歡護理師們像這樣直接把病房號碼化爲人——或是把人化爲病房號碼。

「他脾氣暴躁，但怪不得他。我一整個晚上都每隔三十分鐘叫醒他。」

尤賽夫想沉進床裡面就此消失。他對這位護理師態度惡劣，她卻在走廊上爲他的行爲辯護。

他決定了。爲了保持清醒並向他的護理師表達歉意，他要來數天花板磚。數完天花板磚後，他要來數他頭頂正上方這塊天花板磚上的所有點點，然後把這個數字跟天花板磚的數量相乘，推算出病房內的點點總數。這會像冥想。算出點點總數後，他要制訂這天的計畫。他將決定要不要去橋上工作，或是該休息一天。他會從早上開始往下計畫。他要回家、餵貓，然後看看身體狀況怎麼樣。

無論他的貓叫什麼名字，他都愛牠——他記得自己愛著那隻貓。毛球嗎？他的貓叫這個名字嗎？他思考自己根本沒養貓的可能性——說不定他只是希望自己有養貓。

他也想不起姊姊的長相。他上次見到姊姊是什麼時候的事？耶誕節前嗎？姊姊名叫達妮齊卡，在交響樂團拉大提琴，但他說不出她的頭髮是什麼顏色。她的丈夫名叫米蘭，是合唱團指揮——尤賽夫一直以來都記不住那個合唱團的名稱，所以現在想起來也不覺得擔心。

醫師輕輕敲門後走進來。尤賽夫喜歡她的這個舉動。尤賽夫的護理師跟在她後面。醫師的聲音嘶啞，聽起來像說太多話了——或許她值了很久的班，終於快結束了，因此聲音疲勞。「我想我還是再自我介紹一次好了。今天對我們兩個來說都很漫長。我是史特拉文斯基醫師。你入院的時候是我在這裡。」她試著微笑。「感覺像三天前的事了呢。」

「我記得妳。」尤賽夫這麼說，但他實際上並不記得。他不記得入院，也不記得是從哪裡來到醫院。

她檢查他的眼睛，在表格中做紀錄。

「你還會頭暈嗎？」

「不會，不暈了。但我只是坐在這裡，沒跳舞，也沒走鋼索。」

「好。所以你坐在這裡的時候感覺一切正常？」

「對。」除了我人生故事中的那些洞之外。

「你記得你發生什麼事嗎？」

「我……跌倒了，有一個女人幫了我。」他想補充那個女人就像天使。或許她眞是上天派來幫助他的天使，來固定住他，固定在地上。

「你是怎麼跌倒的？」

尤賽夫不確定自己是怎麼跌的，不過大家一天到晚在冰上摔倒。外面肯定結冰了，到處滑溜溜。「在冰上。」他說。

「了解。你可以告訴我現在是幾月嗎？」

「應該沒辦法。我可以猜，但是我想妳要的應該是確切的答案。」該死。他爲什麼不記得現在幾月？他在冰上滑倒，因此肯定是冬天吧。「我應該要擔心嗎？因爲我想不起現在是幾月讓我有點害怕。」

「失憶是腦震盪的常見症狀。所以不用擔心，我就不會太擔心，不過我們要持續觀察你的狀況。」

「所以我腦震盪了？」
「對。」
「那是什麼意思？」
「意思是，休息過後，我們預期你應該能完全康復。所有記憶都會慢慢回來。」
「那我臂部的疼痛呢？」
「還會痛嗎？」
「對。」
「我們可以給你不一樣的藥，這次保證有效。這是我自己設計的小配方。」她轉向護理師，告訴對方他們要給他服用的那東西叫什麼名字。護理師急匆匆離開病房。
「我什麼時候可以睡覺？」
「你的瞳孔現在正常了，所以對，睡眠就是你需要的。你需要讓你的腦休息。」
「妳要把我留在這裡嗎？」
「對。」
「然後我可以睡？」
「對。不過在你睡之前，介意我再問幾個問題嗎？」

「好，我不介意。」

「你靠什麼維生？」

「我是小丑，在卡魯夫上工作，就是扮小丑。妳可能看過我呢。我在臬玻穆的聖若望雕像附近工作。大多數時候啦，有時候那裡很難找到位置。」

「你是街頭藝人？」

「對，我猜我是吧。更精確來說，我是小丑，丑角——表演藝術家。」

她的頭歪向一邊，皺起眉頭。

「小丑本來就是讓人取笑的對象，」他說，「我們跟小丑一起歡笑，因爲我們在他們身上看見自己，丑角則是取笑我們。我主要都扮演小丑。」他想告訴醫師他並不會蓄意嘲弄任何人——更像是透過惡作劇和胡搞瞎搞表達他對這個世界的看法。他存在於他自己的人生、他的身體裡——他知道自己有什麼感覺，而這個小丑堅持要與他人分享這些感覺。但他擔心多說多錯。

「你不是在跟我打屁吧？」

「我喜歡妳，醫師，但我們要更熟一點我才能打妳屁股。」

她微笑，咬著下脣。「好。你爲什麼在這裡？」

「為什麼？怎麼不從哪裡開始？除了這是一間醫院之外，我並不真正知道自己在哪——而我不想待在這裡。」

「好，關於你自己發生什麼事，你還有任何其他印象嗎？」

「我撞到臀部。好痛。」

「好，最後一個問題。我叫什麼名字？」

「妳是史特拉文斯基醫師，跟那個作曲家同姓。我們家有幾個音樂家。」

「好，可利馬先生……」

「請叫我尤賽夫。」

「好，尤賽夫。我們今天晚上不會再煩你了。我早上不會在這裡，不過會先過來看看你再離開，我的同事法蘭柯醫師會好好照顧你。」她輕觸他的手臂。「我們給你的止痛藥會幫助你入睡。你需要睡眠。」

尤賽夫沉入夢鄉。他置身牙醫辦公室，他們在他胸膛蓋上鉛毯，他們才能幫他照X光。毯子沉重而溫暖，感覺無比舒適。他融入床中——被拉進睡眠的空無之中。他將以這種方式遁逃——他會分解，他的貓會在另外一邊喵喵叫。他的公寓會沐浴在晨光中，他會餵貓。他想著那個在橋上送他花的小女孩。他想看見她的臉。他也想要那名舞者，那個幾乎每天早晨以超凡流暢的姿態從橋上走過的女人。看見她在橋上給予他希望。他還想要在他跌倒後幫助他的那個女人。他想要她眼裡的親切。他想要她把手放在他的肩膀上，把他留在地上，他才不會飛走。他確信她就是在那麼做——她在阻止他飄入空中。

七月九日凌晨兩點二十分——梅西

梅西納悶她的鬼魂怎麼沒留在她身邊確認她沒事。爲什麼救了她後隨即消失？她的鬼魂拯救者是眞的嗎？

無論她身在何處，總之她逐漸拉開了她和墓園之間的距離，但清楚意識到那些男人依然就在某處的這個醜陋事實。他們在布拉格的某處，受驚奔逃，而且聽起來受傷了。她抬頭看路標——特隆斯卡街（Terronská Street）。她走在如蓋的樹蔭下，從一汪汪黑暗晃到一池池光明中。走過幾個街區後，她的身體慢慢暖和起來，而她到這時候才放慢腳步。看來她正朝布拉格的中央走去。就算是在這個時間，街道也愈來愈顯得繁忙。她知道街上人多些，她也安全些，不過擦身而過的每個人都令她惶惶不安。

一隻灰斑貓果斷地從安全的家走向她，她蹲下摸摸牠。梅西在她的島嶼隱居處養了兩隻貓，她希望牠們平安。兩隻都會抓老鼠，而島上老鼠不虞匱乏，還有新鮮的泉水供牠們飲用。她很快就會回家。

她一面走，一面想著北羅納島；這個迷你小島位於路易斯岬（Butt of Lewis）以北四十四英里處，因此是外赫布里底群島（Outer Hebrides）最北的一個島嶼，常遭遺忘的二百六十英畝蘇格蘭土地。島上有一個古老村落的廢墟，久遠前耕種的孑遺，還有一個凱爾特小禮拜堂的遺跡，可追溯至第六到第八世紀之間，供奉的是聖羅南（Saint Ronan）。除此之外一片荒蕪。

大約一年前，一位客人走進她工作的酒館，跟她說起這座島的事，還說島上需要一名燈塔看守人。梅西每晚都喝得很兇，當這位客人問她要不要接下北羅納島的這份工作，她說**好，麻煩你了**。一週後，一架直升機放下她。補給品一個月來一次，有無線電，她用來提交潮汐與天氣的每日報告。這些就是她與世界的唯一聯繫，但她並不想念人。她不寂寞，她只是孤單一人——嗯，除了她的貓、族群數量健康的老鼠，以及幾百萬隻鳥兒。

地獄般的頭一個月過去後，她不再想喝酒。兩個月後，喝酒的念頭顯得頗為愚蠢——對她而言還是有危險，不過同時也愚蠢。她每天運動，飲食健康，帶著明澈的陶醉觀看這個世界。她開始每日冥想兩次，每次二十分鐘，唱誦她在新墨西哥某瑜伽靜修課程學到的簡單薩塔納瑪（sa-ta-na-ma）。對於她的現況，她並不傻。她知道自己基本上生活在一個荒蕪的修道院，沒有酒精的誘惑。眞正的考驗在她重新回到世界的時候。

在稀罕的晴朗日子，當西面的海灣平靜無波，梅西會去游泳。燈塔最下層的一個儲物箱裡有一件泳衣，不過尺寸超大——太大了，根本穿不了。於是她會脫剩下內衣褲，做好準備面對冷冽海水，然而無論她覺得自己做好多完善的準備，海的激昂還是總令她大受震撼。她是游泳健將，高中時曾擔任游泳隊的救生員。

接到布拉格打來的電話時，她已經在北羅納島生活了七個月又二十四天。那天早上，在那通電話之前，梅西醒來，但不想下床。房間潮溼寒冷，她在毯子下暖呼呼的。剛開始，她不記得自己生活在小島上。她對著房間內的灰色晨光眨眼，努力揣度身在何方。記憶和緩湧現。她環顧這個貧乏、不協調的空間：她正在讀的書攤開擱在地板上，她的筆電在餐桌上，廚房水槽旁的綠色馬克杯，還有在窗外起伏的灰綠色大海。這是陰沉、沒有影子的一天——老樣子。貓在廚房喵喵叫，窗戶還是需要擦洗。鳥的聲音——持續不斷，化爲背景雜訊，但若她仔細聽，可以聽出海鳩、海鸚、三趾鷗、鸌、海燕、海雀、麻鷸，以及多種海鷗個別的叫聲。

她跳下床，翻箱倒櫃找衣服穿——愛爾蘭羊毛毛衣、裙子、厚羊毛襪、靴子。餵過貓後，梅西從山丘走到下面的平地。來到一堆岩石旁，她拉高裙子、抬腳跨出內褲，蹲下。結束後，她起身，臀部稍微抖了抖。她讓裙子自由落下，帶著內褲回到山丘上。這是她的晨間儀式。等到梅西蹦蹦跳跳回到托巴羅奈（Tobha Rònaigh）山丘頂，她已經乾得差不多可以穿上內褲了，然後才回到她的生活空間。待在島上的這幾個月以來，梅西的腿變得結實黝黑，不只是因爲晨間尿尿儀式，也因爲她每天都繞島嶼的邊緣散步。梅西今天打算走去利斯格摩爾（Lisgeir Mhor），島上最北的半島。儘管她清楚知道島上的天氣有多麼難以預料，看起來她散步的時候仍有機會轉晴——已經看得見小片小片藍天。出門時，她在穿著方面會做好萬全準備，不過她不會太煩惱該穿什麼，因爲無論她走到哪，羅納的任何地方都距離不遠——世界的其他地方除外。

散步回來後，她餓死了。她吃得很快——醬汁帶大塊大塊番茄的義大利麵，還有涼拌捲心菜，然後她安頓下來讀書，其中一隻貓躺在她的大腿上。她才剛翻開書，這時無線電發出細碎的爆裂聲醒來，嚇了她一跳。她才是那個每天早上主動與世界聯繫以傳遞天氣報告的人，這會兒世界卻橫越北大西洋來找她說話。

「梅西，」她母親說，「妳爸出事了。」

「怎麼了？」

「妳得來一趟，立刻來。」

「來哪裡？回家嗎？」

「不，我們在布拉格。」

這是她爸過去兩年來第三度造訪布拉格。

梅西看著二樓窗戶內一個留鬍子的男人抱著嬰兒搖晃；肯定是想哄嬰兒睡。這男人讓她想起年輕時的爸。梅西靠在一棵椴木的樹幹上看著。男人身穿睡褲，把寶寶抱在胸口，她想像他正在唱歌——搖籃曲或什麼簡單的旋律。或許他在想著，他的女兒不會永遠都是這麼一團需要人照料的小東西。時光在推進，他每一天都能看見她在學習這個世界，一種感覺接著一種感覺，一個字詞接著一個字詞。她一天天轉變，而這半夜的和緩搖晃或許將納入她這個人的紋理之中。在他女兒的內心深處，將會存在著這種難以言說的安全感，知道自己曾像這樣被父親抱在懷裡。不會是有意識的知道，但將會是她的一部分。她餘生或許都會渴望著這種感覺。她將找尋它，但永遠不曾再找到。她會找到近似之物，但永遠不會是這個。

這名男子或許正唱著〈波渭戈先生〉（*Mr. Bojangles*）[23]，就像她父親以前一樣。這是他最愛的一首歌，卻總是唱不好。他只知道一句歌詞，只能一再重複惹人生厭。梅西覺得自己記得他唱得如此輕柔，都唱成搖籃曲了，那是一個壓低音量祈求幸福的願望——成為一封來自父親的情書。無論置身何處、何時，也無論她正在做什麼，只要聽見這首歌，梅西總會停下來，轉向音樂的方向。早在有人告訴她她父親過去總對她唱這首歌之前，這旋律就已經深深印在她的腦海中。克萊拉和海莉都沒有相同的回憶。她們不記得父親對她們唱歌的情景。或許他沒唱給她們聽過。

她掃視荒涼的街道。眞要說的話，霧變得更濃了。她累了，但若她停下來，她怕自己會四分五裂，屆時不會有人來試著把她重新拼湊起來。

街上的人愈來愈多，許多都喝醉了。一行三個男人走近，梅西的心跳速度隨之加倍。其中一個男人伸手指著衝向她，嘴裡咕噥著「該死的 *kurra*（母雞）[24]。」她接連朝男子的臉摑了三掌，而且掌掌正中目標。男人踉蹌後退、摔倒。他的其中一個朋友過來扶他，另一個靠近她。梅西準備好再次出擊。

「嘿，*jen klid*（冷靜下來）！放輕鬆。」他清清喉嚨，彷彿正用盡全力讓自己聽起來沉著。他或許看得出她眼裡那有如帶刺鐵絲網的激烈瘋狂。她側身站著，準備好來一個打一個。

「好，好。」他說。「我們要走了。」

被打的那個男人抱著臉呻吟。「*Můj nos je zlomený. Zlomila mi zasraný nos.*（我的鼻子斷了。她打斷了我的鼻子。）」

三個男人一面交談一面對彼此比手畫腳，沿街道前行時還回過頭看她。他們走遠後，梅西靠著最近的建築物大口喘氣。她的呼吸有如脫韁野馬。她將雙掌貼著涼爽的石塊，努力讓一切慢下來，但她的心思一點也不想慢下來。她在顫動、意識極端敏銳，而且神經緊張。剛剛發生什麼事？**剛剛發生什麼事**？**剛剛他媽發生什麼事**？剛剛那是對墓園裡那兩個男人的延遲反應，那是近身搏擊，那是肌肉記憶。二十年前，她曾和一位姑姑一起去學近身搏擊。當時覺得很蠢，會答應去學完全只因爲她姑姑很酷。她不後悔打了那男人，不過打人之後的感覺竟如此美好，這倒是令她大受震撼。**妳總得拿點什麼回來**，她告訴自己。**呼吸就對了。他衝向妳，還罵妳蕩婦**。

註23：美國鄉村歌手傑瑞・傑夫・沃克（Jerry Jeff Walker）所創作的歌曲，收錄於一九六八年與歌曲同名的專輯之中。

註24：此處以及接下來兩處的外語皆為捷克語。

平靜下來之後，她推牆而起。**妳他媽在做什麼，梅西？妳應該直接回旅館—回去妳家人身邊—結束這段爛透的雲霄飛車之旅**。她轉過街角；大約在這排建築中間的位置有一條約莫三十人的行列，沿一棟磚屋在人行道上延展。她行經那家夜店時，一名高挑、瘦巴巴，身穿不合身西裝的男子朝她的方向一瞥，接著取下天鵝絨繩，退開讓她入內。梅西注意到他沒在看她。她猜他自以爲認得她，他太專注於名人和特權階級的例行公事，沒費心多看一眼。幾個在排隊的女人試著繞過看門人窺探，想看清楚是哪個名人搶在她們之前進去。梅西也想知道她自己應該是誰。

走下階梯，進入夜店後，梅西直接走進舞池，隱身於大量舞動的肢體與重低音之中。DJ混合了一波沒完沒了的強勁重擊節奏。這是純粹的電音，只有幾段偏離的部分還聽得出是什麼。一名粉色頭髮的女子獨自跳舞，她身穿透明上一，露出圓點胸罩。光線變動不休，閃爍、旋轉、打轉的色彩——永遠與重擊的節奏合拍。一個戴太陽眼鏡的年輕人跳起舞來像是曾受過訓練——流暢而靈活，而且他什麼也不在乎。一個高挑的金髮女人在抽菸，她光著腳，在這一團大雜燴之中幾乎動也不動。人群波動，有時候人與人之間再無空隙，其他時候則還是有小小的空間。她聞到汗水和香水——帶麝香味而辛辣。音響傳來一首名爲〈我的屁屁〉（*My Humps*）[25]的歌曲，梅西聽過這首歌，只不過這裡播的是捷克語版。一個戴冠狀頭飾和婚禮白紗的女人在舞池中蹣跚而行，不停撞上別人——身旁的一切都令她困惑又歡快。低音穿過梅西，而她做夢般跳著舞。她跟男人跳舞，跟女人跳舞，也跟自己跳舞。就算迷失在音樂中，她體內的某個東西依然維持極端敏銳的狀態。這裡也有危險。一群擠成一團的跳舞者之中，有個人抓了她的胸部——短暫的愛撫，她不可能知道是誰幹的。有可能是無心之舉，不過她依然被一股恐懼和強烈反感席捲。

她不知道自己跳舞跳了多久，一直到看到服務生才停下來。舞池邊緣有個女人端著盛滿雞尾酒和酒瓶的托盤。梅西往女人手裡塞了一卷鈔票，請她給她一瓶水。兩個男人試圖說服她去他們那桌坐，她用比平常少的優雅與幽默感加以回絕。她對他們皺眉，粗啞地說了聲「*No.*（不）」她的水送來後，梅西在舞池周圍的欄杆旁找到一張吧檯凳，就著瓶口大口喝水。女服務生帶著一杯香檳回來，小心地放在她前方，告訴她吧檯旁的男人請客。香檳是淡草莓

註25：美國嘻哈團體黑眼豆豆（The Black Eyed Peas）於二〇〇五年發行的歌曲，歌詞具強烈的性暗示。

色，滿是泡泡構成的扭動螺旋。她回過頭看，找到一個長相還算不錯、身穿藍色格紋休閒西裝的男人站在吧檯邊——他幾不可察地朝她的方向點點頭。若是在其他夜晚，她可能會想跟他聊聊，但今晚沒興致。她渴望地看著香檳。音樂如此大聲，她必須貼近女服務生的耳朵，才能說出就她所知最眞實的話語：「我是酒鬼。我不能喝。」她又追加一句：「這杯酒不能放在我桌上。抱歉。」

「沒什麼好抱歉的，親愛的。我來照顧妳。」女服務生比梅西年輕，她注意到梅西的手。「妳在流血。」她說完一把抓起桌上的酒，隨即離開。一分鐘後，她回來爲梅西的手清理、包紮。酒精棉片令她刺痛。女服務生沒問發生什麼事，而且極其溫柔。梅西向她道謝，接著忽然哭出來——劇烈、上氣不接下氣、無法控制的啜泣。女服務生留在她身邊——她一手放在梅西的肩膀上，沒有移動，直到她的啜泣緩和下來。在那幾分鐘內，夜店淡去，感覺全世界好像只剩下她和這位女服務生兩個人。

梅西終於轉過身，找到女服務生的臉——漂亮而親切，眉間因爲關切而擠出皺褶。「我沒事。」她說。「我沒事了。」

她喝完剩下的水，回到舞池中。

七月九日清晨四點零二分——尤賽夫

尤賽夫醒來，現在是凌晨四點，鴉雀無聲。背景的嗡嗡聲消失，滴答鐘依然猛力一秒秒敲打，但安靜了許多。他必須餵鈕扣，他的貓，依電影《戲中之王》（*The Greatest Show on Earth*）[26]中的小丑而命名。無論他們給他什麼藥，那藥都成功壓制了他臂部的疼痛。他抬起右腿，然後左腿，發現自己能夠活動無礙。他很高興又重新掌控自己的身體。有人降下了他的床側欄杆，感謝上帝。他讓他的腿垂盪在床緣，深呼吸。他站起來時只略微搖晃，但他站穩了。一雙拖鞋整齊地放在床下，他套上鞋，緩緩走到病房中央。平衡感似乎沒問題。

袍子的背後門戶洞開，光著屁股走不了多遠。衣櫥裡什麼都沒有，只有一隻落單的灰襪和額外的床單。他覺得他記得他們割開他的衣服。護理師跟他說了好幾次，他的皮夾在邊几

註26：一九五二年上映，由美國導演塞西爾・德米爾（Cecil Blount DeMille）執導，講述馬戲團團員間錯縱複雜的關係，穿插大量特技雜耍畫面。曾獲多項大獎，美國和加拿大史上票房收入最高的電影之一。

裡，並在五分鐘後問他知不知道自己的皮夾在哪。他拉開抽屜，發現皮夾確實在這裡，除此之外還有他的鑰匙和紅色小丑鼻。

他獨占這間病房，不過房內有兩張床、兩個衣櫥。他打開第二個衣櫥的門，找到掛在鐵絲衣架上的灰色特大號毛衣。尤賽夫穿上毛衣，捲起袖子——感覺有點像洋裝，但總算蓋住他的屁股；然後他來到走廊上。他查看左右，盡可能安靜地穿過走廊進入樓梯間。

他來到下一層樓等電梯，一名護理師問他還好嗎。她看起來疲累但關切。

「我很好。」他緊緊抓著皮夾。「只是出去抽根菸。糟糕的習慣。」希望她沒注意到他手裡的是皮夾，而非一包菸。護理師看著他，隨即轉過身繼續忙自己的事。

來到一樓後，他自信地走入大廳——意識到自己光裸著雙腿，但假裝沒感覺——經過一個凝視著販賣機正面的男人，他走出前門。

外面的光線昏暗泛灰，布拉格濃霧密布。街角有一家國際飯店，他看見對街有一輛計程車。他敲敲車窗，司機看看他，打開車門。希望司機沒發現他沒穿褲子。

尤賽夫告訴司機自家地址，車隨即駛上街。他靠著皮椅的椅背。計程車聞起來乾淨，幾乎像全新的——有如五星飯店內的毛巾。

尤賽夫的右臂忽然一陣刺痛，他呻吟。

「朋友，你還好嗎？」

尤賽夫緩緩吐氣。「還好，我沒事。」

疼痛減緩。清晨的這個時間，布拉格的街道空無一人，街景從他的窗邊流過：聖尼可拉斯教堂和它的巨大穹頂、斯登伯格宮（Sternberg Palace），還有他去年去聽過一場風琴演奏會的聖卡耶坦教堂（Church of St. Kajetan）。**不過這位司機為什麼走聶魯達（Nerudova）街？他應該過河去新城區才對。**

司機的聲音現在聽起來刺探而猜疑。「剛下班嗎？」

「不，我剛剛在醫院，發生了一場意外，我跌倒了，撞到頭。」

「現在沒事了？」

「應該吧，對。」

「你在醫院待了多久？」

「就一晚。我得回家餵貓。」他們終於轉朝河前進。**他打算走 Most Legií（軍團橋）**。

「那，你是靠什麼維生呢？」

尤賽夫微笑，注意到掛在後照鏡上的珠串。「欸，也稱不上什麼生意啦，不過我在卡魯夫橋當街頭藝人。」

「樂師嗎？」

「不，我是小丑，偶爾也扮丑角，實際上算是小丑和丑角的混合。我有時也彈奏手風琴和吉他，偶爾唱唱歌。所以對，我猜我也勉強算得上樂師。」

「我不懂這個詞，**丑角**。」

「就是顛倒的小丑，古怪的同時又迷人。很難解釋……」他早該準備好更好的答案——簡單點的答案。「丑角是諷刺的藝術，告訴別人他們一無是處但又全身而退；讓他們歡笑，一直要到之後才會發現自己就是笑話的哏。」

「靠你的表演，你養得起老婆小孩嗎？」

尤賽夫想著他的姊姊；她老愛提醒他街頭藝人賺不了錢。

「多半沒辦法。」他說。「不過我沒結婚，也沒有小孩，只有一隻貓，牠名叫鈕扣。」

「鈕扣？你是說跟那個馬戲團電影裡的小丑一樣嗎？吉米・史都華[27]扮演小丑但實際上是醫師那部？」

或許他並沒有睡醒、逃離醫院，現在只是一場夢。《戲中之王》是一九五〇年代的電影，這名計程車司機居然看過。

「對，沒錯。」

「告訴你，朋友，那個小丑害我心都碎了。吉米・史都華——沒明星能像他一樣了，朋友。現在沒有。我們現在有卡戴珊（Kardashian）家族，她們只是因爲出名而出名——大屁股的蠢名人。我老婆很愛卡戴珊家族，而我完全無法理解。」

車子停下等紅燈，司機在駕駛座轉過身。他可能六十歲，眼睛四周有細微的皺紋，灰鬍子朝後方生長，修剪得整整齊齊。「沒辦法要我妻子看那部馬戲團電影，她開場不到五分鐘就會睡著。」

「可惜。」尤賽夫一直在研究這部電影，因爲他對馬戲團小丑非常感興趣，而《戲中之王》從頭到尾都有絕佳的小丑。

「唉，只要利大於弊，那就都很棒。對吧，朋友？」

「對，總是要利大於弊。」眞是前後不連貫得令人不安。這男人到底在說什麼？女人嗎？

註27：詹姆斯・梅特蘭・史都華（James Maitland Stewart），生於一九〇八年，卒於一九九七年，不僅身為曾獲多項大獎的演員，同時也是獲得諸多勳章的空軍准將。在《戲中之王》中，他扮演名為「鈕扣」的小丑，但這名角色實際上是一名醫師，殺死的重病難治的妻子，藏身於馬戲團。

還是他的妻子？他還在談卡戴珊家族嗎？還是天差地遠的其他事？

「所有女人、愛人、伴侶絕對都是一樣的——無論有沒有結婚。任何一種關係……」

「肯定是利多一些？對。聽起來就是這樣。」尤賽夫不確定自己喜不喜歡他的計程車司機這麼富哲理又愛聊天。

他們越過軍團橋，尤賽夫俯瞰河水，但只看得見旋繞的灰霧。布拉格總共有十七座橋跨越伏爾塔瓦河。他以前叫得出每一座橋的名稱，今天早上沒辦法。今天早晨，他只能確定他們正在其上的這一座，以及他工作的卡魯夫橋。

水上的霧氣籠罩下，這座城市讓人萌生幽閉恐懼症的感覺——雲似乎從水面而始。每當他看著一條河、一座湖，或是大海，他就會想起自己不會游泳。

「所以讓我來問問你，朋友。你是個好小丑嗎？你會讓人歡笑嗎？還是思考？還是兩者皆有？」

「希望兩者皆有。我希望我既美麗又令人意外。小丑總是在轉變——總是找到他們的聲音。」

「就像作家找到他們的聲音。」

「沒錯，就像作家找到他們的聲音。」

「聽著，你有沒有聽過一個名叫李歐納・柯恩（Leonard Cohen）[28]的作家？詩人？你有沒有讀過他寫的詩、聽過他寫的歌？了不起的聲音哪！這男人在溫柔、謙卑與黑暗之間達到完美平衡。你知道李歐納・柯恩嗎？」

「知道，我知道他的作品？」

他們經過國家劇院和它的三馬戰車與眺望城市的九位繆思女神。尤賽夫喜歡這棟建築物擠在河邊的樣子。

「你是一位品味絕佳的小丑。我看過李歐納・柯恩在二〇〇八年的表演，先是在布拉格這裡，然後在蒙特勒（Montreux）。我想他會了解自嘲的真誠——面對愈轉愈慢的時鐘而自嘲。面對渴望，面對愛。」

尤賽夫閉上眼睛數秒。他這輩子沒搭過這麼漫長的計程車。他不想告訴司機他並不是李

註28：加拿大創作歌手、音樂人、詩人兼小說家，於二〇〇八年獲選進入美國搖滾名人堂時，曾獲得「最高水準、最具影響力的創作人之一」的美譽。二〇一六年逝世，時年八十二歲。

歐納・柯恩的粉絲。他怕司機會在路邊停下來叫他下車。

「是啊，」他說，「李歐納・柯恩很了不起。」

司機轉過身，微笑表達贊同。「這方面我妻子和我倒是有共識。當然囉，她很迷他。他是個英俊浪漫的男人。不過他的音樂——他的音樂有毒哪。」計程車司機重重嘆氣。「我妻子今年五十四歲了；我知道，我知道，永遠不該透露自己妻子的年齡。不過我們互不相識，你和我，而且我猜我們日後也依然是陌路人。」計程車司機自顧自點頭，然後接著說：「她是個美女。在我眼裡，她完全就是美的化身。」

尤賽夫完全沒概念這段對話會朝哪個方向發展。「說得對，我們多半不會再次相遇。」

「我知道啊，所以我才要跟你說些其他事。昨天早上，我們在喝咖啡、吃可頌的時候，我老婆轉向我，沒頭沒尾地說她想跟兩個男人做。」他已轉爲低語。「她說這句話的時候帶著如此美麗的不安，我爲那不安而愛她。她說她想在死之前跟兩個男人做。」

「噢，好喔。」

「她表達得很清楚，她所說的三人行之中也包含我。」

「所以，嗯，你有什麼感覺？」

「有時候，我們無法控制我們的欲望。它們從暗處而來，詭異而陌生的地方，你懂吧？」

尤賽夫不想和這名計程車司機聊起黑暗的欲望。他只是點點頭。「她的要求沒讓你傷心？」

「沒有。我沒傷心。我也有我自己的欲望，我獨特的衝動。不過事情是這樣的，朋友：我對我妻子的欲望感到疑惑。我疑惑她的這種欲望在緊貼著表面之下的地方漂浮了多少年。一想到這裡，我就有點難過。」

計程車減速，謹慎地通過路口；視線所及範圍一輛車也沒有，因此這舉動略顯可笑。

「等到你結婚吧，」司機說，「到那時候你就知道了。欲望的疆土在多年間愈拉愈薄。你必須時時發揮創意、創造力，否則欲望就沒了。」

尤賽夫想著有沒有可能車上的某個角落藏著一部攝影機、他被整了。他的心思小心翼翼地飛掠到一個想法：這位計程車司機可能就要開口邀請他回家，跟他和他老婆來場三人行。

「我不知道我有沒有可能走入婚姻。」

「別弄錯我的意思——婚姻也包含無比美妙的快樂。」

「我只是看不出有什麼意義。」

「我們都需要有人見證我們的人生。」

尤賽夫想著在他跌倒後待在他身邊的那個女人。有人說她叫什麼名字嗎？他記得她的臉，也記得她的手放在他肩上時的溫度，他領悟再次見到她的可能性微乎其微，幾乎等於不存在。這樣的領悟沉甸甸地棲息在他的腹部。

「是有一個女人，但無望了。我甚至不知道她的名字。」

「事關愛，那就永遠不會無望。」

「她多半是個觀光客。我只見過她一次，而且那時候腦袋不清楚。她多半以為我是個白痴。」

「愛有個有趣的方法能夠解決這些小問題。」

「你對愛這個概念有很深的信念呢。」

「啊，不只是愛的概念——作為濾鏡的愛，作為力量的愛。」

「唉，我頗確定這則愛情故事已經結束了，差不多還沒開始就結束了。」

「如果你曾墜入愛河，那麼你或許就是需要墜落。墜落總是一件很美的事，因為墜落時，你是如此脆弱。」

「我還真的被車撞得飛起來又墜落，就是因此才會進醫院……」

計程車無線電打斷了他，隨即被自身的靜電干擾噎住，然後說了些關於貝雷歐瓦街

（Pelléova Street）上有頭象的事。

「是在說什麼啊？」

司機調高音量。「一個笑話。他們一整晚都在開玩笑，說我們有位司機在貝雷歐瓦街差點撞上一頭大象。他們在聊所有看見大象的司機都要提高藥檢的頻率。」

「所以貝雷歐瓦街沒有大象？」

「我老婆說，在像這樣的夜晚，萬物半隱半現，什麼事都有可能。魔法、無聊、做愛、音樂、詩，或根本什麼也沒有。」

尤賽夫思考著。這是個濃霧之夜，半座城隱沒其中，而半隱的同時也是半現。或許未知之謎是魔法。不確定性是魔法。所以，現在可能有頭象在布拉格遊蕩。這是甦醒過來的不確定性。

司機提議陪他走到門口，但尤賽夫拒絕了。

「我只是需要睡覺而已。我必須找到我的貓。」尤賽夫將計程錶上的金額交給司機，外加豐厚的小費。

「鈕扣。」計程車司機帶著孩童般的歡欣咧嘴而笑。

尤賽夫正要打開車門，但又停住。他將手伸向司機。「我是尤賽夫。」

計程車司機跟他握手。「我是阿萊許。需要搭車的時候隨時找我啊。打電話給我。」他給尤賽夫一張名片，上面只有阿萊許的名字和電話。

尤賽夫下車。他的身體有點僵硬，移動時像個八十歲的老公公。

司機將頭探出車窗外。「還好嗎？」

「我會沒事的。我只是需要慢慢走。放輕鬆，懂吧？」

一踏上人行道，他隨即鬆了一口氣。回家了。「再見，阿萊許。小心遊蕩的大象。」

「會的。好好照顧自己啊，朋友。如果你眞的墜入愛河，那就學學崔斯坦——讓你自己無帆、無槳在大海漂蕩，看看會怎麼樣。」

尤賽夫想著置身小船在大海漂蕩。這名計程車司機彷彿知道他不會游泳，正藉此鼓勵他鼓起勇氣。「你不知道那對我來說有多恐怖。」

「那就更有理由去做囉。」

七月九日清晨五點三十一分——尤賽夫

鈕扣在門邊迎接他，用光滑的橘色身體磨蹭他的腿，一面喵喵叫伴著尤賽夫走向廚房。尤賽夫還得注意別絆到這隻蜿蜒如蛇的貓。他給貓他的貓罐頭，然後直接上床。他的臀部在痛，於是他又起來吃藥。回到床上後，他凝視天花板，等待臀部的疼痛消退。鈕扣在他雙腿間蜷成一顆球，立即開始發出呼嚕聲。通常這就足以讓他入睡了，但今天早上沒辦法。他的身體筋疲力竭，心思卻拒絕停止轉動。他在思考有沒有可能試著找到那個在救護車到來前穩住他的女人，但不確定該從哪裡開始。覺得自己有點愛上她會不會太瘋狂？會。她主要只說他會好好的、他應該保持靜止。她說她父親在醫院裡——快死了。他會打電話去醫院，問問看有沒有一個去那裡陪伴父親的女人，而那位父親可能有也可能沒有在昨晚過世。當然了，他們多半什麼也不會透露，但他至少可以試試。

他試著在不打擾貓的前提下將腿從貓身旁抽開，但鈕扣不買帳——他坐起來看，尤賽夫一挪到床邊，他隨即跳下床，準備跟隨。

鈕扣和尤賽夫穿過客廳；這裡的牆上有幅畫，描繪的是置身帆船的一名女子。尤賽夫不知道她是誰。她身穿黃色比基尼，手拿一杯紅酒。她看起來快樂而滿足。他或許並不好，應該回去醫院才對。

來到廚房，貓坐在窗前，尾巴嗖嗖來回掃。他記得小丑鈕扣在馬戲團電影裡的臺詞，說到小丑這種人滑稽可笑，因爲他們只愛一次。眞是這樣嗎？或許他不曾愛過——不曾戀愛。因爲他原本以爲他和卡蜜拉談過戀愛，不過昨晚的那個女人令他開始質疑。貓轉過來看著他。

「問題是，」他對貓說，「我想用我的餘生去做她想要我做的任何事。我想讓她快樂，但我不認識她。」他撫摸貓，從鼻子到尾巴末端的長長愛撫。「你知道嗎，小貓？我不知道這是怎麼回事。」

貓轉開，繼續看著窗外。

市內電話響起，他被尖銳的鈴聲嚇到。來電者是他姊姊。

「尤賽夫，我是達妮齊卡。」她的聲音沙啞，幾乎快聽不見了。「抱歉這麼早打給你。只是我以爲你要來聽演奏會，沒看到你來，我有點擔心。你的手機直接轉語音。我知道很蠢……」

「沒關係。很抱歉錯過妳的演奏會。順利嗎？」

「有貝爾格、德弗札克，還有艾爾加[29]。非常精彩。你還好嗎？」

「我剛到家。然後，對啊，我不知道我的手機在哪。」

「漫長的一夜。你去約會了嗎？」

「不算是。發生了其他事。」他不確定自己接下來想說什麼，於是讓沉默懸在那兒。他在想，接這通電話或許不是個好主意。無論姊姊是否出於好意，他或許並不想接受她審訊。

「尤賽夫，怎麼了？」

「問題是，我並不完全清楚記得昨晚發生什麼事。」

「好，我真的開始擔心了。」

「我想……我想我應該跌倒了——然後我進了醫院。」

「醫院？哪家醫院，尤賽夫？」

「聖馬可。」他覺得好笑。他進哪家醫院有差嗎？

註29：原文此處僅提及Berg、Dvořák、Elgar，應分別為奧地利第二維也納樂派作曲家阿班・貝爾格（Alban Berg，卒於一九三五年）、捷克民族樂派作曲家安東寧・利奧波德・德弗札克（Antonín Leopold Dvo ák，卒於一九〇四年），以及英國作曲家愛德華・威廉・艾爾加爵士（Sir Edward William Elgar，卒於一九三四年）。

「你還好嗎？」

「我沒事。他們要我繼續待在醫院，但我必須回家餵鈕扣。總之，我很好。」

「什麼？他們要你繼續待在醫院？」

「對，但我不想繼續待在那。」

「所以是發生什麼事？」

「我搭計程車回家。」

「不，我是問昨天晚上發生什麼事？你爲什麼進醫院？」

「就是進了。我不記得。記不太清楚。」

「那你記得什麼？」

「跌倒、血，還有一個女人陪在我身邊，直到救護車來。」他想著她對她姊妹吼出命令時聲音是多麼宏亮，對他說話時又是多麼輕柔。

「血？」她的聲音變成一條拉長的鐵絲。「你是怎麼跌倒的？什麼時候跌的？」

「告訴過妳了，我不知道。我的記憶很模糊。我應該是從莫利內克回家，正要去搭計程車，然後就跌倒了。」記憶不只是模糊而已——根本糊成一團。他決定要是貓對他說話，那他就要叫計程車直接回醫院。

「他們有沒有幫你做檢查？斷層掃描？」

「什麼掃描？」

「那就是沒有囉。他們沒有檢查你的腦袋。」

「他們說我腦震盪，但我不記得有誰提起過斷層掃描。」

「如果他們擔心瘀血或出血，他們就會做斷層掃描。不然就是做磁振造影。」

姊姊怎麼會那麼了解各種掃描和腦震盪？她分明就是音樂家。或許他確實曾從旁聽見他們討論做檢查的事。他太多次睡睡醒醒，他們有可能在其間對他做任何事。

「醫師說她很確定我是腦震盪。」

「這位醫師有名字嗎？」

他一秒也沒遲疑。「史特拉文斯基。」

他可以聽見她在床邊的便條紙匆匆抄下醫師的名字。「醫師先生有沒有說你的症狀是什麼？」

「是女士。」

「她有沒有說你會有什麼症狀？」

「嗯，暈眩、記憶喪失——所以顯然腦袋受傷。噢，還有瞳孔放大，不過已經好了，我的瞳孔現在正常了。」他覺得自己好像回到五歲時，正在回答母親的問題。達妮齊卡對他就是有這種作用。

「你確定你應該自己在家嗎？要不要我過去接你？不然，我至少也可以去照顧你。」

「不用啦，我沒事，我要睡了。史特拉文斯基醫師說我需要讓我的大腦休息。」

「好，我晚點再打電話給你，確認你的狀況。你確定你可以？」

「我確定。不過我晚點可能會去橋上。」

「你不會是今天還要上工吧？你不覺得放幾天假是個好主意嗎？」

他無意工作，不過在姊姊面前還是保留這種可能性。「我又不是一般那種工作，達妮齊卡。我不上工就沒薪水耶。」

「你自己知道並不是非得這樣。我一秒內就可以幫你找到工作。你有碩士學位，又那麼聰明，尤賽夫。」

「達妮齊卡。今天別又來了，好嗎？我愛我做的這些事。」他想著姊姊身爲大提琴家的人生。她所做的每件事都關乎精確演繹一份樂譜。你不會即興創作巴哈的大提琴無伴奏組曲——你調整強度、速度、力度，然而終究還是堅守音符。輕而易舉就能將這些外推到姊姊的人生：完美婚姻、超棒公寓、成爲漸漸享譽國際的音樂家。當然了，他總是找得到工作，但他還沒準備好。

「好，好，今天不談。」她說。「不過想像你到六七十歲還在做這個。還有，你結婚生小孩之後會怎麼樣？你怎麼養得起小孩？小孩會改變一切，你知道吧？」

她和米蘭沒有孩子。他們倆同意不將新生命帶來這個世界。不過尤賽夫猜想，如果米蘭願意，她一秒就會把孩子生出來。

一股沉重感蔓延他的全身。「聽著，我眞的必須試著睡一下了。」

「你睡醒的時候會打電話給我嗎？拜託？我才知道你沒事？你是我唯一的弟弟，而且……」

「我也愛妳。」

他待在餐桌旁的椅子上。桌子中央有只花瓶，上面有隻鵝。彷彿製作花瓶的藝術家錯估鵝的體型，因此牠笨拙地疊起身子以塞進這個空間。他不曾喜歡這個花瓶，但它屬於他母親，因此一直擺在他的餐桌上。

母親過世後不久，他和達妮齊卡去拉維蘭達（La Veranda）[30]吃晚餐，達妮齊卡告訴他，她一直在悲傷中苦苦掙扎。他們坐下後，她花了些時間調整餐具的配置——將叉子和湯匙對齊，直到她滿意爲止。然後是鹽罐和胡椒罐，還有糖缽。調整完桌面後，她抬頭看著他。他記得她的眼睛，那雙眼屬於一個在失落之海踩水的人。

「我不知道該怎麼做。」她說。「沒有操作指南，我……」

「悲傷是一個麻煩的伴侶。」他說。「我不認爲那是妳能走過去的東西。悲傷並不是一個過程，而是某種永遠不會離開的東西。妳適應，然後將它化爲妳紋理的一部分。妳必須跟它建立關係、接受它，然後早上的時候，妳醒來，朝世界踏一步，然後再一步，一直走下去。」

「什麼？」

「悲傷，哀悼。妳知道吧？」

「但我不想帶著悲傷。」她恐懼地說。「我永遠不要跟悲傷成爲朋友。」

「聽著，我們都以不同的方式哀悼。這方法對我有用。」

「這不是我想要的。」

他坐在這張磨舊的二手椅上；姊姊說這是他的教授椅。公寓裡的光線朦朧而柔軟。因爲光的關係，一般而言他都愛一天中的這個時候，今天早上卻似乎無法找到重歸常軌的路。

他戴上小丑鼻，讓眼皮垂落，想著：**你的心裡帶著什麼？你有什麼希望？你恐懼什麼？**

你相信什麼？你可以多愛鬧？多調皮？你有多狡猾？你會變得多富同情心？

尤賽夫調整鼻子。他的小丑名是奇特卡[31]，他在巴黎的一週小丑基礎課程之後想出這個名字。他睜開眼，而奇特卡對著尋常萬物的新奇感展露微笑——他想著：**終於啊，我回家了**。不過今天早上多了些什麼。是愛。小丑知道他愛上了那個女人；她爲了他而放棄她的運動衫，她待在他身邊，她聞起來有皮革和廣藿香的味道，而且她不願離開。這份愛是一顆巨大的氦氣球，隨時有可能帶著他飄離地面。

七月九日清晨五點三十一分——梅西

她又餓又渴，好想喝杯咖啡。離開夜店的途中，她經過的最後一個人就是放她進來的同

註30：位於布拉格的米其林地中海料理餐廳。

註31：Kytka，捷克語「花」之意。

一個男人。他的西裝除了太大之外，這會兒變得凌亂不堪。她問他附近有沒有已經開始營業的咖啡廳。他的頭朝右方輕甩，用捷克語咕噥了些什麼，然後又補充：「兩個路口。」

她想揮手道謝，這時注意到她的右手會痛——指節發紅，之後會瘀青。她無法握拳。她的左手掌纏了繃帶。

梅西離開夜店，踏上街道，走入黎明前的微光中，彷彿她正從一場夢中醒來。

咖啡店櫃檯後的男人沒刮鬍子，看似只醒了一半。這地方空無一人。他身穿黑色廚師外套，灰色千鳥格長褲，還有垂到腳踝處的下折式圍裙。他看著梅西，眼神似乎在說她不屬於他的咖啡店。對梅西而言，這男人看起來像主廚，不像她見過的任何快餐廚師。

她在窗邊的桌子坐下。「眞高興你們開了。」

他繼續擦拭她隔壁的桌子。「我們每天都五點開門。上班途中的人會進來買咖啡和早餐。」

「那正是我想要的。咖啡和早餐，麻煩了。」

他緩緩點頭，認可——彷彿在告訴她，她得到的回應差點就是「滾出去」。

他摩娑下巴，認眞地看著她。「妳是半熟荷包蛋和黑咖啡。」

「什麼？」

他又說一次。

她喜歡混蛋，也喜歡咖啡加牛奶，但因爲某些原因，她想要他是對的。她微笑，點頭，讓自己露出驚訝的神情。「你怎麼知道？」

「猜的。猜錯的機率高過猜對。我幫妳做希臘咖啡。妳看起來像需要這一味。」

「可以的話，我也需要一碗冰。我不知道怎麼弄傷了手腕。」她抬起手，他歪頭查看。梅西試著微笑。她的右手腕腫脹，感覺緊繃。

他在做其他事前先拿了凝膠狀冰袋過來。

「放在妳的手腕上，可以緩解腫脹。」

這名體貼男子——這名主廚——讓她想起她在北羅納待六個月後來到島上的那位科學家。

羅伯・凱登和幾名學者一同到來：一位人類學家、兩位生物學家、一位歷史學家，還有一位詩人。他們把帳篷搭在靠近聖羅南（St. Ronan）禮拜堂遺跡附近。

他來敲門，告知她他們會在島上待三週，也已經取得恰當的許可。他自稱動物行爲學家。

「你應該進來坐坐。我泡咖啡——或茶，你一邊告訴我動物行爲學家是什麼。」

「簡單。」他踏入她的小空間。「我們研究動物的行為，假定行為是一種演化性狀——動物時時刻刻都在適應、改變。」

「所以你在北羅納研究哪些行為？」她想像重點在於他的陪伴——他們以此種方式面對生活在島上的種種限制，面對孤絕，以及大海與鳥兒持續不休的聲音。

他靠著水槽旁的流理檯。「我來這裡找尋鳥類的群聚滋擾行為。」

「鳥類？」她往煮水壺裡裝滿水。她試著回想有沒有看過一群鳥兒滋擾其他鳥。

「對。因此一群通常被捕食的鳥會群聚起來圍攻掠食者，藉此保護群體中的成員，通常是幼鳥。狐獴也會這樣，還有烏鴉。烏鴉會群聚滋擾老鷹。洛磯山脈的大角羊也會。」

「你認為這裡也看得到？」

「我知道這裡也看得到。我兩年前來待了一個月，針對黑腳三趾鷗寫了一篇論文。喝過幾杯酒聽起來會比較有道理。」他拿起一瓶威士忌。「可以請妳喝一杯嗎？」

梅西屏住呼吸，彷彿忽然來到自己的軀體外看著，等著看她會怎麼反應。她嘆氣。

「不了。謝謝你，但不用了。」她試著讓她的聲音聽起來輕鬆、實事求是。「我——我不碰那東西。我有點那方面的問題。」

「噢，我不知道。眞抱歉。」

「你怎麼可能知道？別爲大方分享你的威士忌而道歉，你提出邀請已經很好心了。」她打住。天啊，她竟然因爲他表現正常而批判他。或許她獨處太久了。

那天只有羅伯走上來燈塔這裡。他的其他夥伴歷經顛簸的航程，都已經鑽進各自的睡袋裡，大多數人在來島上的途中都暈船了。他說詩人多半還在吐。

梅西看著他，讓步承認他並非不迷人。高挑，和善的歪嘴微笑，彷彿發現了什麼好玩的東西，但不帶侮辱或屈尊的意味。

「喝茶好嗎？」

「很好。」

羅伯環顧她的生活空間——皮革飛翼扶手椅、床、方正的小餐桌和三張不成套的椅子。

他將酒瓶塞進外套口袋，在桌邊坐下。

他們用藍色馬克杯喝濃濃的柯爾國王[32]茶。

註32：King Cole Tea，創立於一九一〇年的加拿大茶葉品牌。

隔天晚上羅伯又來敲門，她很感恩有他作伴。梅西又泡了茶，然後告訴他她爲何不喝酒。

「開誠布公，」她說，「我是酒鬼。我每天都想喝，而只要一天沒喝，我就因此而是更好的人。」

他熱切地聆聽，她說完後，他把手探向桌子的另一邊，手指伸向她的手指。他沒握她的手，也沒牽起她的手，只是用手指刷過她的手指。

「換個輕鬆一點的話題，可以介紹你認識兩隻貓嗎？牠們多半會去拜訪你們的營地。馬克在床上。」虎斑貓聽見有人叫牠的名字，抬起頭。「吐溫在流理檯上喝玻璃杯裡的水。因爲某種原因，我沒辦法要牠去水碗喝水。牠比較喜歡玻璃杯，而且總是要在流理檯上。」牠們看著那隻胖嘟嘟的白貓就著玻璃杯舔水。

羅伯轉回來面對梅西。「妳認爲身爲酗酒者定義了妳是誰嗎？如果這個問題太私人……」

「不，不會太私人。我的意思是，畢竟是我開了那扇門。我猜感覺有點像得了某種病，然後正在控制中。但這並不是疾病，對吧？我的意思是，儘管大家對於酗酒是種疾病這論點說了那麼多，就是沒有人會決定戒癌症。癌症是疾病。而我決定要戒酒。」

羅伯微笑，啜飲一口茶，無聲地把馬克杯放在桌上。「一般而言，當兩個人相遇，他們會分享彼此好的部分。妳知道的，揭示他們認爲自身會給他人留下好印象的部分。」

「我打破了那條規則，對吧？」

「有點。」

兩天後，梅西正在用茶壺泡茶，羅伯在書架上的《小婦人》（*Little Women*）後找到一副塔羅牌。梅西根本不知道那副牌在那裡。較低的一層書架上有一本塔羅牌相關書籍，原本看起來像擺錯了位置——現在說得通了。她從架上抽出那本書，放在他面前的桌上。「可能有點幫助。」她說。

他徹底洗牌，然後將整副牌放在桌上。「我要翻開一張牌，」他說，「這張牌很重要，對妳和對我來說都很重要。」

「真的嗎？現在重要還是未來？」

「對，」他要笑不笑地說，「從現在開始的幾年中，妳都會記得今晚，還有這張牌。妳或許也會記得我。」

「挺確定我會記得你。你是我到目前爲止的唯一訪客。」

「還有這張牌。妳也會記得這張牌。」

「好，我相信你。」

他將最上面的那張牌翻到桌面，但立即用手蓋住。

「準備好了嗎？」

「要來點鼓聲嗎？」

「妳有鼓嗎？」

他抬起手，露出「愚者」。牌面描繪一個露出快樂表情的男人走在山中。陽光耀眼，他摘了一朵花。他用棍子揹著一個包袱——鋪蓋捲——看似就要踏出懸崖外。一隻小狗跟著他，看似想救他，但男人沒看腳下的路徑或狗——他凝望天空。牌卡的頂部有數字零。

「你是我的愚者嗎？還是反過來？」她問道。

「我不確定是不是這樣解讀耶。」

她在他對面坐下，試著弄清楚他眼睛的顏色。藍或灰，或是介於中間的某種色彩。梅西注意到羅伯聞起來有淡淡香料味。味道不重，但靜靜地在那兒。

她繼續凝視那張牌，提議他們躺下繼續聊。他沒有立即回應。羅伯朝她一瞥，拿起書。

「愚者不會做錯。」他說。「愚者總是沒有準備，沒有計畫，隨波逐流，異想天開。」

「我聽不出這是好還是不好。」

「妳想當愚者嗎？」

「我想我或許已經是了。」

「並不是說妳的邀請不吸引人。很吸引人。只是，我禁慾一段時間了——我努力重塑、重整，找到回去的路，回到……我不知道，某種純眞。妳懂我的意思嗎？」

她立即想到她的酗酒問題，因此對她當然懂需要重塑、重整是什麼意思。至少他沒說她不是他的菜。

「妳是個美麗的女人，」他說，「絕色美女，我知道從現在開始的幾年之中，我都會為這件事而想朝自己腦袋踢一腳。」

「多久了？」

「七個月。我覺得一年似乎是個不錯的主意。」

「一年。」

「會不會尷尬到受不了？我是不是該回去自己的帳篷乖乖待著？別再敲妳的門？」

「不，不會受不了。」不過梅西對於自己居然那麼想做愛而震驚不已，現在沒得做了，她反倒更是想做。

「話說，還是說我來教妳冥想。妳有沒有試過冥想？」

「你是說一邊念誦眞言？」

「不用，只需要知道怎麼呼吸就好。」

梅西還記得，她當時心裡想著，就在她房間區區二百英尺之下，有一千頭灰海豹像沒有明天一樣苦幹著。她就像一頭擱淺的海豹一樣性慾高漲，唯一的選項卻是冥想。

他們每天晚上喝茶，然後練習冥想。他們從簡單的呼吸冥想開始，然後進階到自他交換法——一種喚醒同情心的佛教做法。這成爲一套儀式。茶和對話、蠟燭和冥想——然後更多的茶和對話。他們對對方說故事，揭露自己的人生。她很常談起她爸。她拿那疊來自世界各地的明信片給他看——餐廳評論。結束時，他們會擁抱。羅伯接著走下山丘回到自己的帳篷，她則爬上床自慰。

他離開前的那夜，他們親吻了。他說他對她夠了解，相信他們不會比親吻更進一步。梅西記得那是她這輩子最肉慾的一個吻。因爲出乎意料之外、禁忌，而且壓抑，這個吻情色得超乎她所能理解。看著他沿山徑走回帳篷，她氣喘吁吁，雙腿發軟。

隔天，梅西起床、泡咖啡、餵貓牛奶和飼料，水煮兩顆蛋配吐司。她不確定該預期什麼——或許是在其他科學家面前尷尬地道別。他們或許會握手、短暫擁抱，就這樣。她走到狹窄的門廊上，望向他們的帳篷三週以來所在位置，結果那裡什麼也沒有了。他們肯定在破曉前就已經離開。就這樣，又只剩下她孤身一人。就這樣，她自覺像個愚者。她沒有他的聯絡方式。

孤獨感像灰濛濛的天氣一樣沉降在她身上。在那三天之中，她只下床察看貓的狀況、交她的天氣報告。她沒梳洗，只吃隨最後一批食物補給一起送來的水果。她夢見喝酒。她想用酒把羅伯・凱登沖掉。她想要隨酒精而來的朦朧麻木感，她就不用感受他離開之後留下的斷裂之痛。

梅西看著她的主廚對角落的一名老婦人微笑。**她什麼時候來的**？

「老樣子嗎，薺達？」

薺達閉上眼，微乎其微地點頭。她是如此瘦小——像個鬼魂，隱入牆的薄荷色之中，但她的聲音有力而清晰。

「今天是我的生日，所以或許兩根香腸？你覺得怎麼樣？我的人生是不是應該冒點險？突破常軌？」

原本在擺正椅子的主廚停了下來。「妳今天想點什麼就點什麼，親愛的，店家請客。」

女人的眼睛閃爍著歡喜的光芒，毫不遲疑地接受主廚的好意。「那或許再一點白蘭地給我配咖啡？謝謝。」

他將白蘭地倒入一個矮胖的玻璃杯送到她那桌，放在她面前之前先塞了一個白色小茶托到杯子下。「生日快樂，薺達。年年有今日喔，我的朋友。」

他消失在後方的廚房內，這時薺達轉向梅西。「我今天滿九十二歲了。」

「生日快樂。妳——妳看起來狀態超好耶。」

「謝謝。妳知道嗎，今天也是卡魯夫的生日——只不過他比我老多了。非常多。卡魯夫生日這天總是會有魔法和奇蹟。」

「卡魯夫？」是在說她丈夫嗎？小孩？狗？貓？

「那座橋啊——Karlův Most。它今天滿六百六十一歲了。他們在一三五七年的七月九日清晨砌下第一塊磚。我丈夫過世之後，我就開始持續關注橋的年齡。我不知道為什麼。或許是因為我愛這座橋，然後它又比我老。我會對橋說話……」她打住，對某段快樂的回憶露出投降的微笑。

「只要橋不回嘴就好，對吧？」梅西想起那座橋了。她好累，感覺自己正沉入椅子之中。

薺達用霧濛濛的眼睛、皺紋深深刻畫的臉和抿起的嘴唇對著她，梅西可以清楚看出橋會回應她。

「過去五十四年來，我每天都會走過卡魯夫。我丈夫過世時，我有兩週不在。我跌倒摔裂三根肋骨的時候，又錯失八天。除此之外，我每天都會去那裡。如果我離開太久，橋會想念我。」她啜飲白蘭地。「妳年輕漂亮，等到妳沒那麼年輕又沒那麼漂亮的時候吧，妳就會去找一座會聆聽的橋——然後妳也會對它說話，妳也會聽見妳的問題得到回答。」

梅西聽不懂這女人在說什麼。

主廚將梅西的早餐放在她前的吧檯上，聞起來非常美味——兩顆蛋、香腸，薯餅。盤子上的某處有新鮮羅勒。

「這裡距離卡魯夫橋多遠？」她抬頭看她的主廚。**要命，他長得像羅伯・凱登**。

「Karlův Most？妳去卡魯夫有事？」

她沒有，不算有，但或許她那個被計程車撞得飛上天又掉下來的墜落男子會在那裡，畢竟他說過他會在。「對，我要去見某個人。」

「妳不先吃嗎？妳需要食物。食物是能量，而妳需要能量。」

「要。」梅西說。「要，我當然要吃。我餓死了。」

七月九日清晨六點半——橋

終於，梅西來到卡魯夫橋。她舉步維艱地走到卵石橋面的中央，她的腳發疼起水泡。早晨到來，而她父親走了。試圖襲擊她的蠢貨就在這世界的某處，她多半應該去報警——可以的話就提告。但不急。儘管情況到隔天早上一般來說都會改善，今天並沒有。她也不覺得明天早上會好到哪裡去。她需要閉上眼幾分鐘，但石橋上沒有柔軟之處。梅西越過橋牆探出身子，凝視下方的灰霧。她轉過身，微微往後仰伸展背部。卡魯夫橋上的光是一層銀藍色的薄紗。橋末端之外，她可以看到一座淡綠色圓頂聳立於城市鐵鏽色的片片屋頂之上。

梅西不記得旅館在哪個方向，也不確定房間鑰匙是否在她身上。她離開醫院時太匆忙，沒告訴任何人她要去哪。她把她的提袋、她當作隨身小包的背包都留在父親的病房裡。她的口袋裡有大約四千克朗——差不多兩百美金。她不確定爲什麼有。她在橋面坐下，背靠著牆。無論她想要與否，早晨都慢慢到來。

墜落的男人說他在一座橋上工作。是這裡嗎？在那麼一個可怕的夜晚，他讓她嶄露笑顏，而她希望他平安。她從她那破敗的心中送出這個願望——將一縷希望送入晨光之中。是卡魯夫橋。她現在確信無疑。在其中一座雕像旁。今天早上，他應該會在這裡，在這座橋上。他是這麼說的。

橋的更遠處，合唱團正在唱讚美詩開嗓──「讚美眞神萬福之源，天下生靈都當頌言。」他們唱到最後阿們的部分，停頓喘口氣，然後又從頭開始。

梅西變成十歲的她，和母親、父親以及兩位姊妹一起坐在教堂的靠背長椅。他們在一間大教堂裡，而大教堂的禮拜從來就不會為孩童量身打造，因此她很無聊。讚美詩代表禮拜即將結束，而且很美，梅西因而從無聊之中提振精神，注意到和聲。往後兩排有個女人，她的聲音尖銳又走音；對梅西來說，感覺就像這女人正試圖偷走這首讚美詩的美。於是梅西唱得更大聲些，而父親也跟著提高音量。他低頭看她，微笑表示理解與贊同。他們協力阻止這首讚美詩被偷走。他們變成這首歌的守護者。**讚美詩騎士**。她依偎著父親。

卡魯夫橋允許她停止移動。她依然在此，在這顆星球，在生命之中共鳴著，思考著、感受著，然而她父親不在了。她存在的每一絲纖維都在堅決索討這些問題的答案：**接下來呢**？**哪裡是我的歸屬**？而她毫無頭緒。她想要有人來救她、把她送上床，用鴨絨被密密實實地把她蓋好，告訴她會沒事的。

她感覺得到口袋裡有個東西。對，母親兩天前給她的──一個密封的信封，裡面裝有父親寄給她的最後一張明信片。夾在他的筆記本內，寫給人在北羅納的梅西。她從口袋抽出信封，翻前翻後查看，接著撕開抽出明信片。

親愛的梅西：卡司特洛（Kastrol），布拉格歐哈拉茲克廣場（Ohradské náměsti）一六二五之二號。寄這張明信片給妳或許很殘忍，因為妳住在一個一家餐廳也沒有的地方，但這家餐廳棒呆了。鹿肉醬佐蔓越莓果醬和手工麵包。醃甜菜生牛肉片佐馬札瑞拉、羅勒青醬、芝麻葉，以及厚得恰到好處的切片巴馬乾酪。慢火烘烤的豬肋排和加了奶油的涼拌捲心菜。點心是奶油烤布蕾、阿爾薩斯氣泡酒（Crémant d'Alsace）。質樸而簡約。餐廳內光線明亮。遠離布拉格中心，但值得來這麼一趟。妳將愛上這地方。

給妳我所有的愛

爸

她將明信片塞回信封裡，再把信封放進口袋。他爲什麼寫妳將**愛上這地方**？爲什麼？他內心的某個角落是否知道他的女兒將被召來布拉格？

她想起父親說過發生在巴黎菁英咖啡館（Le Sélect）的故事，那時他在讀報，結果不小心讓桌上的蠟燭點燃了報紙。一名侍者用一杯水撲熄火，隨即像沒發生過任何事一樣繼續工作。隔天晚上，父親回到同一家咖啡館，侍者替父親帶位時，他捧起蠟燭，拿到另一桌去放，彷彿在說前一晚的火災只是小事，不過現在我們不敢再把蠟燭和報紙這組合交到monsieur[33]手上了。他覺得這個故事非常好笑，幾年來一再重述，每次都略有不同——他有時會提及他當時在報紙上讀到的文章，其他時候則抱怨侍者硬邦邦的莊嚴感，或是他要多厚臉皮才會在第二天晚上又帶著報紙回到同一家咖啡館。梅西的母親聆聽，每次看起來都像頭一遭聽他講這故事一樣入迷。

梅西也希望自己的生命中有這樣的一個人，就算聽她講同一個故事第二十九次也依然覺得有趣。

尤賽夫在今天早上六點左右感受到愛；一般人或許很難想像那種愛。那份愛孕育了一整

註33：法文，先生之意。

晚，從黑夜到白日。

他墜入愛河，而且確實摔得很重。這次摔落時，他不會攤開雙手自保——他想落入厚厚的愛情泥沼中。這整件事如此荒謬，荒謬到都變得美麗了。但有那麼多未知——那麼多問題。他不知道她的名字。他不知道她住在哪，或是可以嘗試去哪裡找她。他不知道她最愛的顏色是哪一種，或是她的星座是什麼。他不知道她都喝什麼咖啡——他非常樂意早上爲她送咖啡，每天早上，這輩子的每一天。他只記得她聲音的音色，還有她的手碰觸他肩膀的感覺，還有她的味道——她可能擦了廣藿香。她所做、所說的一切都讓他覺得安全，覺得受到照顧，而這就足以促使他來到橋上。

他告訴她他會在這裡，而他有心遵守承諾。他會搜索橋上，如果找到她……嗯，他不確定接下來該怎麼辦，不過無疑地，**妳好，我的名字是尤賽夫・可利馬—謝謝妳在我墜落後陪在我身邊**。

臬玻穆雕像附近，人群包圍著一名表演者，尤賽夫欽佩不已，因爲很難在這麼早的時間吸引那麼多人駐足。他自己的話，有一半的人數他就心滿意足了。無論表演者是誰，他的演出肯定非常優秀。他得爬高些才能掃視橋上，找尋那個在他墜落時陪在他身邊的女人。他爬上胸牆，踩著頂部行走。胸牆高度略略超過一米，寬度有點窄。他害怕自己會摔落左方的河流。他猜此處距離水面至少有十二米，不過因爲起霧的關係，實在說不準。他不喜歡高處，也不確定河水有多深。游泳會有多難？只要動動手臂、踢踢腿就好。一股顫慄沿他的身體而下來到他的腿部。多半沒那麼簡單。他將注意力拉回踩著胸牆的腳和橋。爬到高處之後，他看見吸引這麼一大群人的並不是什麼表演者——而是一頭退後抵著臬玻穆雕像的象。他搖搖頭。沒錯，一頭體型龐大的象。看見這景象，他不禁微笑。他體內的小丑想要走到象身邊、跟牠打招呼，然後轉過身，把牠介紹給陌生人，正式引見，彷彿他和象是老朋友一樣。如果這頭象不願意告訴他牠的名字，他會叫牠拉利——很適合象的名字。

牠就著一個白色塑膠桶喝水。一名頭戴紫色貝雷帽的女子從花束的包裝紙中扯下一把花，拿給那頭象，但牠只是繼續喝水。布拉格是一個有魔法的城市，充滿歷史、故事，以及神話。他曾在薩佛伊咖啡廳外看過三隻駱駝綁在樹幹上。卡魯夫橋上又爲什麼不會有一頭巨大的象呢？牠身旁的人看似呆若木雞，彷彿這頭象是幻覺，而他們都被催眠了。

他低頭看著一名女子；她背靠石胸牆，環抱膝蓋，頭低垂。這是一個努力在這個世界中縮小的人——這個人希望自己變得完全不重要、被忽視。

這就是他一直在找尋的那個女人。他驚訝於她的改變。**她父親過世了，這就是悲傷的樣貌。**

他跳下牆，蹲在她身旁，溫柔地碰觸她的肩膀。她抬起頭。

「找到妳了。」他說。

漫長的昨夜就寫在她臉上——筋疲力竭、毫無喜樂。「噢，」她說，「我爸……」

他伸手從口袋拿出小丑鼻戴上，在她身旁坐下，兩人肩並肩、膝碰膝。「我很遺憾。」他說。她看著他——然後是他的鼻子。藉由戴上小丑鼻，他希望能幫助她維持消失的狀態。陌生人或許會看他們倆，而因爲這只鼻子，他們只會注意到他。這個策略沒多久就受到考驗。一名路過的男子看著尤賽夫，露出不確定的笑。頭戴貝雷帽、拖著橘色行李箱的女人無法將目光從他身上拉開——彷彿她在擔心小丑那無法預料的天性。

他稍微歪向這名女子，這個沒在他受傷時丟下他的女人，然後等待。

象退後撞上臬玻穆的聖若望雕像，雕像搖搖欲墜。現場一陣詭異的寂靜——橋上的所有人似乎都屏住呼吸，然後當那頭象衝入人群，所有人快速退到兩邊，避開牠的路徑。

尤賽夫和梅西急忙站起來，看見一名穿白色跑鞋的老婦人被擠到邊緣，幾乎就要翻下橋——她撐在那兒，雙臂攀著橋，但她在往下滑，撐不住，快掉下去了；尤賽夫探向她的手臂，伸長手想抓住這個女人，伸得不能再伸了，他最後一抓，揪住她的毛衣猛力往後扯，同時間，他的身軀傾斜到沒辦法再回正的程度，他隨即筆直穿過霧氣墜入灰色河水。

他重擊水面，切入水下。在水面浮沉之際，他又是揮手又是踢腿又是划水，試著朝河岸前進。他的外套和一隻鞋都掉了，但依然感覺河水像是在壓著他，把他拉到水下。他在水流中扭動轉身，而河水似乎強勁、快速而冰冷得超乎可能。

梅西不會讓她的男人再次溜走，也絕對不會讓他溺死。她高中時去當救生員是她母親的主意，結果這成了她上大學時賺錢的好方法。置身卡魯夫橋，周遭是一團困惑與驚慌，她想起溼衣服會變得如此拖拉與絕對沉重，於是她開始褪去大部分的衣物。墓園的兩個混蛋割破了她的內褲，因此她留著牛仔褲。她快速脫下鞋子、扯下T恤，把外套綁在腰間，隨即跳入河水中。穿過迷霧、令人喘不過氣的下墜。冰冷的衝擊，強勁的水流。她是一個滑溜又健壯的泳者，不用花多少時間就能追上他。他在霧中幾乎完全隱而不現，於是她朝一團黑乎乎的東西前進，希望靠近後會發現那就是他，而非一段樹幹或其他在河中漂流的垃圾。靠近後，她看見那確實是他，她游上前，解開外套，讓外套漂向他。她要他抓住外套，而她立即就感覺到他的重量。如果她慢慢將他們推離主要水流，再利用河灣，她或許辦得到。

她的小丑看起來茫然又疲累。

「你還好嗎？」

「美夢成眞。」

他的眼裡有恐懼，而且正嚴重朝恐慌傾斜。如果他陷入恐慌，又以某種方式抓住了她，他們兩個可能都會喪命。「你可以幫忙我把我們弄上岸嗎？」

他點頭。

梅西和尤賽夫開始一寸寸朝河岸前進。

他的左腿抽筋，他沉入水中，隨即陷入恐慌——太可怕了。他喝了一些水，感覺到雙臂立即湧現一股力量，試著找到一個他不會再沉下去的地方；那股力量是手臂用力太猛的過度補償。他知道這情況撐不久。他想以抽筋的那條腿站立——藉此伸展肌肉，但找不到施力點。抽筋的情況加倍、絞扭、拉扯。他又下沉、上浮，絕望地吸一大口氣，灌滿他的肺。

「抽筋，我的腿。抽筋！」他緊緊抓著梅西的外套。痙攣的感覺沿他的小腿上下流竄，肌肉在疼痛中打結。

「撐住。」梅西在外套上施力，用力拉以維持尤賽夫的頭浮出水面。**現在救不了就永遠沒機會了**，她心想。她靠單手泅泳，一次又一次划水，盡她所能在河流中踢腿。她朝岸邊前進，而他們緩緩離開水流。她游得穩定但疲累，不過這是他們的唯一機會。如果她耽擱，她會太冷、太耗竭，什麼也做不了。她的手臂和腿都在痛，她不確定自己到底有沒有在前進。她告訴自己她一點也不痛。疼痛是一種想法，而她不要有這種想法。她逆流而上，遠離水流。她鎖定岸上的特定一個點，眼裡只有河岸。她的腳擦過河底。解脫。她最後又划了幾次，站了起來。

她對他喊：「站起來！」尤賽夫隨即找到立足之處。她一手環抱他，在他處理抽筋的腿時扶著他——他緩緩、痛苦地伸展那條腿，按摩痙攣的結。撐在堅實的地上感覺令人放心同時又無比疼痛。上岸後，梅西撲通倒地，往後躺下。他們又溼又冷，在一段岩石河岸躺平。尤賽夫仰望陰鬱的天空。「河流巡邏隊會來找我們，他們遲早會派出搜索救援船。」他翻身側躺，看著她。「我甚至還不知道妳叫什麼名字。」

「什麼？」

「我不知道妳叫什麼名字。」

她朝尤賽夫伸出泥濘的手。「我是梅西，」她說，「很高興終於認識你。」

「我是尤賽夫。」他說。

「我們必須讓自己暖和起來，尤賽夫。我止不住發抖。」

他喜歡她說他名字的方式——幾乎像嘆息。「我們沒辦法生火。」他說。「我沒有打火機，我想妳應該也沒有吧。」

「我們必須抱在一起，」她說，「藉此取暖。過來這裡。」他們盡可能緊緊抱住對方，慢慢地，他們都停止顫抖。一會兒後，他將一隻手插進口袋，然後是另一邊口袋。

「我好像弄丟我的鼻子了。」

「所以你眞的是小丑？」

「對。爛透的泳者，頂尖的小丑。」

「你好笑嗎？」

「不故意搞笑。」

「你是個悲傷的小丑？」

「不，不悲傷，不過我的小丑認爲自己無所不知，所以他好笑，因爲說實在的，他什麼也不知道。」

「嗯。」她說，然後冷不防哭了起來。

「嘿，一切都會沒事的。」他對著她溼透的頭髮說。「一切都會好起來的。」

就在那一刻，她思考著一個可能性：這個男人——這個小丑街頭藝人，這個紅鼻子愚者，這個非常糟糕的泳者——會不會實際上是他拯救了她，而非反過來。

PART
03

The Elephant on Karluv Bridge

或許你已經想明白了。並沒有人在霧中保護梅西，沒有兩條腿的英雄；那是莎兒。肯定沒什麼好意外的。爆雷警告！是那頭象幹的。

不過還是存在動機的問題。莎兒是在保護梅西嗎？還是說，她只是困惑又害怕，在濃霧中嚇壞了？或許她察覺梅西的恐懼，試著逃走，而那兩個男人擋了她的道兒。其中一個男人有可能不小心撞上她的五噸巨牆。我們永遠無從得知莎兒是否意欲幫忙，不過結果總是好的。兩個男人逃走後，莎兒等到梅西站起來。莎兒或許聆聽她的腳步聲，又多等了一會兒，然後才從米蘭・卡拉多西爾的墳墓摘下一把黃花塞進嘴裡。

Acta non verba.[34] 坦白說，要一座橋去思考，去說出坐而言不如起而行這句話，或甚至只是有這樣的想法，那都是荒謬的。橋沒有行動。橋就是這樣。橋看著世事開展。橋聆聽、學習。不過也許，若是橋有自己的聲音，那麼或可將用那聲音來講述故事視爲一種行動。

現在來到故事的這個部分，我們將得知哀悼的希得是如何來到布拉格。我們一起來想像那會像怎樣。

我的任務依然是幫助你從河的一岸安然抵達對岸。

哀悼的希得稱漢堡象群的那頭年長母象爲第二母親米拉。

六個月後，米拉考慮將哀悼的希得改名爲「質疑的希得」，因爲希得問的問題多過米拉遇過的任何一頭小象。顯然，漢堡象群的最新成員對世界充滿渴望。

那河的其他動物呢，第二母親？獅子呢？牠們跟象一起生活嗎？在這些象的獸欄裡？

是的，孩子。獅子跟這些象在一起，還有鬣狗、獵豹、長頸鹿、螞蟻、魚、蛇—所有動物。

但是第二母親說過，獅子吃象。獅子什麼都吃。這些象為什麼要跟獅子一起生活？

獅子只會獵捕病弱或非常年老的動物，牠們藉此維持獸群強健。

那鳥呢？

是的，也有鳥。

本象喜歡鳥。雀鳥每天早上都跟本象一起唱歌。

註34：拉丁文，坐而言不如起而行之意。

本象知道。

鳥讓那裡變得很擠嗎？有多少鳥兒？

所有鳥兒都在。鳥兒的數量多過任何象所能想像。所有顏色、形狀、唱各種歌曲的鳥兒。

有雀鳥嗎？

有的，有雀鳥。米拉逐漸失去耐性。

那不擠嗎？怎麼可能不擠？

因為沒有獸欄。只有延伸到地平線的平坦大地，無邊無際，永遠不會擠。

永遠不會？

米拉思考片刻。只有乾季某些時候的水邊——那就會有點擠。

等到擠的時候……

很少遇到……

不過等到擠的時候，所有動物會好好相處嗎？因為赫爾嘉有時候對本象很壞，然後佩特拉跟所有其他象都處不來。

夠了，孩子。沒什麼好不好相處的。象就是象，獅子就是獅子，鳥兒飛，魚兒游，鬣狗在夜裡尖叫、笑。這是那河。

但是……

夠了！

許多季之後，哀悼的希得也變成漢堡的長者之一。動物園試過兩次讓她受孕，但兩次都失敗。第二母親米拉將她記得的每一首詩歌都傳授給她的養女，包含四首命名頌；它們延續至數百季之前，連結漢堡象群每一頭象的家系。和米拉一樣，哀悼的希得也成為詩歌的守護者。

二十一年後，象群經歷一象死去、兩象新生，以及從南斯拉夫添置一頭四歲大的象，漢堡動物園希望混入新血，於是賣掉象群中的四頭。

哀悼的希得被裝上卡車。沒時間說再見，因為沒有預告——沒有前兆。她被人從象群中帶走，然而，他們並沒有送她去公象欄交配，哀悼的希得反倒被哄上一輛卡車的後部。一兩天前，或許象群中曾瀰漫一股不安的氛圍，一種低沉、隆隆作響的不滿足感。若他們曾留心，幾頭象或可透過觀察即將帶來改變的人類，因而察覺將臨的變化。置身卡車後部，她唱起她到來那天也曾唱過的哀悼詩歌——不過這一次，米拉和其他象也加入唱和。

布拉格動物園有機會購入一頭新象的時候，他們決定在學校間舉辦命名大賽。莎兒在捷克語中是「大廳」的意思，這個名字獲得某個三年級班級青睞，將其提交參加比賽，最後贏了。對這些學生而言，莎兒肯定看似體型大如音樂廳。就這樣，哀悼的希得成爲莎兒，她將第二母親米拉教導她的詩歌傳授給布拉格象群。她從哀悼的詩歌開始，然後是起始之地的詩歌，升陽與落日的詩歌，然後是水之詩歌。她的新獸群都不認識起始之地——不曾親身經歷，他們也不知道那河。他們都誕生於動物園或野生動物園。第二母親米拉曾說，少了詩歌，他們什麼也不是。知曉詩歌，即是知曉如何身而爲象。

新象群包含十頭母象和三頭公象，莎兒也了解了其中的複雜關係。當時，公象和母象生活在同一個獸欄。後來園方模擬象在野外的生活，將公象隔開；反正他們只有在發情時才會想待在母象附近。五頭幼象誕生——一頭死去，其他納入象群之中。他們將一頭公象和四頭成熟的母象與其他動物園共享，以此作爲繁殖計畫的一部分。只有母族長亞洛薇和莉芭從莎兒來到布拉格的那天起就一直待在這裡。布拉格象群期望他們的每一頭新象都要學習詩歌，而理所當然應由莎兒來教導他們。

數月前，亞洛薇轉向莎兒，問起詩歌的事——特定的一首：交配詩歌。無論何時，只要莎兒想到或唱起一首詩歌，她總會想起米拉的聲音，那是她腦袋內一個強大而渾厚的存在。米拉身在遠方，莎兒不懂她怎麼還能與她對話，但她欣然接受第二母親的聲音。米拉有時會問艱難的問題——試著激她、促使她以不同的方式思考；她偶爾也會提醒莎兒詩歌的重要性，以及它們爲何需要進化、成長，並隨時間而改變。需要象群的每一頭象都幫忙，詩歌才能維持有意義、眞實。有出生、命名的詩歌，也有象群成員之死以及記得起始之地的詩歌，當然也有夜間旅行的詩歌。不過這天早晨，亞洛薇想知道交配的詩歌，而莎兒心中有答案。

有一首交配季的簡單詩歌，能夠讓身體放鬆。本象沒見過像那樣的事，不過聽過許多公象互相爭鬥的故事─在發情期中發狂。他們搏鬥以決定誰最強壯、最勇敢，最後勝者得以交配。母象則圍立於四周，需求充斥心中，等待接受雄性的種子。第二母親米拉說在起始之地就是那樣的。

亞洛薇用象鼻裹住一把多葉的小樹枝。她略一遲疑，接著將樹枝送入口中。

妳會教我這首詩歌嗎？

這首詩歌只能在發情期唱。本象並未發情─名為亞洛薇的象在發情嗎？

沒有。

那麼這些象將等待。

隔天早上，莎兒開始發情，那是一種令人發狂的持續搔癢感，將持續三週之久。她的尿液中瀰漫她的渴望；公象知道她在發情，因爲她的氣味隨風傳遞，他們也在自身的渴望之中焦躁不安。她脾氣暴躁，而象群給予她比平常更大的空間。三天後，他們將莎兒和動物園中的年長公象西魯斯移入同個象舍。西魯斯憤怒又壞心，一直攻擊象舍的牆壁和柵門。頭兩天，他們之間還隔著一道柵欄，因爲動物園管理員不知道會發生什麼事。他們都在發情，但人類很謹慎。西魯斯有攻擊性，而且難以預料，莎兒則單純只是想交配。她需要被騎，而且如果不趕快，她會發瘋。她對西魯斯有什麼感覺並不重要，但他居然唱起交配詩歌，讓她大感驚奇。

你怎麼知道這首詩歌？

本象在活五季之後被帶離起始之地。本象並非誕生於此。

名為西魯斯的象知曉那河？此象見過那河嗎？

他退開。那河並不是一個地方，並不是象能夠看見的事物——而是一種存在的方式。

舞者不平安

七月九日午夜十二點十二分——夏爾卡

你也知道，這位會和幻想安娜・巴甫洛娃交談的舞者很是令我興奮，這很有可能算得上我最愛的一個故事。（說眞的，我還沒決定。）她非常可能瘋得無可救藥，而這只會讓我更加喜歡她。舞者很寂寞；身旁眾人圍繞，她卻依然寂寞。這我也懂。

她將爲了那頭象在早晨來到橋上，但並不是你想的那樣。放心，舞者受那頭象震撼。我說太多了。我應該閉上嘴，讓故事用自己的步調開展才對。

總之，我們回到午夜剛過那時候。詩人萊納・瑪利亞・里爾克曾說：「永遠當起點。」[35]所以囉，我們回到午夜十二點十二分，重回起點。你可能不知道里爾克也是捷克人。眞的。他生於這裡，曾多次走過這條橋，而且也在布拉格的街道上長大。我最後一次看見他是

註35：Always be beginning. 不過此處為橋記憶有誤，作者將於尾註的部分說明。

在一九二四年七月的時候。他跟他的愛人，波蘭畫家芭拉提妮・克洛索斯卡（Baladine Klossowska）正在為另一個女人而吵架——里爾克的某個通信對象。嫉妒和占有欲，真是無敵浪費時間。愛自行其是，總是這樣。總之，身穿藍色洋裝、頭戴成套帽子的芭拉提妮・克洛索斯卡美極了，她對里爾克的魚雁往返大發雷霆。這可不是一場令人舒服的對話。夠了。里爾克說：「永遠當起點。」

夏爾卡・瓦涅克知道每個舞者終有謝幕的一天，但她才三十六歲。瑪莎・葛蘭姆（Martha Graham）曾說，舞者死去兩次——第一次是他們停止跳舞的時候，而這痛苦多了。夏爾卡正在查明瑪莎・葛蘭姆所言是否為真的關口。她在午夜醒來，因為她的膝蓋在痛，而她的恐懼就潛伏在那疼痛之中。她的膝蓋開始衰退，然而就算膝蓋痛，她對跳舞的渴望依然無法饜足。她對這渴望敞開自我，並進入其中。進去後，她隨即活在一個強大的夢境中——在這個夢境裡，重力定律是不可信的，生活的小小煩惱也輕輕鬆鬆就消失。她不再擔心晚餐要吃什麼或繳交帳單，或是她的下一堂皮拉提斯課。只有皮膚、肌肉與骨頭——還有呼吸、音樂與動作。

當燈光亮起，她站在國家劇院舞臺的中央，音樂開始，她沐浴在一片藍之中，或是綠，或是被純白照亮。此時此刻，只剩下她所能感知的事物：木頭地板、涼爽潔淨的空氣，以及她那舞動的身體。她超越思考。在那七分二十秒之中，她是夏爾卡・米洛斯拉瓦・瓦涅克，布拉格室內芭蕾舞團的首席舞者，而她就在她該在的地方。她跟隨這支舞的弧線，身心都知道各自該做什麼。她進出悲痛，穿過她記憶中的憂傷，或憤怒，或純粹喜樂。她哀悼，她也是快樂的，每個動作之中都有喜悅。

一舞告終，現場陷入震顫的沉默，彷彿兩千人都被同一個夢境把持，然後觀眾起立歡呼。她聽見洶湧的掌聲——聽起來有如強力傾瀉的滂沱大雨。她露出驚訝的謙遜表情，鞠躬；這個彎下腰的舉動包含所有表達感謝的小小心意。她再次鞠躬，收下一束花，下臺。她方才傳遞的是一種情感，一種共同的生活經驗——其中的訊息使人謙卑，而她似乎並不完全了解怎麼會這樣，因爲她才剛從夢中醒來。她被召喚回來，再次鞠躬。她在觀眾之中看不見一個人；他們只是一片模糊聲音和明亮燈光的牆。下臺後，她的編舞師擁抱她，但她已退回渴望之中。她跳舞時，有某個東西就在她所及範圍之外——並不是說她對自己的表演不滿意，而是她事實上想要就在她所及範圍外那東西的完美。無論孤單或身屬舞團；也無論有無音樂。

午夜剛過，夏爾卡赤裸站在公寓浴室的鏡子前。舞團補助兩間公寓的房租，而身爲首席，她很幸運能住在這間大小剛好的單房公寓；若非補助，她靠自己根本租不起。她住在Starŭ Město，也就是老城區，布拉格的中世紀心臟，可追溯至十九世紀。這區域觀光客氾濫，他們到處走來走去找尋咖啡館和餐廳，或是諸如聖尼可拉斯教堂、天文鐘塔等地標，當然了，還有卡魯夫橋。總是有人在曲折的街道迷路，或是在找尋特定某家店或旅館，或是拖著行李箱。她不在意觀光客——他們爲她的城市增添一層不停改變的新紋理。

夏爾卡抹掉殘留的妝，湊向鏡子，皺眉，再次輕拍眼睛。完成後，她從水槽拿出熱燙燙的面巾貼著臉，又浸入水中，扭乾，然後清洗腋下和雙腿之間。她永遠不直視自己的身軀，因爲她清楚知道自己的體重是多少，也明白自己的不完美之處——持續與過度伸展戰鬥，肩膀的彈性變小，當然了，還有她那不穩定的膝蓋。她刷牙，接下來，她的上床前例行公事最後有一個空檔，她留了些時間照料可能有的傷痛。今晚，她在膝蓋塗上藥膏；她的按摩師推薦她使用這款馬用藥膏，說人類用也沒問題。

她也可以吃止痛藥，但爲了跳舞，她需要知道自己的身體發生什麼事。只要還能忍著痛繼續跳舞，她就沒事。

她成爲這個舞團的首席舞者八年了，一直到過去這一年，她的身體才開始崩潰。她注意到較年輕的舞者在側翼垂涎，等著她四分五裂、垮掉、倒下。舞團裡的年輕人玩鬧著跳《天鵝湖》（*Swan Lake*）的三十二揮鞭轉——他們在三小時的彩排後跳這一段，純粹只爲了好玩。夏爾卡不再擁有那樣的精力。到那個時候，她通常都已經筋疲力竭，準備打道回府。她知道這無關跳《天鵝湖》的三十二次完美揮鞭轉，或是琪蒂的投躍[36]。無關哪個舞者轉最多圈，而是哪個舞者來跳，那些圈才具備扣人心弦的可看性。茱蒂．嘉蘭（Judy Garland）[37]總似乎在破音邊緣。她也變成這樣了嗎？她是一個總在崩潰邊緣的舞者嗎？有些偉大舞者完全避

註36：Kitri's grand Jeté，琪蒂為芭蕾舞劇《唐吉訶德》（*Don Quixote*）的主要角色，一般身穿紅色舞衣、手持扇子，大動作的投躍為其代表性舞步。

註37：童星出生的美國演員、歌手，演、歌皆曾獲得大獎肯定，於一九六九年因服藥過量而驟逝。

註38：四人皆為世界知名的舞者。亞歷珊卓．丹尼洛娃以九十三歲高齡於一九九七年過世，她在一九五七年進行最後一次芭蕾舞演出，後轉入音樂喜劇、電影演出與芭蕾教學。阿麗西雅．馬科瓦以九十四歲高齡於二〇〇四年過世，她在五十二歲時褪下專業芭蕾舞者的身分，轉而在芭蕾與戲劇界教學、導演與編舞。瑪雅．普利謝茨卡婭以八十九歲高齡逝世於二〇一五年，跳舞不綴，直至八十歲高齡都仍曾登臺獻藝，但也曾於多部電影中擔綱演出，二〇一一年退休後將重心投注於芭蕾舞教育。安娜．巴甫洛娃僅得年四十九歲，除了芭蕾舞方面的成就之外，她與另外三位舞者的共同點為她曾於一九一五年出演電影。

開了難題：亞歷珊卓・丹尼洛娃（Alexandra Danilova）、安娜・巴甫洛娃、阿麗西雅・馬科瓦（Alicia Markova）、瑪雅・普利謝茨卡婭（Maya Plisetskaya）——她們都在需要替代方案的時候找到了前進的替代方案[38]。

有時候，她排舞後幾乎連路都走不了，但她逼自己正常行走，假裝自己並沒有受疼痛折磨。不能讓舞團知道她膝蓋的狀況。如果舞團總監發現，他會設計沒有她的節目，那她就走到盡頭了。舞團總監和編舞師必須相信夏爾卡的狀況好得不能再好，而且她依然充滿可能性。

除了她自身的焦慮之外，舞團的新舞季也來火上添油，尤其是一套都是以宗教性音樂為背景的三支舞組曲：巴伯（Samuel Barber）的《羔羊頌》（*Agnus Dei*）、帕萊斯特里納（Giovanni Pierluigi da Palestrin）的《教宗彌撒》（*Missa Papae*），最後就是塔夫納的《羔羊》。頭兩首她覺得還好，不過《羔羊》有著受苦的靈魂，而那靈魂似乎自己螺旋鑽入她的內心。這曲子將夏爾卡的身體推向極限，但眞正的挑戰並不是肢體的部分。她和曲子的靈魂搏鬥——它將她帶去她並不想去的地方。音樂中有深切的神聖感，還有一種感覺像是衝著她來的美麗終結感——彷彿這是來自神的訊息，告訴她她的舞者生涯即將走到終點。

過去兩年來，里昂、馬德里，甚至美國等地都曾有人給她教舞或舞監的職位，但她看都沒辦法看。她是舞者。她每天跳舞。她偶爾會在演出過後給自己放一天假，讓自己恢復，但就算是在那些日子裡，她也會做皮拉提斯，或者去按摩。除了身爲舞者的例行公事和生活常規，她什麼也不知道。她的每日固定行程、飲食，還有她與自己身體的連結，這些事物定義了她，其他則由她的繆思照料。

夏爾卡的繆思以知名俄羅斯芭蕾舞伶安娜．巴甫洛娃之姿現身。她們會交談；安娜的聲音讓她想起自己爲什麼要做這些事。那個聲音告訴她，她或許相信自己能達到這樣的境界，但她實際上還要更好。安娜從她潛意識中的某處激勵著她。

她想像中的安娜是她三十歲快四十歲，或許四十歲出頭時舞者的樣貌——高挑、瘦骨嶙峋、沒一絲脂肪——不顯老態，但也不再青春洋溢。她一頭黑髮，看起來嚴肅。她不常笑，曾告訴夏爾卡，俄國人相信沒來由面露微笑或發笑是愚蠢的象徵。「蠢人，」她說，「蠢人才會無緣無故微笑。」

安娜有點像夏爾卡九歲時的一位老師，她和善但坦率。這位老師推著她達到她沒想過自己能達到的高度。她談舞時，只會談那支舞在講述的故事。

如果她對自己坦誠，她必須承認安娜．巴甫洛娃那精神失常的聲音已經成了一個問題。

因爲對於舞蹈生涯結束的恐懼，她開始去找心理師。她想要找到某種平靜。晤談時，她不會羞於承認自己有多欣賞安娜．巴甫洛娃、安娜的決心和毅力有多令她感到鼓舞。「她將她的一切奉獻給芭蕾。她完完全全就是一個舞者；當她無法再當個舞者，她就什麼也不是了。」

心理師點頭。「很美的故事。悲劇性。我在想……妳覺得妳自己只是舞者嗎？」

「我……我不確定。我想我主要就是舞者而已。」

「那麼當妳不跳舞時，妳是什麼人？妳喜歡做什麼？妳有什麼嗜好？」

「我做皮拉提斯和瑜伽，」她說，「但那也是身為舞者的一部分，而且我不會說我喜歡皮拉提斯或瑜伽。這些都是必要的。」

「好。那妳晚上都在做什麼？妳今晚打算做什麼？」

「我要倒杯紅酒、看電影。之後，我可能會泡澡、看書。」

「所以妳是個讀者，而且喜歡電影，除此之外妳還是個舞者。妳喜歡哪種電影？」

「義大利片，黑暗、陰鬱。還有西部電影。我爸愛西部片。」

「好。那妳在看什麼書？」

「一本叫做《大山》的小說。裡面有一個叫做西迪西的角色。我很喜歡那個名字。」夏爾卡往前靠、伸展，想舒緩一下僵硬的背。「好，好。我承認我有除了跳舞之外的興趣，但我確定安娜．巴甫洛娃也有。興趣又不一定是妳的熱情所在。無論我讀多少本書，或是看多少部電影，一想到不當舞者，感覺還是像死去一樣。」

「舞蹈生涯之後的人生將是陌生的——會是新領域，也會帶來新機會。我認爲妳現在的反應很正常。」

「妳怎麼應付？」

舞者抬頭，注視心理師的眼睛。「有時候正常得我無法應付。」

「我跟妳談，更努力練習，花更多時間排練，做更多瑜伽，更常去上皮拉提斯。但我還是焦慮又憂鬱。」

「妳怎麼應付妳的憂鬱？」

「我跟妳談，跟安娜談。」

「安娜．巴甫洛娃？」

「對，不過更像獨白。我想像安娜會說什麼，我們就這樣聊天。」

「我對安娜．巴甫洛娃的了解不如妳深，不過我們上次聊到她之後，我思考過她的想像力——關於她即興發揮、適應的能力。」

「她的想像力？」

「對，或是她的欠缺想像力。妳說她啓發妳。我想知道她若是身爲老師，或是編舞家，她會怎麼做。」

「但她是舞者啊。成千上萬的人受她在舞臺上所做的事觸動。表演對她來說就是一切。」

「然後她無法去想像一個未來。」

「好想抽菸。我可以在這裡抽菸嗎？」

「妳知道晤談室裡不能抽菸——事實上整棟建築內都不能抽。」

「有甚麼地方可以讓我抽根菸嗎？不會花太多時間。」

夏爾卡環顧各個牆面——暗色木頭壁板，切過天花板的粗梁。嘎吱響的舊地板有部分覆蓋波斯地毯。房內的陰暗被占據整面牆的窗子抵銷，其中還有兩扇通往共用院子的門，院子則與橫跨特洛亞諾瓦街（Trojanova Street）的天橋相連，通向對面建築附屬的較小型院子。

「院子呢？」

「那裡照不太到陽光，但可以，我們可以去那裡繼續談。」

「沒陽光也沒關係。」夏爾卡在包包裡翻找香菸。她感覺得到心理師在看她——多半在自問，專業舞團的首席舞者怎麼會是個菸槍。「我還是先說好了以免妳納悶：很多舞者都抽菸。我知道多半感覺很怪。」

「不會影響妳的表現嗎？」

「不會。我一天抽個一、兩根就夠了。我偏愛相信那算是一種食慾抑制劑，幫助我維持纖瘦。這當然是屁話，但我們都活在虛妄之中，對吧？」

心理師拿了條毯子給夏爾卡；來到院子，她用毯子裹住自己的肩膀，坐下，點燃香菸。

「我要來做某件事。」舞者抽掉半根菸後這麼說道。

「某件事？」

「對，某件事。當我無法再跳舞的時候。當那天到來，我要來做某件事。我不想讓妳擔心。」

心理師咳嗽。「好。在妳的想像中，妳會想做什麼？」

「我不知道。」

「有什麼選項呢？」

「教舞，編舞，憂鬱症，酒癮，更加憂鬱。妳知道的，就平常那些。」

「妳覺得妳現在憂鬱嗎？」

「這並不是我人生中最棒的一週。」

「想聊聊嗎？有沒有哪件事特別不順心？」

「妳會覺得很蠢，但，是因爲舞團正在排練的其中一支新舞。那支舞並不難——肢體來說不難。問題在音樂。其中的和聲一直在我心中縈繞，給人安慰，同時又冷酷、疏遠。」

心理師往前靠，拿起她的筆記本。「妳對這曲子了解嗎？」

「了解？」

「對。它跟妳是不是有過一段過去？妳跟這曲子是不是有過一段過去？」

「沒有，完全不是那樣。我在編舞的頭一天才第一次聽見那曲子。」

「妳爲什麼認爲這曲子對妳造成影響？」

「它讓我想起，我是孤獨的。我的意思是，我的生命裡沒有男人，沒有愛人。我母親住在皮爾森，我每兩週跟她通一次電話，而她每次都跟我說一模一樣的屁話：她吃了什麼、她的哪個朋友得癌症或關節炎，或需要換髖關節，或掛了。她問有沒有什麼新聞——意思是**妳找到男人了沒**？和**妳怎麼會搞那麼久還找不到**？我偶爾回去過耶誕節，但一想到這件事就怕。我有個哥哥住在南非。我們不算會聊天。我似乎沒辦法養活公寓裡的植物，寵物就更不用說了。我想喝個爛醉——我不這麼做，但想做，而且也想抽更多菸。我跟一個早已死去的想像舞者之間有複雜的對話。而且我愛上不對的人，每次都這樣。」

「聽起來好像是很糟糕的音樂。」她在筆記本上草草寫了些什麼。「妳最後一次談戀愛是什麼時候的事？」

「認眞談戀愛？不只是一時放縱？不只是性？」

「對。」

「七年前。舞團裡的另一位舞者。」

「發生什麼事？」

「有人邀請他去紐約跳舞——紐約城市芭蕾舞團（New York City Ballet）。妳眞心認爲這很重要？」

「如果妳受他影響，那就對。」

「他叫亞尼克。他把跳舞放在個人感覺之上。這我懂。要是我，我也會做相同決定。」

「妳也會離開他？」

她遲疑了。她現在懂被丟下是什麼滋味了，她不確定自己會怎麼做。「毫不遲疑。」她說。「那可是紐約城市芭蕾舞團。」她回想起她發現的那晚——站在卡魯夫橋上看著雨絲畫著十字沉入河水中。她原本在參加一場募款活動，一場雞尾酒會，而他從紐約打電話來，告訴她他不回來了——他們要他。他已經簽下合約，他很抱歉。她當然懂他的決定，但他們已經同居超過一年。他們一起做計畫——一起做夢。她腳下的鞋是他們在一起滿六個月時他送她的禮物——亞歷山大・麥昆（Alexander McQueen）黑色高跟鞋，看起來很難駕馭，卻意外好穿。

她脫下右腳的鞋；爲了紀念亞尼克，那個爛人，她用盡全力將這隻鞋丟進河裡。伏爾塔瓦河吞下鞋，問她還有沒有。她脫下左腳的鞋，但只是丟在卵石地上，因爲去他的亞尼克，他很可能會享受她的情緒爆發。

「從那之後就沒有認眞經營的關係了嗎？」

「妳剛剛變身爲我母親了。」

「很常有人這樣說。所以除了安娜・巴甫洛娃和我們之間的談話，妳還會跟誰聊？」

「沒人。」夏爾卡感覺得到自己的表情透露出無人交談的痛。「名單上只有妳和安娜。我的意思是，我在舞團裡有朋友、熟人，不過每當我和他們說話，感覺總少了什麼。」

「然後那曲子讓妳感覺到這種孤獨？曲子的名稱是？」

「《羔羊》。我認爲這首歌的用意就是要鑽入我們內心的孤獨之中。就像阿福・佩爾特（Arvo Pärt）[39] 的《紀念布瑞頓之歌》（*Cantus in Memoriam Benjamin Britten*）。妳有聽過嗎？很驚人。舞團三年前跳過這首曲子。它哀悼，迷失了又幾乎找到。」

心理師在她的日誌中記下一筆，夏爾卡則是帶著訝異的好奇心看著她的菸，彷彿她腦中有個聲音在問：**怎麼會這樣？妳怎麼會在抽菸？**

上週六早上，夏爾卡去市場購物。天空下著毛毛雨，傘下的她幾乎完全沒溼。她快樂地度過這陰鬱的一天。購物前她先去喝咖啡、讀報，市場也不若平時擁擠，但她低估了袋子的重量。回到公寓大廳時，她累壞了，不過還得爬樓梯。電梯已經壞三年了。每隔幾個月，住戶會收到管委的通知，告訴大家要等零件從保加利亞送來才能修理，或是要等一個倫敦製造的小機件，或是他們修好了某個地方，又發現有另一個地方需要處理。都是以安全之名。

大廳裡的一個男人幫她撐開門，手指著她的袋子。「需要幫忙嗎？」

「我可以的。」她說。

「那一袋看起來很重。」

「沒那麼重。」

註39：愛沙尼亞作曲家，生於一九三五年九月十一日，現年八十七歲，作品以合唱聖樂最廣為人知。

「妳確定妳可以？我跟妳同路，我也住這裡。」

她見過他——在大樓前或來或去——身穿運動服和跑鞋——她覺得他看似一名認眞的跑者。今天，她注意到他的運動衫右手臂縫線磨損裂開了。

他拿起重的那袋，以及吊在她左手的其中一袋。「妳帶路，我跟著。」他說。

夏爾卡點頭，往上兩層後，她停下來讓膝蓋休息。已經在痛了，而她不想在明天的彩排之前給它們更多壓力。

「還好嗎？」他在幾步之後等。

「還好。只是我的膝蓋而已——有點毛病。」

「妳應該讓我看看。」

「我跳舞，這司空見慣了。肌肉痠痛、膝蓋痛，沒完沒了。知道吧？」

他輕輕將重的那袋放在他前方的階梯上。「一樣啊，如果妳想，我可以幫妳看看妳的膝蓋。」

「因爲你被我迷得暈頭轉向？還是你是戀膝癖？還是……」

「還是我是一個骨科醫師？事實上，我**就是**骨科醫師，專精膝蓋。髖關節和膝蓋。」

「天啊。」夏爾卡說。「你當然是了。我很抱歉。你是個醫師。眞是好消息。」

走上她的樓層後，他伸出手。「多恩・維賽理。」

「多恩醫師。」她跟他握手。「我是夏爾卡。再次感謝你幫忙處理這……這玩意兒。」

「唔，我們是鄰居嘛。」

來到夏爾卡門前，一股恐慌席捲她。她的公寓目前是什麼狀態？可以見人嗎？有沒有什麼丟臉的東西——髒碗盤？內衣丟在餐桌上？前門擺了太多鞋？她打開門。「可以請你喝杯酒嗎？還是咖啡？我可以沖一壺咖啡。我應該多做點什麼，不能只是道謝而已。」她看見自家相當整潔，鬆了一口氣。

他停步，轉向她的窗戶。「妳這裡景觀眞好，居然看得見卡魯夫橋。」他將雙手插進褲口袋。「我今天喝不了，晚點要跟設計師見面討論我的廚房。或許改天？」他在門邊稍停。

「妳有布洛芬嗎？」

「什麼？」

「布洛芬。妳有嗎？」

「我想我應該有莫疼（Motrin），爲什麼這麼問？」

「因爲妳應該吃這種藥緩解膝蓋疼痛。」

「我偶爾會吃。」她雖然這麼說，但這並非實情。舞團的所有舞者都稱布洛芬爲「維他命布」，但她很少服用。

「我住在二一一號，景觀不如妳，但我有酒。歡迎隨時來敲門。」

「謝謝你。」她說。

他關上門，而夏爾卡感覺得到臉頰紅暈的熱度。她試著回想上一次約會是什麼時候的事，但想不起來。一年前有一個觀光客，休假中的哲學教授。他找她問路，想知道懸吊男塑像該往哪裡走。「《懸掛的男人》塑像？」她說，「你是指西格蒙德・佛洛伊德（Sigmund Freud）？」教授在布拉格待了五週，那段期間，他們是戀人。五週尾聲的一天早上，他在床上坐起來，跟她說他隔天就要回家。夏爾卡心碎了。教授一直對她懷抱著不張揚的好奇心，彷彿他久未曾與女人共處。他對自己所說的一字一句都小心翼翼——像是他懷疑一切都被錄下來了，或是說出口就覆水難收。他每天都帶花來給她。他離去後，夏爾卡想念他的柔情，鬧了好幾週的脾氣。不過舞團的新舞季很快便驅散她的憂愁，哲學教授也慢慢淡去。

膝蓋的疼痛現在每每在半夜吵醒她，而多恩・維賽理醫師又剛好專精膝蓋，這不可能是巧合。或許上帝在告訴她，要格外留意這一個人。無論如何，她又是爲了什麼要保留她的心？人類不該帶著完美、未受損害的心度過人生。

七月九日凌晨一點三十分——夏爾卡

夏爾卡爬上床，看著貼在床邊桌上方的安娜·巴甫洛娃海報；海報中的她正處於垂死天鵝的最後一刻，她折起身子，雙臂沿腿伸展。這並不是完美的姿態，不過其中的情緒衝擊跨越時空，次次都令夏爾卡感動。

她親吻指尖，再舉起手碰觸安娜伸長的腿。**記住，淺嘗美是沒意義的，安娜說。妳必須投注全身的每一絲神經，全心為美而奉獻。**這並非跳舞生涯結束之後該何去何從的答案——而是其他東西，關乎每次踏上舞臺都一心一意爲美而獻身。夏爾卡認爲，對她來說，或許是對完美這種模糊概念的信仰，有時看起來就會像美。當然了，她也沒有排除紀律與訓練對她追求美的貢獻。

安娜·巴甫洛娃的海報旁，還有一張明信片釘在牆上，描繪的是一頭象在一只茶杯上倒立，茶杯則放在牌塔上。背景有馬戲團帳篷和雲霄飛車。她的哥哥從印度寄了這張明信片給她。

特技大象下方釘了三張塔羅牌：隱士九、戀人六，以及月亮十八。她三年前在信箱裡發現這三張牌，覺得不該就這麼棄之不顧。她不知道是不是有人在試著告訴她什麼，或這三張牌根本不是要給她，只是一份隨機、天外飛來的命運之禮。她沒問過鄰居他們的信箱裡是否也有相同的禮物，也不曾查出牌所代表的意義。

夏爾卡再次親吻指尖，碰觸象的臉；不是因爲她喜歡象，而是因爲她愛她的哥哥，而且想念他。

早上她會去上皮拉提斯，然後去跟她的心理師聊聊，下午則是彩排。她的其中一位老師曾說，當一名舞者蹺掉一天的練習，那就只有她自己會知道；如果她蹺掉兩天的練習，她的老師會知道；但若她三天沒跳舞，那觀眾都會知道。夏爾卡不覺得自己曾連續三天沒跳舞。就算是她傷風或感冒，或是受傷，她也總會找到方法跳舞。等到她不用登臺表演的時候，她才承擔得起不每天跳舞。她知道，黑暗中有一塊虛空在等著她，而那之中，她會一次連續幾週不跳舞。她無意對那虛空舉手投降。它只能侵襲她，或許占據她。

她做的最後一件事是快速查看 Instagram。她注意到其中一名新舞者安格麗卡貼了一張她的照片，搭配的文字是：「飛翔中的 *vrabec*。美麗的目標。」他們有時稱夏爾卡爲 *vrabec*——麻雀——因爲她看似在舞臺上飛行，也因爲某個評論家曾說她擁有「麻雀那顫抖的美。」照片中，夏爾卡在半空中，姿態幾乎完美，燈光灑落她身旁，整片的藍與深褐色。

另一個舞者覺得她看起來很美，她覺得心花怒放又謙卑。她就在那兒，凍結在網路以太的時間之中。要是時間停止那該多好啊，就像照片一樣止住時間。她希望她的人生中來一點格雷的畫像，只要二十或三十年凝滯的時間就好。她側躺蜷起身子，閉上眼。**我他媽該怎麼做**？

並不是說從頭到尾都很難。也有些不費力的時刻。前一天彩排時，夏爾卡騰空飛翔，感覺自己受到舞蹈之神庇佑，抑或是繆思女神，或無論哪個容許她在空中幾乎完美伸展的神靈。她花了很長時間暖身，然後全神貫注；他們準備好要彩排時，她完全沉浸於身為舞者的這份工作中。舞團演練新舞碼，繃緊神經兢兢業業——微調七支舞碼中的三支——對夏爾卡來說，重力**變小**了。她隨著每個動作變得愈來愈生氣勃勃，並注意到地板上並不只有她一個人。她在舞者同伴身上看見美，她也讓他們知道這件事。她問他們願不願意再跳一次《羔羊頌》的一段，不是因為剛剛有跳錯，而是因為這段很美好，她想再次沐浴其中。她讚美其中一位新舞者；因為風格太強烈、太獨特，她一直在群舞之中掙扎。她也看出阿斯托爾・皮耶佐拉（Ástor Piazzolla）那首曲子的巧妙優雅，並讓編舞師知曉。彩排結束後，夏爾卡穿上一層層衣服，她陷入狂喜，幾乎頭暈目眩。她臉上的笑容開朗又奪目。這是那種只偶爾來造訪的幸福快樂。並不是自大或自私，擺在中間的是感恩與謙卑，以及對天賜之福的體認。還是年輕舞者的她永遠不會停下手邊的事注意到像這樣的出色彩排，因爲少有糟糕的彩排能兩相對照。

她走過幾個街口去找她的按摩師，幾分鐘後，她已趴在按摩床上，讓碧耶拉進行她的按摩療程。燈光昏暗，房間裡有檀香蠟燭，按摩油帶著一絲廣藿香的味道。碧耶拉正在播放她所謂的「呼吸音樂」，跟一般的水療音樂大相逕庭，有弦樂四重奏、大提琴組曲，還有一些輕柔的實驗音樂——不會令人不安，也不會病態地甜膩。那並不是爲水療而設計的音樂。碧耶拉開始按摩夏爾卡的臀肌時，她啜泣了起來。

碧耶拉的左手停在夏爾卡的背部，她靠過來低聲問：「太用力了嗎？」

「不會。沒事。是我的問題。我不好。我……我不知道這是怎麼了。」她對這陣爆發困惑不已，自己這麼不受控也令她煩惱。

「有時候就是會這樣。我們在擾動能量。妳需要坐起來嗎？」

「不用。請繼續。我沒事。」

接下來的整個療程她都持續哭泣，而且只勉強壓抑住淚水直到她回到家、在身後關上門。

七月九日凌晨兩點零五分——夏爾卡

她皺著臉坐在床緣，猛力吸氣抵抗膝蓋骨下方的陣陣刺痛，雙手不自覺地按摩著膝蓋。這股疼痛將她刺醒，她又一次在半夜醒來了。

她看著床邊桌上的筆記本和筆；這是心理師給她的建議。她應該記下這場夢：她在舞臺上，正在跳舞，卻忽然動彈不得。舞在她周遭繼續，最後，觀眾席的燈光亮起，遙遠的後方有一個人在拍手。她看不見那是誰，而她需要知道，這很重要。夏爾卡拿起筆，但說眞的，沒必要記下這場夢。她不會忘記。

如果要她列出她人生中無法自己掌控的事物，舞者生涯的長度會排在最前面。這理所當然。清單上的第二項會是她的心理狀況。有些日子裡，她覺得自己好像朝瘋狂全速飛奔。當然，一般人都預期所有舞者、作家和藝術家有點瘋狂，多半是因爲他們試圖與那無以名狀之物連結。他們對這世界舉起沉重的鏡子。但這不一樣。過去幾週讓她開始懷疑孰爲眞、孰爲假，而最近兩者間的界線已變得模糊。

她像個木棍人一樣穿過走廊走入廚房，以一般人泡咖啡那種單調的例行公事姿態做了個冰包。她將回到床上，輪流用冰包敷兩邊膝蓋直到天亮。如果她閉上眼，膝蓋擺到一個不會痛，或幾乎不會痛的角度，她或許會再度入眠。

回到床上後，她平躺，將兩顆枕頭塞到膝蓋下。她閉上眼，專注於感覺——試著以她的所有感官領會這個房間。一輛卡車隆隆駛過公寓前的馬路，煞車嘎吱響。床單是精緻的埃及棉，平滑、觸感冰涼。她可以聞到床邊桌上的蠟燭，薰衣草混了些其他東西。這味道讓她想起奶奶；她總在枕頭上滴薰衣草精油助眠，她也會為夏爾卡如法炮製。

五歲時，夏爾卡每天早上都和奶奶去參與彌撒。晴或雨，下雪或寒冷，她們一起走過布拉格的街道，來到雪之聖母教堂；回家的路上，她們會一起去咖啡館。奶奶喝濃咖啡，夏爾卡則是牛奶加量、咖啡只有一點點的拿鐵。大多數時候，她還會有塊派餅配她那杯稀釋的拿鐵。奶奶讀報——靠近前門的竹竿上總是有報紙——有時她會讀故事給夏爾卡聽。靠近教堂的庭院有一尊獅子雕像，她記得自己常常被吸引過去。她記得自己曾為它擔心。每次禮拜過後，奶奶都將她高高抱起，好讓她摸摸獅子的爪子——它就不會看起來那麼悲傷，或孤獨。在這段五歲的記憶中，夏爾卡和奶奶很虔誠，禮拜日的這個儀式令她快樂。

因為夏爾卡的母親是醫院裡的護理師，奶奶給了她一個掛在精緻金鏈上的聖猶達獎章形墜飾。但是聖猶達不只是醫院和醫院工作人員的守護者——他也是失落與遭遺忘的理想的主保聖人。她替換過鏈子多次，習慣緊張時就摸摸墜飾，兩根手指不由自主探向胸口中央。夏爾卡了解失落的理想。剛進入林姆斯基舞蹈學院時，她才十歲，已經習慣當個明星。她在前一個舞蹈教室總是置身前排中央，來到學院後，院長卻告訴她，她一點也不懂跳舞，他們必須從頭教她如何正確地做每一件事。她被移到第四排——湮沒在後方，直到她證明自己屬於這裡。她的老師們雕琢她的技巧——又是嘮叨，又是吼叫，又是鼓勵，最後終於讚美。

她覺得她或許該對心理師說她的奶奶，還有彌撒，以及她有多想念這個儀式。奶奶家位於四樓，公寓四樓——距離她現在的住處不遠——面朝中庭，此處現在成了鬱鬱蔥蔥的花園，有樹、灌木與花床。夏爾卡十多歲時，有個週末去探望奶奶，奶奶拿著湯匙停在空中，粥一滴滴掉落；她看著窗外，忽然開口：「德國人在那個院子裡殺了兩百個人。那裡，就在那片牆前。那是一九四一年十月的事，當時我還是個小女孩，而且很喜歡這個中庭。在那之後，院子就沒那麼美了。」

「什麼？」

「戰爭哪。爛透了。所有戰爭都爛透了。」

「德國人為什麼要做那種事？」她記得自己當時希望奶奶失智了，剛剛那番話只是妄想捏造。

「我母親說，那是因為他們發現兩個納粹黨人被殺，他們判定一個納粹黨人的生命值一百條捷克人命，以此作爲報復。他們稱之爲佐貝克（Zoubek）大屠殺。」她安靜片刻，接著又說：「我父親什麼也沒說，彷彿這種殺戮的恐怖程度太超過了。他的表情充斥憤怒、嫌惡與恐懼，所有這些情緒同時存在。」

夏爾卡當時可能十三或十四歲。她記得當時看著奶奶的臉變得無比蒼白而死寂，彷彿生命力已徹底枯竭。

有時候，膝蓋疼得厲害時，稍微活動一下會有幫助。夏爾卡會在公寓內走來走去，將注意力投注於她的腳接觸地板的方式——從腳跟滾向腳趾。今晚，走到第九圈時，她在廚房停了下來，拉開窗。白蠟般的霧籠罩城市，橋沐浴在由河流升起的霧氣中，美極了。水氣觸及橋之際看似與雲相接。白日時分，夏爾卡可以站在廚房水槽旁觀看人群沿卡魯夫橋的一段溜達。她運氣很好，能夠擁有這間公寓和這片風景。

夏爾卡是受習慣驅使的生物。她的日常由小儀式構成，走過卡魯夫橋去舞團的工作室也是其一。她還有咖啡儀式、瑜伽和皮拉提斯儀式，每天跳舞前也有暖身儀式——那是她學到的第一套暖身動作。她每兩週去按摩一次，這是舞團給她的另外一項津貼。

她最喜歡的卡魯夫橋街頭藝人是一名男子，他會戴著小丑鼻，一邊彈手風琴一邊唱歌。

她大多都是看見這名小丑模仿特定路人走路的方式，或是他們的穿著。這個孩童般的小丑滑稽又無邪，手風琴彈得如此優美；她每天都會在橋上找尋他的蹤跡。

多恩醫師幫夏爾卡提購物袋的兩天後，她去敲了他家的門。門盪開的同時，她的心如擂鼓。她希望他能請她喝杯酒，然後一切就都有可能了。她深深吸氣，努力穩住自己。他確實說過隨時歡迎她來敲門。

出現在門口的女人金髮高挑，穿著高跟鞋，那又是更高了。她一襲紅洋裝，搭配長得帶情色感的珍珠項鍊，以及晒得完美的膚色，看起來活生生像從《Vogue》雜誌走出來。

「噢。」夏爾卡說。

「找多恩嗎？他馬上回來。」

只能以具穿透力的液態榛子色形容此女子的眼睛。「我……我……對。」

「要進來等嗎？」金髮女人退後。

「可以留張字條給他嗎？」

「當然。我來看看……」金髮女人在抽屜裡翻找筆和可以寫在上面的東西。「妳會以爲這裡應該有筆……」

夏爾卡看著這女人變得愈來愈挫敗。她將抽屜內的物品一股腦兒倒在檯面上：一把小螺絲起子、一張折起的地圖、迴紋針、手機充電線、一瓶墨水、半打白色蠟燭、一張塔羅牌、兩個遙控器，還有三顆高爾夫球。剛開始，夏爾卡的注意力都在女人身上，不過一看見那張塔羅牌，目光便被吸住了。看起來好像跟她那三張牌系出同門。她只匆匆瞥見，不過牌面上是一個裸女蹲在池塘邊，頭上方有一顆星星。

「耶穌啊。真抱歉，我好像找不到⋯⋯」

「他說他可能知道該怎麼對付我的膝蓋。我昨天半夜痛醒。」**看在老天分上，閉嘴。為什麼要跟她說妳膝蓋的事？她又不在乎。**

女人猛力關上抽屜，又扯開另外一個。她退後凝視抽屜內。「唉，沒筆，不過有一大堆橡膠手套。天啊！這是一個塞滿乳膠手套的抽屜！妳剛剛說妳的膝蓋怎麼樣？」

「或許我應該改天再過來⋯⋯」

「不，不。我會找到筆的，而且這幾個抽屜裡肯定有筆記本。」她抬頭看夏爾卡，停止搜索。「妳說妳怎麼了？」

「我的膝蓋。我操得太過火，我這輩子都操得太過火了。」

「妳是舞者。」這並不是一個問題。

「對。」夏爾卡頗爲驚訝。

她微笑，再次打量夏爾卡。「妳看起來就像舞者。妳站立的方式——平衡又機敏。還有妳抬頭的方式，還有妳的穿著。」

她特意沒爲這次造訪額外打扮——想要表現得像一時興起。緊身褲、T恤外搭長袖運動衫、跑鞋。「聽著，我就住在同一棟大樓。我很確定肯定還會遇見他。沒必要留紙條了。」

「妳確定嗎？」

「對，我確定。」夏爾卡說。她想逃離他家。她想鎖上自家大門，不去想那個人在多恩家裡還戴著訂婚戒指的高挑《Vogue》模特兒。

隔天，夏爾卡去「氛圍」，一家靠近河邊、牆洞般的酒館。就算是午餐時間，燈光也依然昏暗；食物稱不上優秀，但也夠令人滿意了，而且啤酒便宜。她背靠著牆，坐在《北非諜影》（*Casablanca*）的海報下。她來這裡是想在彩排後快快喝一杯皮爾森歐克（Pilsner Urquell）40——難得的享受。她愛啤酒，但容易脹氣多屁——對一個常常被舉起的舞者來說不是什麼討喜的副作用，因此她很少喝超過一杯，一般來說都只喝半杯。

夏爾卡從吧檯上的啤酒墊盒中拿了一片出來平放在桌子正中央。一品脫的皮爾森歐克在一分鐘內送到。

「捷克人能存活那麼久還真是天大的奇蹟。」安娜．巴甫洛娃一邊說，一邊在夏爾卡對面坐下。「他們熱愛啤酒，而且所有能吃的東西都是炸物，這兩點幫助他們贏得上述榮譽。醫學期刊的動脈阻塞條目之下沒有文字，只有一面捷克國旗。」

夏爾卡也幫安娜點一杯酒；她只喝白酒，因爲她說紅酒會害她頭痛。服務生將白酒放在她的啤酒旁，她說：「不，這不是要給我的。我阿姨最近過世，她很愛喝夏多內，這杯是點給她的。」服務生的表情轉爲柔和，她帶著無聲的敬意將酒放在桌子的另一邊。

「謝謝妳，親愛的。」安娜頭戴毛皮帽——看似巨大的貝雷帽，但材質是毛皮，帽緣直直劃過她的眉毛。成套的毛皮大衣在她的踝間擺盪；她坐下時將大衣推下肩膀，凌亂地披在椅背上。她身穿樣式簡單的高領洋裝，頭髮高高紮起，彷彿剛結束彩排。她脫掉黑色棉質手套，謹慎地放在桌上。

夏爾卡不想要安娜．巴甫洛娃。今天不想。她想跟她的啤酒獨處。她能夠快速又輕鬆地擋掉所有趁虛而入的男人，不過安娜就是另外一回事了。她問難纏的問題，而且想要夏爾卡沒準備好要給的答案。

「出了什麼錯嗎？」

「愛。」夏爾卡說。「愛是錯的。」

「那個醫師？」

「對，那個該死的醫師。我讓自己相信有可能發生什麼。我冒險嘗試，結果他家冒出這麼一個金髮的亞馬遜絕色美女。而且她人還很好，眞他媽好。我覺得她有可能是他的未婚妻。我眞是白痴。」

「妳希望她又蠢又壞心眼。」

「我希望她不是他的未婚妻。」

「不過在這之後，妳希望她是個醜惡的人——內外皆然。」

「對。但她反倒又美又善良，而且即將成爲多恩醫師太太。」

「所以妳現在想怎樣？」

註40：啤酒名，原文為德文，「最早源自皮爾森」之意，因為這種酒的起源地為皮爾森，在當時為德國領土，現屬捷克。

「怎樣？不怎樣。」她灌一大口啤酒。「不能怎麼樣了。我不想談這個。今天不想。」

「我知道，」安娜說，「所以我會堅持談下去。所以我一定要告訴妳──妳的多恩醫師並不完美。他看起來很蠢，一點時尚感也沒有。」

「什麼？」

「只是我的印象啦，不過我不覺得他有可能了解妳──妳的藝術家靈魂、妳的熱情。就這樣說來，他很蠢。」

服務生是一個瘦小的黑髮女人，戴著黑色粗框眼鏡；她走過來，跟夏爾卡對上眼，問她還好嗎。

夏爾卡沒辦法假裝自己正在講電話。「我沒事，只是在練習臺詞，下個月要在布拉格劇院演出。」

服務生退離桌邊。

夏爾卡低聲說：「太棒了。她不可能會買帳。把我貼上自言自語瘋女人標籤的場所名單愈來愈長，現在又要多一筆了。眞是多謝妳呢，安娜。」

安娜看似覺得無聊，而且顯然聽不懂諷刺。「不客氣，親愛的。」

「聽著，我不想要思考愛，或跳舞，或虔不虔誠，或說實在的任何其他事。我厭倦他媽從頭到尾都這麼正經八百。我的意思是，我一點問題也沒有。我會跟妳交談，但這又不是真正的談話——只是在整理我的人生。我不是瘋子。」

「**沒人認為妳是瘋子。**」安娜環顧酒吧內。「**欸，那個服務生可能覺得。**」

「我沒發瘋，但這些荒謬的對話——這些……這些精神分裂的獨白——這些都必須停止。」

「**妳想說什麼**？」

「我要說的是，妳不有趣，而我想要開心度日。我想要跳舞，不用擔心我的膝蓋或我他媽虔不虔誠。我想要跳舞，純粹在音樂之中漂浮，或是單純因爲一時興起而跳舞。」

「**聽起來很棒啊**。」

「我有問妳意見嗎？閉嘴就對了。」

她們安靜地坐了差不多十分鐘。夏爾卡實際上還喝完了她那杯啤酒，正考慮著再點一杯。安娜不看她，堅定地研究著酒吧內形形色色的其他客人。她似乎覺得人很好笑——彷彿他們存在於這個世界一直以來都是爲了討她開心。她左手的指尖輕觸嘴唇，大拇指擱在下巴上。安娜生氣或受傷的時候都會做這個動作。

「妳要說些什麼嗎？還是打算坐在這裡，像個四歲小孩一樣使性子？」

「我沒有使性子——我在觀察。我要說些話。」

「什麼？」

「舞蹈應該是在頌揚人體，頌揚穿越時空的動作……應該奠基於那基本的喜樂，應該是快樂的。」

「我對我這雙膝蓋無能爲力。我的身體讓跳舞這檔事快樂不起來。」

「那就停止跳舞，停止哭哭啼啼，改做些其他事。當個會計師，去研究文學，學說巴斯克語（Basque），成為專業伴遊。就算妳停止跳舞，也不會害哪個嬰兒死掉。」

夏爾卡揮不開自己語氣中的惱怒。「對妳來說就是那麼黑白分明，對吧？」

「我只是在說，如果沒有樂趣，那就走開。很多年輕舞者都沒有膝蓋問題，他們依然熱愛跳舞，準備萬全在側翼等待著。」

上週五彩排時，他們跳《羔羊》跳到一半，夏爾卡對多娜揮手，多娜的助手隨即將音樂暫停。「有什麼東西不太對。中間的這個動作——感覺不太平衡。」夏爾卡回過頭看著其他舞者。「休息十分鐘。」她喊道。

多娜凝視夏爾卡。喊休息並不是舞者會做的事，就算是首席舞者也一樣。

「休息十分鐘？」夏爾卡尖聲問道。

「所有人休息十分鐘。」多娜轉向夏爾卡。「舞者太多了嗎？是不是需要一些空間？」

「我不知道。就是不太對。我不介意擁擠。我覺得問題出在從地板到站立的動作。這支舞好美，多娜。很抱歉我那麼吹毛求疵。」夏爾卡猜想多娜應該覺得她這樣打斷彩排很令人洩氣，正努力隱藏自己的情緒。

「我向來樂於接受建議。妳有什麼想法？」

夏爾卡想提議搖擺——幾乎不動。有時候，跳舞關乎維持不動。她可以想像十七名舞者都在舞臺邊緣，全部面對觀眾，只有一個人除外；這個人別開臉轉過身。他們都閉上眼，只是沉浸在音樂中，持續搖晃三分半鐘。

「不同的起身動作——更慢、更多意圖。」多娜總是說這些東西，像是**當舞者從地板起身，這總是一個關乎重力和優雅的問題**。

多娜在她前方的地板坐下。「一切都還好嗎，*malý vrabec*？」

「當然。」她說。「小麻雀很好。」

「好。只是……這是妳第四次在跳這支舞的時候喊停，提議做些調整。妳真心喜歡這支舞，對吧？」

「我當然喜歡，我愛它。」

「我感覺應該有個**但是**。」

「跟舞無關，是個人的東西。音樂。這音樂讓我想起我奶奶，而且……而且讓我心痛。」

她想要衝口說出她找不到她的虔誠感。她找不到任何虔誠感——在她的人生中，她的關係中，她的舞蹈中——她所做的一切都不再虔誠。夏爾卡不想哭，但她忍不住。她一開始思考虔誠與否的問題，眼淚就自己冒了出來。幾年來，她看過多娜處理一大堆哭泣的舞者，但從沒想過自己也會成爲其中的一分子。

多娜點頭表示理解。「我們何不把這支舞留到最後呢？」

七月九日凌晨兩點四十七分——夏爾卡

夏爾卡在床上坐起來。**我不可能再睡著了**，她心想。她聆聽大樓的聲音：走廊的腳步聲、赫諾夫斯基太太家的電視、遠方的警笛。她的膝蓋感覺略有好轉，疼痛慢慢退去。她很想再睡幾個小時。早上八點要去上皮拉提斯。她閉上眼，耳裡隨即響起《羔羊》的音樂，她想像從地板起身的動作，然而一想起這動作，免不了又會感覺到膝蓋的痛。她或許該起來吃點東西，泡杯茶，看看電視。

在像這樣的早晨，她的膝蓋陣陣抽痛，她有時會想起蜜拉，她第一個舞蹈教室的一個女孩。這個女孩總是過重、飲食過量，然後又把自己餓個半死、變得憔悴衰弱，在這個循環中苦苦掙扎。蜜拉在她剛過完十三歲生日之後就不再到舞蹈教室來。她消失了，沒人願意談起她。她在每一支舞中的位置都被人取代，生命繼續。所有舞者想通發生什麼事。蜜拉曾開過玩笑，說自己會早早離世，而在實際發生之後，她就被藏到沉默之牆後方。若是問舞團的媽媽們發生什麼事，她們便轉移話題，避談蜜拉，而這股迴避之風吹過舞者之中。那就像蜜拉罹患某種傳染病，沒人想要其他孩子也受到感染。

夏爾卡記得蜜拉是個美麗的舞者——舞蹈教室之中最優秀的一位。她在地板上舞動，從一次呼吸到下一次呼吸，直到呼吸彷彿化爲某種神聖的事物。今天早上，蜜拉離世後又過了超過二十年，夏爾卡理解她、想念著她。

她走到陽臺上眺望霧濛濛的布拉格。霧氣之下，迪瓦戴尼（Divadelni）沿街的燈光變得柔和，並在一個街口之後全部隱沒。就連對街廣場上的克蘭納噴泉（Kranner's Fountain）都幾乎隱而不現。她點燃一根菸，將她的煙也注入這迷霧之夜。霧擾動她內心的孤獨，讓她渴望有個人來抱著她，告訴她天方夜譚般的故事，像是以駱馬訓練師的身分隨馬戲團旅行，或是住在瑞士阿爾卑斯山上的小屋，閱讀從杜斯妥也夫斯基（Dostoevsky）到布爾加科夫（Bulgakov）的所有俄國小說，或是嗑搖頭丸嗑到飄飄欲仙，一邊聽電臺司令（Radiohead）。

她家裡的某個地方有搖頭丸——某個舞者同事給她的，讓她開心開心。她收哪去了？或許是在廚房碗櫥頂層，藏在奶奶的茶杯裡。她都把備用鑰匙、書盒式保險箱鑰匙和鑽石耳環放在那裡。她記得藥丸是粉紅色的。

她踏上廚房的椅子，在那個位置找到藥丸。她沒有猶豫，立刻將一顆藥丸丟入嘴哩，配著一口酒嚥下。她想要感覺好一點，但她也樂於接受接下來的幾個小時都以過分美妙的感覺感受萬物。

七月九日凌晨三點四十四分——夏爾卡

夏爾卡在自家踱步，一邊東看西看。一顆地球儀，裡面裝有兩瓶琴酒、半瓶伏特加，還有一瓶未開封的苦艾酒。她碰觸每一個酒瓶，然後闔上地球儀，手劃過世界，感覺陸塊與山脈的細微鼓起。她的手上下撫摸廚房那片有鬍渣般突起的灰泥牆。她的房間裡，她覺得床單的觸感無比迷人。她拋下袍子，躺在床上。床單是母親送她的禮物。埃及棉，至少四百織，棒極了，而且比她記憶中還棒，她甚至可能會指出這床單有魔法。對，魔法床單。這就能解釋先前發生的事了。

週五早晨，夏爾卡渾身赤裸地冷醒，床單和被子全部堆在床的一邊。她有一顆枕頭，但她通常都睡兩顆的。誰跟她一起在床上？她手臂的寒毛直豎，心臟怦怦跳。她沒有完全睜開眼，故意保持靜止，幾乎完全停止呼吸。有人在這裡，她聽得見那人在呼吸。她不記得昨晚有喝超過一杯紅酒。她上完皮拉提斯後去喝了杯咖啡，離開咖啡館後，她沒在街上遇見任何人。她回到家，倒杯紅酒，在網飛看了一齣難看的東西，然後上床。她被下藥了嗎？有人在她的咖啡加料嗎？

夏爾卡緩緩睜開眼，把頭略略轉向睡在她身旁的人。

「天啊，」她說，「安娜？」那人的頭髮披散遮住半張臉，但夏爾卡確定就是安娜・巴甫洛娃沒錯。晨光下，這位舞者的皮膚蒼白無瑕。死去已久的俄羅斯第一流芭蕾舞伶，就睡在她床上。

夏爾卡想伸手碰觸安娜，不過反倒緊張地摸了摸脖子上的聖猶達墜飾，彷彿這能證明她並非依然置身夢境。這什麼也證明不了，但給了她些許安慰，想著或許床上的這個女人只是一場夢。

安娜動了動，呻吟。

這會兒我真正發瘋了，夏爾卡心想。

安娜在床上坐起來，打呵欠、伸展。「**早安**。」她說。

「安娜？」

「*Da, menya zovut Anna.*[41]」

「安娜·巴甫洛娃？」

「*Da.*」她輕蔑地看著夏爾卡，彷彿覺得她很低能。安娜溜下床，赤裸裸地站在房間中央，再次伸展。夏爾卡大受震撼。看來，安娜是一個不怕羞的多毛女人。

夏爾卡嚥了口口水——努力找到她的聲音。「抱歉。我……我不知道妳怎麼會在這裡，或是妳爲什麼在這裡。」有沒有可能她昨晚喝太多，不知怎麼地最後跟這個長得超像安娜的女人同床共枕了？然而此時此刻，這個早晨，這位號稱安娜的女子嘴裡操的是俄語，而夏爾卡不會說俄語。**如果安娜只是她腦中的一個聲音，那她怎麼會說俄語**？

「幾點彩排？」

「什麼？」夏爾卡閉上眼，努力要自己清醒一點。她試著想某個能幫助她將頻率調回現實的事物——任何事物。她列出早餐要吃什麼，然後是走哪條路去工作室。再睜開眼時，安娜不在了，夏爾卡鬆一口氣。

「我什麼時候要準備好去彩排？」

「耶穌啊！」安娜剛剛無聲無息走到她後面，正坐在床的另一邊，翻揀著地板上的一堆衣服。

夏爾卡看著她挑出一件短褲和上面有NASA標誌的T恤。她的身體精瘦纖長。她套上短褲，嗅了嗅T恤，皺起臉。「老天啊，」她說，「好臭。」

夏爾卡手指衣櫥，安娜隨即拉開頂層抽屜。

「安娜，」夏爾卡說，「我有一個問題。」

註41：俄語：是，我的名字是安娜。

安娜正在翻箱倒櫃。「問題？什麼問題？」她拿起一個震動按摩棒，夏爾卡花了大把銀子買來的紫白雙色魔杖。安娜聳肩，將按摩棒丟回抽屜內。

「發生了什麼事？」

「發生？妳是在說什麼，發生？我在這張床上醒來，現在我們跳舞，da？我們天天跳舞。我們跳舞，因為我們只有在跳舞之中才是我們自己。」

「我的意思是，妳最後發生什麼事？我們可以聊聊妳實際上發生什麼事嗎？」

「最後？」

夏爾卡覺得頭暈。這女人不知道自己死了嗎？她不記得她們的對話——在餐廳和咖啡館的那幾次嗎？

「在妳生命的最後。妳生命的最後發生了什麼事？」

安娜歪頭。**「噢，那個啊。嗯，我累了。好累噢。我們去英國巡迴一個月，而我身體的疼痛超越一般的傷痛。那是一種耗竭，還有老化，還有英國那該死的天氣。溼氣直直穿過我的身體，我怎樣都暖不起來。」**

「妳的膝蓋會痛嗎？」

「不會。但腿會，還有左邊肩膀。我的肩膀有什麼不對。」

她拿起一件褐紫紅色T恤穿上。對安娜．巴甫洛娃來說，似乎就連著裝的動作也可以很美。她的手臂滑進袖孔，夏爾卡立即聯想到在微風中搖擺的鳶尾花。或是高草擺盪的方式。

她搖頭。

「那在英國之後呢？」

「去坎城過耶誕節。很完美啊。我的身體慢慢復原，我很快樂。南法很適合我，我也適合那裡。那是我幾個月以來第一次覺得溫暖。我不想離開。我們每天跟亨利和他那隻名叫米諾許的貓一起喝雞尾酒，只有週日除外。亨利週日不出門。我好愛那隻貓，程度跟喜歡亨利不相上下。」

安娜在地板上伸展。她抬頭看夏爾卡，微笑。「亨利．馬諦斯（Henri Matisse）。」她說。「他好神奇。他手術後得了某種壞疽，但是就算這種疾病如此沉重，他還是很討人喜歡。然後當然了，沒人喜歡他的藝術。都是天才之作，而任何藝術要成為天才之作，那就非得與一般大眾接受的東西區隔。他的藝術……他的藝術讓人憤怒。」

「那妳爲何離開？妳舉世聞名。妳可以留在那裡就好。」

安娜怒瞪夏爾卡。「為了跳舞啊，廢話。海牙有個跳舞的機會。新舞，而我是舞者。」

她從深深的前彎中抬起身子。「我同時也是一個四十九歲的舞者，機會不多，時間也不多了。」

「妳無法拒絕。」

「妳懂的。妳害怕妳一旦拒絕，他們就不會再來找妳。然後是可怕的一天，米蘭和伯恩之間發生火車事故—妳知道的，我們原本想，去海牙的途中一路玩過瑞士應該很不錯。我們在鐵軌旁等了超過十二個小時，而 khristos[42] 啊，冷死了。我不覺得我曾那麼冷過。」

「妳受傷了嗎？」

「沒有，只是冷而已。他們燒了一些火盆，但不夠大，又有太多乘客擠在旁邊。冷到就連發抖本身也累人又痛苦。最後，因為雪太多了，他們駕雪橇來接我們。八天後，我們在海牙，他們說我得了肺炎—雙肺炎。他們急著要動手術抽出我肺裡的液體。」

「但妳拒絕，如果不能再跳舞，那妳寧願死。」

「什麼？我沒說過那種話。抽出肺裡的液體並不是百分百有效。我想活。我把希望寄託在某種新抗菌藥物。醫師懷抱很大的希望。我也懷抱很大的希望。我們都懷抱很大的希望。」

「所以沒人來跟妳說，妳如果做了手術就能活，但妳將無法再次跳舞？因爲故事是那樣說的。」

安娜閉上眼，彷彿想回憶起正確的過往。「不。」她好一會兒後才終於開口。「藥沒用，而到那個時候已經太遲了。坦白說，我會答應的。如果手術有機會挽救我的生命，我會答應。無論能不能再跳舞都會。」

「噢。」夏爾卡說，但她察覺安娜在說謊。人不會花那麼大力氣記住眞相。她欣賞的這個女人爲何要就自己的死法對她說謊？她相信安娜在實驗性藥物上賭了一把，因爲她無法想像自己除了舞者之外還能是什麼。夏爾卡想要謊言，她想要那個故事。安娜花了二十年的光陰成爲一個舞者，再用三十年的時間在世界的舞臺上跳舞，然後是那個可怕的決定：活著但不再是舞者，或是可能死去，但有微乎其微的機會撐過去，而且日後依然能跳舞。

「大家真的都是那麼想嗎？我拒絕手術，因為我的跳舞生涯會就此終結？我太自以為是，沒辦法接受這世界少了我？」

「確切不是這樣描述——但沒錯。」

「真是荒謬又愚蠢。真是浪漫的狗屁。這些人啊，說這些謊的人，他們都是傻子。呼吸

註42：俄語，「基督」之意。

比跳舞重要多了。妳現在知道真相了。妳可以去告訴他們實際的情況。」

「好，我會去糾正全世界的人，因爲我和一個過世超過九十年的舞者聊了一下。」她頗確定自己不會跟心理師提起這檔事。

「過那麼久了嗎？妳幹嘛要跟像我這樣的老太婆聊天？」

「我認爲妳之所以在這裡，是因爲我有問題要問妳。我不確定我想不想要問題的答案……」

「什麼問題？」

「時候到了嗎，安娜？我該停止跳舞了嗎？」她坐在床上，安娜坐在她身旁。安娜將一隻冰涼的手放在夏爾卡手上，夏爾卡倒抽一口氣。「妳不是眞的。我在幻想……醒醒！醒醒，夏爾卡，妳這個白痴。快醒來。」

「妳要我多真，我就有多真。」

「那是什麼意思？」

「意思是妳必須聽我的，親愛的。」

「好。」但夏爾卡沒辦法好好吸氣。

「妳接受身為舞者的天賦，然後盡妳所能跟隨妳的天賦前進，直到妳再也無法前進。妳

盡妳的本分，持續表演，直到妳的身體失靈。」

本分這兩個字讓夏爾卡一呆。她說本分是什麼意思？她從沒把跳舞當作一種本分。「然後呢？」

「然後妳停止跳舞。」

「然後呢？」

「然後，妳接受生命的贈禮，盡妳所能跟隨這份贈禮前進，直到妳再也無法前進。好了，幾點彩排？我還得在彩排前進行我的淨身儀式。」

淨身儀式？這年頭誰還會用這個詞？夏爾卡指出浴室的方向。「那裡。」

安娜拍拍她的手，點頭致謝，隨即走入浴室關上門。

夏爾卡頗確定她聽見蓮蓬頭嘩啦啟動和輕柔的嘶嘶水聲。安娜・巴甫洛娃眞的在裡面嗎？還是說，是夏爾卡剛剛走了進去、開水、轉動蓮蓬頭旋鈕？她等待，但浴室內不再傳來其他聲響。安娜沒在唱俄羅斯民謠，也沒掉東西。夏爾卡推開門時，裡面只有輕柔的嘶嘶水聲。

淋浴間的門起霧了，夏爾卡裹足不前。她一面思考她的選項，心臟一面怦怦撞擊。如果有個多毛、屁股瘦巴巴、名叫安娜・巴甫洛娃的芭蕾舞伶站在裡面，被頭髮上的洗髮精刺激得直眨眼，她不確定自己會做出什麼事。

那天稍晚，夏爾卡坐在心理師對面，自知她永遠不會提起她醒來時安娜·巴甫洛娃在她床上這件事。她看著坐在她對面的女人。黑直髮，可能是頂假髮。透明膠框眼鏡，框雖粗，但幾乎隱形。她很性感，卻用衣著掩蓋自身曲線。夏爾卡嚥了口口水，小心翼翼地微笑。「聽起來可能會很怪，我有一個妳可能會覺得很蠢的請求。」

「好。」

「妳介意我捏妳嗎？」

「捏我？」

「好確定妳是眞實的，我並不是夢見妳。」

「妳的意思是像安娜那樣嗎？」

「對。」

心理師靠向椅背，看似轉爲朝向自己的內心。「妳覺得我可能是妳的幻想？」

「欸，我會跟過世已久的安娜·巴甫洛娃交談，然後我也會跟妳交談。」

「妳有試過捏安娜·巴甫洛娃嗎？」

「沒有，那太荒謬了。」她沒試過捏安娜，但安娜碰過她的手。想起這件事，夏爾卡不由得抽動了一下。

「那這怎麼能證明我有別於安娜？」

「我不知道。我只知道這能證明妳是眞的。可以嗎？」

心理師往前靠，把手伸向夏爾卡。「可以，捏吧。」

夏爾卡輕輕捏起瑪塔手腕上方的一小塊皮膚，很快又放開。「妳感覺很眞。」她用指尖輕觸嘴脣，彷彿她的潛意識身體在叫她的意識身體閉嘴。她隔著手指含糊地說：「妳認爲我發瘋了嗎？」

「不。我認爲妳有些事需要整理。所以妳才來這裡。所以妳才會跟妳想像出來的安娜·巴甫洛娃對話。而且我們實際上並不會用那個詞，我們只會談**心理健康問題**。」

「**那瘋得無可救藥呢**？」

「妳想表達什麼？」

「那精神分裂呢？如果我得了精神分裂症，我會有哪些行爲？」

「精神分裂症患者有可能很難區別現實與幻想。妳覺得妳得了精神分裂症嗎？」

妳沒在注意。妳不夠仔細觀察我。「不，」她說，「不過精神分裂患者還會怎麼樣？」

「嗯，他們妄想或產生幻覺。他們的思考和言談有可能會混亂，他們也會想抽離所有社交互動。精神分裂患者還有可能表現得很冷漠。」

夏爾卡的心臟快速跳動。她不想被迫吃藥，或穿上約束衣。她不能說出她最近和安娜發生的事。而且，她知道安娜不是眞的。她終究會知道的。唉，她或許知道。

「那我跟安娜的對話呢？」

「妳知道她不是眞的，對吧？」

「對。」然而她的內心深處有個聲音在尖叫：**不對喔！大部分時間知道，不過那天早上……**

「我們正在討論妳的心理健康，這象徵著妳的心理還算健康。」

「妳的意思是，如果我能夠質疑自己是否精神正常，我就沒有發瘋？」

「大概是那樣，對的。」

「聽起來有點瘋狂。我的意思是，如果我發瘋，我剛好又知道爲精神錯亂辯解的方法就是質疑自己是否精神正常，我難道不會就那樣做嗎？」

「妳剛剛問我妳是否精神正常的時候很眞誠。」

「確實是，沒錯……」

她口水冒個不停，於是她吞了又吞，吞了又吞。她思考她可以跟自己生命中的哪些人講述她擔心自己精神是否正常這件事，試著列出一份清單。她母親不在其中。舞團的多娜和薩曼莎在其中，但只勉強排進去。可以把她的按摩師碧耶拉放進去，還有她的心理師和安娜．巴甫洛娃。安娜．巴甫洛娃是夏爾卡質疑自己精神是否正常的原因，不過說到該和誰討論她那靠不住的神智，安娜依然名列清單之中。這根本就是鬼打牆。或許她已經發瘋了。她的心臟快速跳動。她不曾恐慌發作，但這感覺就像，而她不想在心理師面前失去控制。

「探討心理健康時，我們會找尋一套症狀，或是徵兆。如果妳想，我可以拿些資料給妳讀。」

「好，我想讀讀。」

「我認爲安娜想告訴妳些什麼，當她傳達完她的訊息，妳就不再需要她了。」

「要是她已經傳達完她的訊息了呢？」

「那妳只需要聽見。如果妳沒聽見，她會一再重複那訊息，直到妳終於聽見。」

安娜說她無論如何都想活著。這與她這輩子所讀過有關安娜．巴甫洛娃的一切都相違背。其中的某處是否存在著她錯失的訊息？

「夏爾卡？」

她將空玻璃杯放在她們之間的桌上，手不停顫抖。心理師注意到了，而夏爾卡翻翻白眼。

「咖啡因。」她說。「我們可不可以改天再繼續談？」

「當然可以。」她說著走到辦公桌旁，看了看總是翻開的日曆。「我下週一早上十點有個空檔，妳這時間可以嗎？」

夏爾卡凝視天花板，淚水湧下她的臉。安娜・巴甫洛娃死了。她不在了。**但妳一直以來都知道啊。她在寒冷中等待超過十二個小時，因而罹患重病。然後她必須在跳舞或活著之間抉擇，而她選擇跳舞。**她大口喘氣，對著房間大聲啜泣。

她平躺，用指尖按摩她的腿，感覺很好。她的腿感覺很好，膝蓋也不會痛，恢復年輕。她應該去工作室跳舞，就算現在是凌晨快四點也一樣。她會跳得很棒。**如果安娜沒伸手碰我的手那就好了，我的感覺會比現在好上許多。**

七月九日清晨五點十五分——夏爾卡

她盤腿坐在木地板上，在她家客廳中央，閉著眼，耳機罩住耳朵，麥克斯・瑞奇特（Max

Richter）[43]的〈日光本質〉（*On the Nature of Daylight*）充盈她腦中。音樂湧漲，想要釋放，但並沒有。夏爾卡在其中泅泳，水既深且暖。她在其中放鬆，容許自己以雙手與上半身省思這支舞的動作。這首曲子來自她三年前跳過的一支舞，現在她理解它、知曉它的張力。這裡高舉，這裡在舞臺上走過長長的一段，這裡是流動的慢板組合動作後高舉，然後又是慢板組合動作，中段則是一打鞭轉。

她在廚房倒出一碗麥片——某種自製混合穀麥，一位瑜伽教練給她的配方。在桌邊坐下時，她的手肘擦過水杯，杯子彷彿慢速墜落，在地板上砸個粉碎，而她從頭到尾入迷地看著。她嘆氣，放下穀麥，找出掃帚掃去破玻璃。將碎玻璃掃成一堆的中途，她停了下來。她想起一段回憶。

註43：英國作曲家、鋼琴家，出生於德國，作品主要融合新古典主義、簡約主義以及獨立音樂，常參與電影配樂、舞臺劇配樂等創作，此處提及的〈日光本質〉即為科幻電影《異星入境》（Arrival）。

他們搭火車旅行，她父母和姊妹們，中途不知道出了什麼錯，火車無預警煞車——行李掉落、酒杯在地板上砸碎、幾扇窗破了、幾名乘客受傷。並不嚴重——只是扭傷、割傷和瘀傷。他們困在緊鄰西班牙潘普洛納（Pamplona）北部的地方——通宵。父母讓夏爾卡和姊妹們在鋪位睡下，大人們則聚集在火車旁邊喝酒。她記得悶熱整晚不退。她被音樂吵醒。剛開始是吉他，然後人聲，悲切又脈動著生命。他們停在廢棄的月臺旁，幾個男人清掉了廢棄物，臨時拼湊出一座舞臺。跳舞、拍手與音樂的聲音迷住了透過車窗看著的夏爾卡。舞者是個深色頭髮的女子，她完全掌控自己的身體，以及正在觀看的每一個人。感覺就像空氣有質量，支撐著她、抬起她。她緩緩開始，戲弄著、挑逗著，然後她測試身體的極限，在場所有人都被定住了。他們都想要她的故事，需要她的故事。夏爾卡前所未聞。與佛朗明哥的這次初遇激勵了她，她才成為舞者。因為一輛故障的火車，她從此懷抱佛朗明哥之心。

夏爾卡閉上眼。但要是她睡著、一路睡到下午怎麼辦？她會錯過她和心理師的約，而因為某種原因，今天的晤談感覺格外重要。要是她永遠不再醒來呢？她吃了搖頭丸！她他媽是在想什麼啊？搖頭丸加酒。

儘管今天異常溫暖，她的公寓裡依然有點冷。她可以下床去衣櫥頂層拿額外的毯子，但一想到失去她現在僅有的溫暖，這主意就沒那麼吸引人了。夏爾卡試著朝兩側搖晃把自己裹好，在每一次抬起身子時將床單和毯子拉到身體下方，但她並沒有覺得更溫暖些。她想著安娜站在月臺上發抖的模樣。

她伸手拿放在床頭櫃上的紅酒，豪飲一口。就在她扭身回到床上時，她的膝蓋猛地又開始疼痛。這股疼痛不是真的，她告訴自己，**都是妳的想像，不是真的。用吸呼把它趕走。專注於呼吸。吸氣，吐氣，吸氣。疼痛只是一個想法，而妳能夠驅散想法。妳能夠忽略想法。吸氣，吐氣。**疼痛火力全開折磨了她十分鐘，然後二十分鐘。她找不到比較耐得住這痛的姿勢。每個動作似乎都只是火上加油。三十分鐘過後，疼痛終於稍稍退去。

她抓著一把藥丸站在廚房水槽前。她感覺得到花崗岩檯面冷冷貼著她的胯骨。地板柔軟，感覺就像她站在一塊厚厚的橡膠墊上。她朝下一瞥——是硬木。一直都是硬木。她掌中有一大堆白色小點。她有點困惑這些東西怎麼會跑到這裡。她拿起酒瓶直接對嘴喝。酒變溫了。她不介意溫酒。她有夠多的鎮定安眠藥，而且第二瓶紅酒也快喝完了。肯定夠了吧——這些酒，還有她深受焦慮所苦而夜不成眠時留下來的可笑藥丸庫存。**那是兩年前。藥丸過期還有用嗎？藥丸有保存期限嗎？**還不只這些問題。她吃過一顆藥丸了嗎？等等——她吃了搖頭丸嗎？

她好累，三魂七魄只剩一半還在。吃下所有藥丸，我就可以跟安娜在一起了。如果我這樣做，然後閉上眼，我就可以抽菸、和安娜一起喝酒，而且永遠不用擔心我的膝蓋。我會感覺安全，永永遠遠。我們可以一起跳舞，而我會是安全的。

安娜在浴室裡喊她時，她只有稍微嚇到。她的頭猛地扭向走廊的方向。她在流理檯堆出一個小藥丸金字塔，小心不遺漏任何一顆——緊密的一座小小山丘。

「夏爾卡，親愛的，過來。」安娜的聲音緊張又沙啞。「夏爾卡，該走了。過來。」

夏爾卡來到浴室門口，她伸出手碰觸門把，緩緩轉動，但門上了鎖。

「夏爾卡，妳來不來？」

「我進不去。妳可以讓我進去嗎？」

「妳必須自己進來。」

「怎麼做？」

「妳知道怎麼做。」

夏爾卡對著門把又扭又拉。「但門鎖住了。」

「妳有鑰匙啊，親愛的。」

但她知道浴室門並沒有鑰匙。這是一副簡單的鎖，而且只能從裡面上鎖。

「夏爾卡，妳來不來？」隔著浴室門，安娜・巴甫洛娃的聲音模糊不清。

「我要來了，安娜。」她說。「再一下下。」

浴室到廚房的走廊傾斜了，她必須兩手扶著牆，走過去的時候才不會跌倒。廚房是一幅薩爾瓦多・達利（Salvador Dalí）的畫，其中的一切都在滴落或融化，她的椅子椅腳長到觸及天花板。感覺就像她走在深泥中，每一步都被吸住。她在水槽旁的流理檯找到她要的東西。夏爾卡看著藥丸，爬上朝向卡魯夫橋的窗子鑽了出去。

橋上有一頭象。那頭象驚人而孤獨；牠低頭看著河水，而她知道牠渴了。夏爾卡想起她有一次在瑞士健行，來到一片綿延的高草地，其中有一棵孤孤單單的巨樹。這頭象的孤獨感——站在這古橋上，置身這座無序蔓延的城市中央——就像那棵樹一樣。

她將小藥丸金字塔掃入水槽，打開水龍頭——看著它們旋轉流入排水孔。她套上睡袍，穿上橡膠靴，一把抓起水槽下的塑膠水桶，奔下樓。他們這棟公寓隔壁的花店外有水管。她裝滿水桶，以緩慢許多的姿態走過去，留意不將水灑出來。

來到那頭象旁邊時，已有大概一打人聚集在牠前方，彷彿在等待的信徒。象的體型比她原本所想還巨大。**我他媽在做什麼？**她心想。**這頭象可以在一次心跳之內把我壓扁。但牠渴**

了。她又驚又怕地靠近象，放下水桶。象將她從頭到腳聞過一輪，接著用象鼻吸起水，有效率地射入口中。夏爾卡退開，讓出空間給牠。

七月九日清晨六點三十一分——橋

有個男人自願去裝水，於是夏爾卡將水桶交給他。路人擠過來想看得更清楚些；隨著時間分分秒秒過去，包圍那頭象的人群愈來愈龐大。象退後，夏爾卡也退後——退離人群和象。她不認爲包圍這頭象是個好主意，但此時此刻就是這情況。沒人從旁經過。每一個人都駐足呆瞪著象。

這頭巨大又理直氣壯的動物擾動了她心裡的某個東西。儘管她在牠旁邊自覺渺小，但還是萌生一股保護欲，而她不禁爲此而微笑。

合唱團開始唱讚美詩時，她轉身，找到位於象後方的歌者；他們就站在聖克里斯多福（Saint Christopher）的雕像前方。**讚美真神萬福之源——天下生靈都當頌言**。他們唱這首讚美詩三次，暫停，接著以《羔羊》開始他們的表演。合唱團演出剛好就以這首曲子當作開場的機率能有多高？

她在象和合唱團中間停下腳步。她碰觸掛在脖子上的聖猶達墜飾，脫下靴子，吸口氣，對著音樂敞開自己，開始跳舞。剛開始，她的動作很小，沒偏離自身的中心，然後才慢慢拉大動作，納入更多空間。她不再身處卡魯夫橋，而是置身某座大教堂內——凱旋聖母教堂（The Church of Our Lady Victorious），或是牆中的聖馬丁教堂（St. Martin In The Wall Church）——合唱團飄浮於一小塊完美的平衡之中，她可以看見燭光，聞到焚香的甜膩味道。

她沒去想自己實際上正穿著她的黑絲短睡褲和成套的背心，外面罩著粉紅色和服式睡袍。她解開衣帶，睡袍化爲表情豐富的布幔，像液體一樣隨她舞動而飄盪。隨著她的每一次吸氣，她感覺自己愈來愈靠近她和奶奶在一起時感受過的虔誠。她在那頭象的孤獨、脆弱和力量之中顫動。那就是故事——這三個東西存在於我們所有人之中。她想著天主的羔羊，想像寂寞的耶穌。**看哪，天主的羔羊去除了全世界的罪孽**。確切知曉將到來的一切，多麼沉重的負荷啊。

她遠遠超越了多娜的編舞——手臂的張力和飛撲的動作都是佛朗明哥。她此時此刻的舉手投足在在有一種狂野的女性力量。她跨越界線，進入一個她並不了解的地方，只知道這裡是她的歸屬之地。她是性感的鬥牛士，也是危險而挑逗的芭蕾舞伶。她的眼在半數的時候都閉著，表情堅定而自信滿滿。音樂湧過她，而她在橋上劃出她的空間——人群退後，給予她跳舞所需的空間。自始至終，受困之象的緊張氛圍在一邊，合唱團脫俗的歌唱則在另外一邊。她的寂寞，她那不老實的膝蓋、不可信的神智、老化的軀體，以及她的恐懼——全部融化消失。

音樂結束時，她彎下腰，收折爲安娜・巴甫洛娃的垂死天鵝最後姿態。她很意外，不過這支舞理所當然應以死亡作爲結尾。她抬起頭時，周遭久無聲響。她聽見嗡嗡聲，像是一隻昆蟲，或是一群昆蟲。她的舞引來一群觀眾。沒幾個人在看合唱團——他們大多面向她。她對微笑、點頭、拍手的群眾略略鞠躬，這時那頭象動了起來，夏爾卡周遭的人忽然擠成一團，將她撞倒在地。她眼前只看得見腳、腿和卵石地。那些人踢她、踩踏她、在她身上絆倒。有人跌在她身上，但很快便滾開。此時她站不起來，沒辦法好好呼吸，也無法把頭抬到陷入驚慌的人群之上。

一隻手猛力塞到她面前，而她一把抓住。她站起來了，也能夠呼吸了，眼前是多恩醫師，他正吼著些什麼，聽起來像妳還好嗎？她在耳鳴。四周的人也都紛紛站起來。

她的臉頰發疼。多恩醫師對著她的臉和額頭瞇起眼。「妳受傷了，」他說，「我看看。」夏爾卡碰觸她的髮際，指尖隨即蘸上血。她凝視手指，血令她意外，她不知道自己怎麼會流血。感覺她的頭似乎變得太過沉重，她忽然腿軟。

多恩醫師牽著她的手，帶她到橋邊坐在地上。「妳不會有事的。稍微休息一下吧。等到妳覺得好些，我們再來看看妳的頭。」

他褪下外套，接著脫下T恤折成方形，將這個湊合的繃帶壓在她頭上。「按著，」他說，「持續加壓。」

「你要丟下我嗎？」

「沒有。妳是我的唯一病患。」

她的視線來回掃過橋上——有一小群人在朝河流張望，對著船喊出方向。或許有人摔下橋了。一個男人將一個女人抱在懷中，緩慢但穩當地朝小城區橋塔前進。聖盧得米拉（Saint Ludmila）雕像，她的手指指著書中某處，似乎對橋上的騷亂不爲所動——她全神貫注於教導那個緊貼在她髖部的小孩。

「我頭暈。」

「我注意到了。是因爲我的古龍水嗎？我迷人的個性？還是因爲愛？」

「什麼？」

「那就是愛囉？」

她花了些時間才聽懂。「愛，」她說，「肯定是愛。」

「我也這樣想，但還是必須確定一下。」

「我怎麼了？我昏倒了嗎？」

「妳被撞倒。大象受驚了。」

「噢，那頭象。牠還好嗎？」

他看著她，眼神是如此溫柔。「我不知道。牠往那邊走了。」他指著橋的另一邊。

「希望牠沒受傷。」

他拿起她的靴子。「這是妳的嗎？」

「對。」

「妳剛剛跳得好美。我不知道妳有那麼厲害。我的意思是，妳確實說過妳是舞者，但妳剛剛做的事超越了我對舞蹈的想像。」

「噢，你看見了？」

「我運氣很好啊，剛好看見。我是因爲妹妹在那個合唱團裡，今天早上才會來橋上。我爲她而來，卻遇上妳，還有一頭暴衝的象。卡魯夫橋永遠不讓人失望呢。」

「妳妹妹在合唱團裡？她沒事吧？」

「沒事，她閃開了。」

「眞希望我也閃開了。」

「妳就差一點。」

「牽涉到暴衝的象，差一點可算不得數。」

「妳前幾天見過我妹妹露特了。她跟我說妳來找過我。」

「你的妹妹。露特。」

「對。她很擔心妳，擔心妳的膝蓋。我覺得她喜歡妳，而她通常誰也不喜歡。」

「眞的嗎？」

「對啊。她覺得大多數人都無趣又蠢得令人沮喪——這她說的，不是我。低能是她最愛的一個詞。」

「不會吧！她眞的是你妹妹？」

「我不會拿家人來開玩笑的。」

PART
04

The Elephant on Karluv Bridge

當然了，那頭象是一條線，在深夜穿過布拉格這塊布料。我再次提起這件事，因爲你可能會納悶在自家前廊抽菸的那個高挑金髮女子是誰。你即將遇見她，不過現在的問題是，她在這個謎題中、這片繡帷中扮演著什麼角色？我曾端出任何冗贅之物嗎？有哪一條線不具備任何意義嗎？看到了吧？你開始學會信任。

接下來將帶你認識米蘭．亞諾斯，你可能會想狠狠批他一頓。但又有誰不曾被誘離正軌？又有誰不曾陷入愛河？你們之中有誰活在與世隔絕的修道院之中，有一米厚的牆隔開誘惑？我剛好知道，就算是在修道院的庇護下，誘惑依然會到來，但這是另一個故事了。這麼多年來，我曾聆聽修女與修士、伊瑪目與薩滿、各式各樣的男女聖人。人類眞是好笑啊。首先，他們編造出神祇，因爲他們覺得在宇宙中好孤單，因爲他們不懂爲什麼找不到食物，因爲他們不喜歡神祕難解之事，因爲他們無比渴望去相信某個比他們更偉大的事物——然後，他們在他們自己創造的那些神祇的規則之下受苦。什麼鬼啊？現在的小孩都這麼說。意思是……嗯，我很確定你知道這是什麼意思。

聽著，只要是宗教，那就免不了有許許多多以某神祇名義而起的殺戮。這是已知的事實。過去六百年來，在布拉格以宗教之名遭屠戮的人數量驚人。如果橋能夠擁有信仰，那麼本橋會是個無神論者。我清楚知道這其中的諷刺——一座信仰無神論的橋，身上卻妝點著三十尊巨大的基督教聖人雕像。太好笑了！聽著，別讓我開始談我對人類的看法。我說這個就好：我愛薺達・弗拉貝茲[44]這個人類，我的麻雀，那個每天來看我的老婦人，她擁有打破我那石心的力量。至於其他人類呢？有好有壞吧。

關於接下來這段，你或許需要一些指引。象認爲所有人類都是迷失的。牠們也相信可以將人類區分爲兩類：一類人敬畏象，另一類人如此深陷於恐懼，乃至於有可能對象造成危險。所有象都如此自戀嗎？因爲看起來好像整個世界都繞著牠們打轉……我只是說出我觀察後的想法而已。當然了，儘管象可能有自戀傾向，牠們同時卻又沒有第一人稱，眞是兩相矛盾。想不到吧。

一如平常，容我提醒你，我的本分是讓你從河的一岸平安抵達另一岸。

註44：這個姓氏 Vrabec 為捷克語「麻雀」之意，先前出現時是舞者夏爾卡的綽號。

象聞到煙，一股恐懼湧過她。一棟房子前方有動靜，她靜立觀看。一個人類，米拉口中的迷失者，那人正在抽菸。莎兒看過人類抽菸，但這女人看似對自己的行爲感到怯懦。用完那燃燒的東西後，她來回掃視街道，像是希望沒人看見她。

她等待。米拉常常提起迷失者，莎兒希望這個迷失者不是那些殺戮者之一。

米拉堅持：**迷失者總是欠缺理性，總是難以預料。不能信任他們。**

那日間飼育員呢？夜間人類呢？

這個地方的迷失者是無害的。本象說的是起始之地的迷失者。

十五分鐘前，莎兒在一條後巷迎面遇上一名迷失者。那男人沒辦法走直線——需要靠牆才能維持直立。「你不是眞的。」他說。「你是誰？政府派來的？你想怎樣？」莎兒靜立如雕像，那男人拔刀舉在身前，刀尖朝著莎兒。「我看你說不說。」

莎兒退後，象鼻捲起停車標誌，將其扯脫地面。她對著男人舉起標誌，而他拋下刀子逃開——跌倒，又跑幾步，又跌倒。莎兒不知道這名迷失者是怎麼回事，是他先開始玩遊戲，然而當她加入，他又失去興致。他看似憤怒又困惑，除此之外並不危險。

隸屬於第六區的這條路並非起始之地，也不是象欄。她知道自己置身迷失者之中，說不準會發生什麼事。

在自家前廊偷抽菸的高挑金髮女子從玻璃杯豪飲一口，嘆氣。她抽完菸，用腳碾熄菸蒂，再點燃另一根菸。

莎兒將象鼻探入一棵刺槐的低層枝葉間，拔下嫩葉塞入嘴裡。在階梯上抽菸的女人轉向聲音的來源。

「哈囉？」女人說。「是誰在那兒？」

女人沿車道走到鋪設卵石的人行道邊。象注意到車道門開著。這條路上的其他門都是關著的。女人查看左右，莎兒僵住。這裡沒有圍籬，而這個人類並非夜間人類，也不是日間飼育員。她的味道很新。這麼小的生物怎麼殺得了大象呢，這問題難倒莎兒了，但米拉說她看過殺戮的人類造成什麼後果。

二十頭象，死了，丟在那裡腐爛。牙被拔除、腳被砍掉。說完屠殺的故事後，米拉安靜良久，並在沉默中開始搖晃。片刻後，她補充道，**這些象在那兒停留了十五天，唱哀悼的詩歌。**

「我不會突然做什麼動作。」人行道上的女人說。「我們現在都非常冷靜。」不過莎兒可以看見她的腿在搖晃。她有可能倒下，也有可能攻擊。先攻擊這個迷失者有可能是明智之舉。當迷失者攤開雙手，讓莎兒看她的手掌，象稍微放鬆了些。

莎兒喜歡這女人的嗓音——嘶啞，像那種低沉、大地說話般的聲音一樣振動，象群過去常以那聲音跨越長距離溝通。

「你在這裡做什麼？」女人問。「你是從動物園來的嗎？」

本象來自起始之地。在許多季之前。莎兒開始搖晃，一邊唱起始之地的詩歌，但這女人看似沒聽見。

她沒那麼害怕了——聲音變得更低、更平穩。

「你口渴嗎？肯定渴了吧。要不要喝點水？」女人環顧四周，接著緩步繞過屋角。她帶著藍色罐子和水管回來。她沖洗罐子，接著朝裡面注水。噴頭發出空洞的聲音，象朝她走近幾步。女人固定出水，將水管塞進罐內，退後。罐中的水愈來愈滿。

莎兒聽見水注入罐子的聲音，她聞到水的味道，在車道上蓋著某個東西的舊防水帆布散發霉味，女人和她的情緒也透出一股不停變化的氣味。她從恐懼轉爲興奮，現在則是某種像是悲傷和脆弱的情感在她心中打轉。

莎兒接近罐子，女人隨即退開。象用象鼻吸起水噴入口中。她這麼做了兩次，然後看見桃子樹的粗枝沉沉垂在車道上方，她用象鼻拉扯其中一根樹枝——拔下未成熟的果實，將幾顆桃子掃入嘴裡。她一隻腳踩上覆蓋帆布的那堆東西，然後兩隻腳，就這樣將象鼻探向桃子樹的更高處。帆布底下的東西塌陷——發出鏗哩哐啷的金屬聲響，接著是一陣猛烈的斷斷聲，那東西在莎兒的重量下再次塌落。

女人目瞪口呆。她心煩意亂，但莎兒不知道原因。女人的恐懼化爲介於他們之間的活物。**本象應當給這女人一些水果。她可能餓了。她可能需要玩耍。如果她玩耍，她可能就不會如此悲傷。**

象從那堆東西上面下來，轉向女子。莎兒又從罐子裡汲取一大口水，將象鼻對準女子的方向，然後噴灑出去。女人立即被冰冷的陣雨淋得渾身溼透，她踉蹌後退，被水管絆倒，摔在草地上。

象等待女人回應。**現在該換她噴本象水了，然後本象再噴她一次。**不過女人沒跟著一起玩；她笑了。她在草地上用手肘撐起身子，哈哈大笑。帆布下又有東西坍落，那東西發出響亮又持續不斷的尖叫聲。隔壁棟屋內的燈光亮起。女人笑得東倒西歪，那聲音美好而生氣勃勃。莎兒張開嘴，跟著帆布底下的東西齊聲吼叫，接著劃過一道弧線走開，踩著沉重的腳步沿車道轉入馬路。

莎兒受薰香的甜美味道和帕萊斯特里納（Palestrina）的《哀歌》（*Lamentations*）[45]吸引。

她從側門走入聖尼可拉斯教堂；這扇門的大小和形狀都與動物園象屋的入口相似；她半是期待、半是希望象群就在裡面等她。

她通過狹窄的廊道，進入教堂內部寬敞而開放的空間，在門口附近的聖水盆大口暢飲，然後輕輕走過黑白棋盤紋地板。來到燭光圈邊緣，她停下腳步，沉浸於音樂之中。

我們都是小羔羊

七月九日清晨四點零五分——米蘭

米蘭．亞諾斯不是我會想要我女兒認識的那種人——前提是橋能生下女兒。他擁有獨一無二的缺陷；他受他的藝術驅使，不完美但極度俊美。半數的時間裡，他聽起來就像一個小孩，眼裡只有自己的藝術；他不理解一般社會最簡單的規則，像是忠誠、婚姻，以及愛。至於伊莎貝．布斯托斯，我又有什麼好說的呢？她連名字都性感。對米蘭而言，她就是塞壬海妖，而米蘭娶了一個又瘦又平胸的女人。我說塞壬，指的就是那些狡詐的生物，牠們以迷人音樂與歌聲誘惑水手，害他們的船在牠們島上的岩岸擱淺。

鄭重聲明，沃夫岡·阿瑪迪斯·莫札特（Wolfgang Amadeus Mozart）確實曾於一七九二年四月十五日站在我身上，也就是卡魯夫橋上，朝伏爾塔瓦河小便。看來當時莫札特——一個咯咯傻笑的白痴天才——在布拉格到處亂小便呢。幫你自己一個忙：聽聽他的《安魂曲》（Requiem）〈落淚〉（*Lacrimosa*）[46]。如果你未受感動，我不知道我還能說什麼——摸摸看你自己還有沒有脈搏吧。偉大的天才總免不了瘋狂的元素。如果你喜歡，我們也可以改用拉丁語：*nullum magnum ingenium sine mixtura dementiae fuit.*

指揮米蘭·亞諾斯沒刮鬍子，身穿藍色牛津布正式襯衫，下襬沒紮進牛仔褲；他清晨召

註45：帕萊斯特里納為義大利文藝復興晚期的作曲家，有教會音樂之父之美稱。作者於此處提及的《哀歌》應為《耶利米哀歌》（*Lamentations of Jeremiah*）。

註46：《安魂曲》也稱《D小調安魂彌撒曲》，或簡稱《D小調安魂曲》，是莫札特最終的作品之一。此處的〈落淚〉應指其十四個樂章中的〈落淚之日〉（*Lacrimosa dies illa*）。

集勤思卡合唱團到布拉格小城區聖尼可拉斯教堂內的聖芭芭拉禮拜堂穹頂之下彩排。時間很早，不過三天後，他們即將在此舉辦演唱會，門票早在數週前便售罄。這麼早彩排並不是正統做法，但也不罕見。他們只能在這個時間使用該場地，才不會干擾教堂日常活動。快速用完早餐後，他們將於六點半在卡魯夫橋集合，為橋上的所有人免費演唱。他們只能以這種微末的方式出一份力，為卡魯夫橋慶生。

演唱會歌單包含彼特・蓋伯瑞（Peter Gabriel）的〈憐憫之街〉（*Mercy Street*）、馬勒（Mahler）《第五號交響曲》（Fifth Symphony）中的〈小慢板〉（*Adagietto*）、約翰・塔夫納的《羔羊》，還有帕萊斯特里納的《哀歌》。其中《羔羊》最令指揮心煩。這首歌的和聲很精緻，並不會太困難，不過有些地方的分句顯得很牽強，有時候又太膽怯。

禮拜堂的圓頂也為合唱演出帶來獨特的挑戰。它吸納聲音，再呈弧線彈回教堂的地板和牆面。沒鋪地毯的石地板本身也是一大問題。合唱團可以在無人的教堂內調整，不過一旦裝滿人，因為人會吸音，音響效果也將隨之改變。他們只能倉促見機行事。他提醒自己，一七九一年時，莫札特或許也在聖尼可拉斯教堂指揮了一場肅穆的加冕彌撒，他可能也為相同的問題所苦。如果莫札特應付得來，他們也可以。

米蘭微笑，一面翻動總譜直到找到目標。整個布拉格都宣稱莫札特曾入住自家旅館的某個房間，或是在自家餐館吃香腸、喝啤酒，或是在自家咖啡館內喝咖啡。他妻子的一位朋友是交響樂團的小提琴手，她就開過玩笑，說莫札特一七六二年的時候曾在她家的牆上小便，而因爲這樣的受膏儀式，她家受到音樂之神的祝福。莫札特來過布拉格四次，不過除此之外誰知道呢？他有可能就站在米蘭此刻所站之處。他指揮的合唱團可能跟這一個沒太大差別，也一樣沐浴在燭光中。

勤思卡合唱團由十四位核心團員組成，另外還有幾位替補團員。這次清晨彩排共有十六人出席。指揮嘆氣。《羔羊》的長度逼近四分鐘，他們卻非常有可能花上整整兩個小時細細雕琢。

教堂在圓頂下的空間設置了三座枝狀大燭臺。一個男人點燃蠟燭。洞穴般的空間化爲一間深褐色調的書房。米蘭輕而易舉就能夠想像這是一七九一年，在布拉格的某處，沃夫岡・阿瑪迪斯・莫札特跟情婦在床上，或是醉醺醺回旅館的路上在某面牆上小便。

合唱團聚集在燭臺之間，一面整理樂譜一面閒聊，米蘭則是在指揮臺就定位，拍兩下手。回音裊裊。團員都將目光拉到他身上。「有聽見嗎？」他問。有些團員點頭。他又拍手，這次只拍一下，然後等待聲音停止。「這是我們的挑戰。」

伊莎貝・布斯托斯沒點頭。她擔任合唱團的首席女高音八年了，而今天早晨，她沒有看著指揮。她仰望聳立頭頂五十公尺之上的穹頂，然後低頭看地板——哪都看，就是不看他。

伊莎貝在無視他。

他看著注視教堂地板的伊莎貝，立即想起他的妻子，達妮齊卡，布拉格交響樂團的大提琴手。每當他的妻子像伊莎貝這樣無視他，她都能維持好幾天。她昨晚沒有無視他，不過他們原本正在看電影，片中的一對夫妻發現他們無法擁有孩子並因此而身心交瘁，達妮齊卡就在這個時候關掉電視，轉身面對他。「沒有小孩你沒關係嗎，米蘭？」他們討論過關於不生小孩的這個決定。儘管她對此沒有動搖，但他懷疑妻子其實後悔沒生小孩。他確信她在理智上能夠接受這個決定，不過情感上來說，她心裡或許有一片片失望的雷區。過去談起孩子時，他們的結論總是「還沒準備好」，或是「不想讓孩子誕生在這樣的世界」。到了現在，對達妮齊卡而言，情況愈來愈接近「不可能」了。

米蘭起床梳洗時，達妮齊卡翻身遠離他——他覺得她應該還沒完全醒來。他快速安靜地泡咖啡，用外帶杯裝好，沿卡魯夫橋走向教堂。

米蘭的妻子和伊莎貝．布斯托斯都擁有一頭深色頭髮；在大多數情況下，她們待人處事也都靦腆多過大膽，不過她們的共同點也就到此爲止。達妮齊卡的身體稜角分明而纖瘦，胯骨恍若剃刀。她骨感而無脂肪，不過舉手投足有一種散漫、美麗的流動性。相對來說，伊莎貝則高挑、曲線玲瓏，而且柔軟。她總穿高跟鞋，堅持高跟鞋讓她的橫膈膜前傾，幫助她唱得更好。米蘭的妻子很少穿高跟鞋——她說她會變得太高，而她總是對自己的身高感到不自在。

伊莎貝向來在前排。她今天早上穿酒紅色高腰裙，上面搭配凸顯豐滿胸部的白色襯衫。她的鞋跟大約有一百毫米高。

「首先，我要感謝大家在這神所不容的時間來到這個受神賜福的場所彩排。我們將在五點半用早餐——我請客——然後爲了幫卡魯夫慶生，我們將在六點半於橋上以我們的歌聲爲禮物，爲這座城市獻唱。有問題嗎？」他掃視所有團員——幾個人露出微笑，不過大多數人都表情嚴肅，準備好要唱歌了。

「那好，我們用帕萊斯特里納來暖身。《耶利米哀歌》——濯足日，第二樂章。」他低頭凝視總譜片刻，等待翻譜的窸窣聲止息。「所以，我們在最後的晚餐，」他說，「耶穌告訴他的信徒『吃這麵包，這是我的身體；喝這葡萄酒，這是我的血。』然後他要求他們如他愛他們般愛彼此。然後就是濯足——爲所愛之人，甚至爲陌生人洗腳的舉動。」

米蘭想著爲伊莎貝・布斯托斯洗腳的情景。這想法令他興奮。伊莎貝還是不看他，他覺得她或許是在保持低調。她對他們的事總是小心翼翼。她愈是不看他，他就愈想看她。他想著她是如何斜倚著她公寓裡的皮椅——靠牆擺在她臥室窗邊那張——她的舉手投足都是邀請。

他數拍子，他們開始唱帕萊斯特里納的曲子。回聲的反響試著抵銷自我，歌聲在教堂四處反彈。結果聽起來模糊又不精確。他輕拍空氣，示意團員唱得輕柔些，於是歌聲又恢復明澈。現在的挑戰是以較低的音量但同樣的強度唱。

米蘭專注於伊莎貝的嘴。他愛那張嘴的堅持穩定感。那是一張情色的嘴——不會太豐滿，也不會太薄——親吻她就像在誘使他以一種黑暗的方式對有限的生命調情。

他們最後一次做愛時，伊莎貝用力摑他耳光。她時機抓得很準，因此在高潮的瘋狂歡愉之中，他同時感受到那巴掌帶來的尖銳刺痛。她說那感覺是個好主意。沒道歉，也沒說「哎呀，我一時失去控制了。」

伊莎貝還沒告訴米蘭，不過在這場演唱會之後，她就要回拉索雷亞（La Soleia）了，去跟她 *madre*[47] 住在一起，生下她的寶寶。她已經懷孕十一週，她決定沒有必要告訴米蘭——告訴他的話她就太自私了。她只會宣布她要離開。如果他問起原因，她會說謊——謊稱母親身體不適。

伊莎貝今天早上在生他的氣，因爲他不知道。因爲他所聽、所見唯有音樂。但這並不公平。她之所以愛他，就是因爲他對音樂、對聲音、對旋律——對人聲——的熱情。她氣他無知無覺，氣他永遠不會注意到她乳房腫脹，氣他不知道她在來彩排之前吐了，氣他照常過他的日子，但對她而言，人生卻變爲雙倍，複雜度更是指數性增長。她對懷孕這件事並不感到憤怒。她三十一歲，想成爲母親很久了；儘管她對婚姻並沒有浪漫幻想，不過寶寶有個爸爸總是比較好。她或許只是氣自己爲什麼過去一年半來要跟個已婚男子同床共枕。她問過他是否有罪惡感，他說沒有，他沒有罪惡感，一丁點也沒有。她又問，他的妻子知不知道他都在做些什麼，他說他的妻子很幸福。

「達妮齊卡很幸福。」他說。

她當然不想知道那位妻子的名字。她希望他的妻子殘酷而醜陋，而且絕對沒有名字。如果非得給她一個名字，那就叫她布倫希爾得，或是柏莎。

「你愛她？」

「當然。」

註47：西班牙文，母親之意。

「那你記得你也說過你愛我嗎？」

「當然，我也愛妳。」

就算她擁有一千年的時間，她也無法形容他眼睛的顏色。一次在瑞士阿爾卑斯山健行時，有一座冰河灌注的湖泊，那樣的顏色或許有些接近。還有三杯松脂酒下肚後、下午兩點四十五分的地中海。或許是這兩種顏色混合。每當他凝視她，她就完蛋了。

她不知道他是否只是假裝單純，抑或他眞有可能如此輕易愛著兩個女人。伊莎貝要米蘭愛她多過愛他的妻子。她想要名列他的清單第一位。她想要他告訴她，他對她們的愛或許相同，但他的妻子只有百分之二十，她，伊莎貝，則擁有百分之八十。

或許他以同樣方式愛著更多女人。她以爲只有她自己和那位妻子，但她又不知道。她的憂慮造成她試圖唱一個超過她音域的音符，她忽然迷失了，但她夠聰明，知道要先唱些和諧的音，直到她找回自己的旋律。她迅速朝米蘭的臉一瞥，想看看他有沒有注意到。

合唱團結束以帕萊斯特里納開嗓，她看得出米蘭很滿意。

團員們晃來晃去，正在爲《羔羊》做準備，米蘭試著在他們之中找到伊莎貝。她在外圍，盡她所能遠離他。她甚至不會朝他的方向瞥一眼。不過唱塔夫納的時候，她還是非看他不可。他想去她身邊，對她說話，親吻她，擁抱她。她這遠遠超過謹慎行事了。他猜應該出了什麼錯。

他抬起頭。團員們正在等他開始。

「好，塔夫納。我們談過了，我相信你們都記得這首歌的歌詞源自威廉・布萊克的詩。我覺得塔夫納懂這首詩。所以我們在這個美麗的地方試一試。我們的聲音無邪、純粹，需要保護。女高音？成爲小羔羊吧。我們都是小羔羊。讓這裡的音響效果成爲你們的助力。」

米蘭直勾勾看著伊莎貝，而她回以怒目。「可以嗎？伊莎貝？」

「當然可以。」她說。

米蘭低頭看總譜。她的姿態有點怪，站姿不太一樣。她的雙腿張得比較開嗎？是這樣嗎？團員們都在等。他舉起雙手，團員齊一吸氣，然後開始唱。

米蘭轉向女高音們，這時一頭象出現在她們後方。他失手掉了指揮棒，膝蓋發軟。他繼續單手指揮，然後挺直身子。教堂裡怎麼會有一頭象？是惡作劇嗎？不，不。他最初的衝動是停下一切，將團員們帶開——讓出空間給那頭象。

他努力控制拍子。他在加速——他知道自己在趕拍子。**慢下來**，他告訴自己，**持續呼吸。然後慢下來，停止冒汗**。儘管清晨四點的教堂如此涼爽，他依然感覺得到腋下汗溼。他應該停止指揮，將團員們帶去安全之處。但如果是音樂讓那頭象保持平靜的呢？牠看似呆愣著。或許音樂有什麼催眠的作用。

米蘭逼自己看著那頭象，彷彿象也屬於一幅較大的圖像，其中還有小小的合唱團、一間三百年歷史的教堂、莫札特的鬼魂，以及一位名叫伊莎貝的暴怒女高音。關於冒出一頭象這件事，他決定自己什麼也不要做。團員們的注意力都在他身上，專心致志要把《羔羊》唱好。象似乎在聆聽音樂。如果上帝正在傳遞什麼訊息給他，他未能領會。

七月九日清晨四點十五分——莎兒

莎兒聽見哀悼的詩歌，於是走上前，踏出黑暗，進入光亮之中。她聆聽《羔羊》那令人憂煩的起起落落，搖晃著。她知道這是某種哀悼詩歌，但跟她所知的一切都有所不同。她徹底迷失在音樂之中，這時第一幅影像閃現——一頭較大的象在她面前癱倒。她瞪大眼，心臟怦怦跳；她退後，遠離她腦中的畫面。

那頭象倒下，慢動作、拖得極爲漫長，緩緩屈服於大地。

倒下的是她的母親。

但象不倒下的。

她的母親卻倒下了，身體撞擊大地，塵土飛揚。

好多塵土哪！

然後是一幅清晰的畫面，可以看見她眼裡消逝的光——驚詫、悲傷、聽天由命——然後就什麼也沒有了。

那是母愛的悲傷，而悲傷的對象是她。

那是她的母親在說著，**本象對此離去無能為力。本象還有好多話沒說。本象愛她的孩子。**

四周的其他象紛紛倒下。

空氣中的塵土厚重而駭人。

莎兒退離合唱團——再次後退。她不想要這些畫面，但它們持續閃現，恍若閃電。

她腦中響起第二母親米拉的聲音。**象從不遺忘。他們把回憶像體重的一部分一樣帶在身上。**

為什麼本象看見這些東西？

象帶著回憶。

現在，一頭新生小象躺在母親身旁，身下看似一小汪血泊。幼崽又怕又困惑。更多象倒下，她文風不動。

這是那河嗎？如果這就是那河，那本象不想要它。

這是一頭象的回憶。

象群為何不阻止？象群應該殺死造成這件事的東西。

沒那麼簡單。

為什麼沒那麼簡單？

因為殺戮者不用靠近就能殺死象。他們可以站在遙遠之處，用根棍子一指，象就死了。

她無法離開她的母親。她不要離開她的象群。這是她唯一所知。她靠著母親倒下的身體，看著其他遭屠殺的象。天空蔚藍——儘管揚起那麼多塵土，天空依然是一片刺眼的藍。死亡聽起來像雷鳴，而且如此突然。莎兒靠著母親等待。

滿心害怕、渴望那河但又遺忘該如何抵達的是人類。是他們殺死她的象群。他們殺死她的母親。

一股恐懼沿她的脊骨流竄。莎兒左顧右盼，接著望向合唱團後方。她的四周都是死去和瀕死的象，死亡很快也會找上她。有血的味道。什麼也做不了了。她看不見死亡，但知道它就在那兒。她在等死。她待在母親的身體旁，不懂四周發生了什麼事。血好深沉，並非紅色，而是黑且黏稠。

睜開眼，孩子。別屈服。

名為莎兒的象時候未到。還不是此象的時候。此象才剛開始一趟旅程。此象必須睜開眼！

緩緩地，合唱團的和聲才穿透莎兒的幻象。她並不在殺戮場上。這裡沒有死去的象，她也沒在血泊中靠著母親的身體。

莎兒聆聽、看著合唱團的哀悼詩歌將其悲痛裝滿這棟建築。

七月九日凌晨四點十六分——米蘭

米蘭引導團員們順利唱完一個拉長的延音——他舉起一隻手，而他們唱。他們已經唱超過一半了。在短暫的一瞬間，他懷抱著一個想法，這場清晨彩排或許都是他在作夢：合唱團、教堂、燭光，尤其是那頭象。他或許還在家裡，跟達妮齊卡一起在床上睡覺，透入臥房內的城市黯淡藍光是種慰藉。在這場夢裡，他或許並沒有和伊莎貝．布斯托斯外遇、渾然不知伊莎貝的人生細節。他們之間沒有尷尬——她沒有在迴避他。那象呢？除非這是夢，否則一頭發育完全的象不可能就這麼站在聖尼可拉斯教堂的中央聽合唱團唱歌。然而偏偏就是有一頭象站在聖尼可拉斯教堂高聳穹頂下的合唱團後方。

他心裡的一小部分領悟，如果象眞有可能在這教堂裡，那麼或許萬事皆有可能。

《羔羊》唱完後，團員們鼓掌，因爲他們明白自己方才進入了美的境界，而這永遠都值得掌聲。有些團員眼裡有淚。他們對自己的表現很滿意，也理當滿意。他們渾然不知方才有頭象在這裡，而象已經完美融入燭光之外的黑暗中，彷彿牠不曾來過。

這會兒，她不是很確定是不是眞要回西班牙老家了。或許她會等到她告訴米蘭她要離開之後。她將觀望，聆聽，看看布拉格是否有她和她孩子容身之處。

伊莎貝嗅了嗅。她畫了一個正圓的緩緩轉過身，她的身體跟著她的頭。空氣中有股動物的麝香味。她知道懷孕會影響女人的感覺，但這太荒謬了。這味道是恐懼和汗水——還有某種野性的東西。

米蘭的視線落回總譜。他讓寂靜延續，最後終於清清喉嚨，並說：「再一次，從頭開始。」團員們帶著發顫的熱切看著他，準備在他的指揮下再次歌唱。

七月九日清晨四點二十分——莎兒

莎兒略爲往前，接著畫過一道弧線退回黑暗中。她不想要血和塵土，她也不想再聽見第二母親米拉的聲音。她又累又渴，而且還很餓——她受夠了，而一如所有象，她需要繼續前進。

來到街上，她想起母親側躺在地上，呼吸幾乎完全消失。成團塵土懸滯空中拒絕落下。

當本象離去，妳立即逃離此處。找到新象群——告訴那些象這裡發生什麼事。講述這裡的故事。身為你母親的本象要妳活下去。現在跑吧。趁著塵土依然飄揚。跑吧，趁著他們看不到妳的時候。跑！

七月九日清晨六點十分——伊莎貝

伊莎貝不知該作何感想。米蘭凝視著她，那目光令人不舒服。她決定迎上他的視線。論及開誠布公談尷尬之事，她可不比他們遜色。不過當她與他四目相交，她看得出他有什麼不一樣了。才區區數小時過去，他的眼神已經改變了。

她的信仰向來不虔誠——她回家鄉拉索雷亞時會和母親一起去教堂，不過當她在布拉格，除非是在合唱團表演的時候，否則她都遠離教堂。現在看著他，她確定米蘭在教堂內發生了某件事。他可能見鬼了。同樣地，也有可能是因爲音樂、音響效果，或是教堂那紋理深沉的歷史。他受音樂打動；他們都被打動了。

這次彩排很成功，他們都對即將到來的演唱會信心滿滿。他們收拾東西，走去餐廳吃早餐。米蘭很安靜，看似進入了自己的內心世界。他帶著困惑的微笑坐在他的合唱團邊緣——彷彿看他們吃早餐令他感到喜悅。他通常會發表一段坑坑巴巴但迷人的演說，感謝他們的付出，以及答應這麼早出來彩排，也感謝餐廳專門爲他們提早營業。不過今天早上，米蘭將這任務指派給資深團員迪米崔。

他沒在看伊莎貝時，換她看著他。這不是她所認識的那個米蘭。少荒謬了，她告訴自己，**這還是那個堅持自己能夠同時以相同方式愛兩個女人的男人。他要嘛在妄想，要嘛就是蠢**。

早餐期間，米蘭的手機震動。他查看來電者，告退離席，走到陽臺上。

「芭洛瑪，」他說，「妳會來聽演唱會嗎？」

「我沒睡。完全沒睡。我還沒睡。」

他沒聽過姊姊用像這樣的語氣說話。她聽起來醉醺醺又茫茫然，語速較平時慢。

「什麼意思？妳沒睡？」

「我昨晚有個訪客。」

她遇見了某個人，終於啊，然後她跟那人度過了狂野的一夜。所以她才沒睡。還是說是糟糕的訪客——不速之客？

「妳沒事吧？」

「對，我沒事。不過小姐壓扁了傑克的車，他的捷豹，整個報銷了。」

小姐？她剛剛是說小姐嗎？

「什麼？傑克的車？誰幹的？」

「一頭非常大的大象踩了上去。」

不可能有兩頭象在布拉格街頭遊蕩。她說的是他的象——對他點頭然後消失的那頭。

「妳喝酒了嗎？」他還沒準備好告訴姊姊他也遇見了那頭象。

「對，但只喝一點。有沒有喝酒又有什麼差別了？就算我醉得跟水手一樣，也改變不了有一頭象的這個事實。我給她水，她的美和悲傷是她給我的回報，我覺得她喜歡我。我覺得她認可我。這種事可不是天天有。」

「我相信妳。」米蘭對自己微笑。他越過河流眺望霧濛濛的城市。街燈是潛伏在霧中的鬼魂。「妳沒事吧。」

「沒事。只是……我一定要找個人說說那頭象的事。」

他再次考慮告訴她，他也看見了同一頭象，但有什麼意義呢？讓她擁有那頭象吧。那頭象也以某種方式認可了他。牠聆聽、搖晃，然後在音樂結束時離開。**別試圖在那頭象身上找尋意義。那是一個完美的祝福。**

「妳跟傑克說車的事了嗎？」

「去他的傑克。他跟一個二十五歲的大奶妹住在一起，而且他們就要有小孩了。他跟一個即將爲他生下孩子的孩子住在一起。他爲了一個性發育成熟的性愛玩具離開我。傑克是個膚淺的爛人。」

米蘭知道那個性發育成熟的性愛玩具，不過寶寶倒是新聞。

「我的按摩師告訴我小孩的事。想像你的按摩師跟你說那種事。請告訴我你原本不知道。我今天早上會簽字。他要離就離吧。他可以來開走他的報廢垃圾捷豹。他以後不能停這裡了。」

他想像跟傑克說車的事時會是什麼情景；傑克對那輛車又愛又寶貝，姊姊談的時候應該會樂在其中吧。

「他出城了。大概是去俄國的哪裡吧。他打電話來時我再告訴他。」

「所以妳今天早上不會來卡魯夫橋囉？」

「我要喝完這瓶酒然後去睡。醒來後，我會簽好離婚協議書，走去郵局寄出。」

七月九日清晨六點二十分——米蘭

米蘭和團員們在聖克里斯多福雕像附近集合。他的眼裡只有伊莎貝，除此之外幾乎誰也沒看見，而她幾乎沒表現出知道他在這裡。他頗確定自己明白她在爲什麼事心煩。她想當他生命中的唯一女人。他不曾隱瞞自己同時愛他的妻子和伊莎貝。但伊莎貝的冷漠爲何如此令他心煩？他受不了她生氣或疏離。他們之間的距離令他心痛，一種出乎意料的劇痛。

他因爲妻子的力量與獨立而愛她，還有她的天賦、熱忱與紀律。她獨立到幾乎像是完全不需要他。伊莎貝則是容許他看見她的缺陷、軟弱與需要。

他要團員們開始唱讚美詩，他們慣常的暖嗓曲目。他們將反覆唱四次。

她現在看著他了。終於。他看見她眼裡的善意——溫柔。她奇蹟般不再生他的氣了。合唱團歌唱，他卻只聽見伊莎貝的聲音。

伊莎貝試著想像如果達妮齊卡發現米蘭將和另一個女人生下孩子會是什麼感覺——她還是覺得知道他妻子的名字這件事很討厭。他們的婚姻會因爲這消息而畫下句點嗎？**我們都置身一場強辯的戲碼之中**，她想著。她不介意跟已婚男子上床——尤其是這一個。只不過，寶寶把每件事都變複雜了。

她覺得自己看見達妮齊卡站在橋的另一邊，擠在大約一打人後面，她大吃一驚。確實是她嗎？她爲什麼在這裡？她是來聽合唱團表演的嗎？她只見過她幾次，在演出時的觀眾席和合唱團的耶誕派對。隨著人群動來動去、從旁走過，她只短暫瞥見她。她在好後面的地方——彷彿在躲避什麼。

伊莎貝將注意力拉回米蘭和象身上。等等。一頭象？沒錯，越過米蘭的右肩，她可以看見一頭巨大的象站在臬玻穆的聖若望雕像附近，矗立在一群人前方。橋上怎麼會有一頭象？

這頭象是橋的慶生活動之一嗎？有個女人在象和合唱團之間跳舞——身影忽隱忽現。她隨著他們的音樂而舞。她看似僅著睡衣。剛開始，伊莎貝以爲那是個瘋人，但她很快便領悟人家是位舞者——她的手臂劃開空氣，彷彿正在飛行，彷彿重力不再適用於她。**這女人是個芭蕾舞伶，或是佛朗明哥舞者。或兩者皆是。**

伊莎貝又盯著象看。梟玻穆的聖若望雕像看似在守衛那頭象——從底座低頭看著牠。伊莎貝並非不迷信。只要適合她的心情，或是她一時的興致，無論什麼樣的迷信她都會毫不怕羞地深入了解。她曾多次摩娑描繪梟玻穆的聖若望被拋入河中的那塊牌子，**求好運**。另外有塊牌子標示出他被拋下河的位置，而同樣爲了求好運，她也曾將手放這塊牌子上。這是布拉格歷史中陰森的一頁，但她來自西班牙，這樣的暴虐對西班牙人而言只是小兒科。

他們開始唱《羔羊》時，米蘭沒看見那個提著水桶的年輕人一面潑濺一面走過去，也沒看見那個從觀眾之中走出來，穿著內衣開始跳舞的女人。他的一顆心只在伊莎貝身上。

《羔羊》最後一個徘徊不去的音符末端，米蘭微笑著。他沒看見象退後撞上梟玻穆的聖若望雕像，也看不見雕像頂端滾落河中。他聽見身後傳來碰撞聲，隨後是零零散散的掌聲。

卡魯夫橋立刻陷入混亂，伊莎貝不知道該往哪裡看。人群呼喊尖叫奔跑，象直朝合唱團衝來。牠奔向她，而她動彈不得，沒辦法要自己動起來。象迎面而來，兩位團員慌忙避開牠的路徑，一路衝到橋另一邊的安全之處。

沒時間思考。伊莎貝原地凍結。然後米蘭來了，他的手臂還住她的腰，抬起她，將她抱開。象擦過他的背，將他們雙雙撞倒。他們一起躺在冰冷的卵石地上。他呻吟著站起來，對她伸出他的左手。

「等等。」她說。

「怎樣？」

「等我一下。我好像不能。不能。不能呼吸。」

「妳受傷了嗎？」

「沒有，米蘭，只是喘不過氣。被撞得喘不過氣。」

「抱歉哪。只是妳不躲開，然後……」

「我動不了。」

他將左手伸到下背稍稍按摩一下。

「妳嚇到我了。」他說。

「那頭象才嚇到我。我們都看見牠在橋上。你背對著牠。」

「你們都看見了？」

她的呼吸略爲平復。「牠看起來無害。」**他有什麼不對——站姿歪斜。**「我以爲牠也是活動的一部分——馬戲團或魔術表演之類的。」

「牠被什麼東西嚇到？」

「不知道。」她說。「好丟臉，我居然嚇呆了。」

「妳沒事，對吧？妳覺得妳現在能站了嗎？」

她要回西班牙老家了——去跟她母親住，去生下她的寶寶。**她的寶寶。她的寶寶**，不是我們的寶寶。她不會告訴米蘭，就算過一千年也不說。一萬年也不說。就算她像梟玻穆的聖若望一樣遭受酷刑、被拋入河中溺死，她也不會說。

「伊莎貝？」他彎腰，伸出手，一心想扶她起來。

「我懷孕了。」她說。「我懷了你的孩子。」

「妳什麼？」

他的表情！他很痛。他的肩膀有什麼不對。右手臂。他受傷了。「我現在要起來了。」

「妳剛剛說什麼？」

「我現在要起來了。」

「在這之前。」

「我懷孕了。」她碰觸她的側腹。「你是我唯一的愛人，所以我很確定孩子父親是誰。」

他看起來被逗樂了，滿心歡喜，而且震驚。她想像她剛剛朝他人生投下的炸彈爲他帶來巨大又複雜的混亂，而他正努力理出頭緒。「等等。」他說。「或許我們該等等。我倒在妳身上。是不是該找個醫師幫妳檢查一下？」

「我沒事，米蘭。但是你的肩膀呢。你受傷了。」

「別管我的肩膀了。我擔心的是妳。幾個月了？」

「這不重要。你可以全身而退。我要回去西班牙老家生下我的寶寶。」

他拉她起來時皺著臉。「妳是指我們的寶寶。」他說。「妳爲什麼要去西班牙？」

「我們的寶寶？」

「對，我們的寶寶。」

「那是你要的嗎，米蘭？你想要我們的寶寶？」

他眼裡有淚，而她不知該作何感想。

肯定比這一刻更複雜。她讓希望進入，讓它流淌她全身。當她抬起頭看他，天空是一片旋繞的珍珠灰和白鑞色，聞起來有雨的味道，整個布拉格美得不可思議。

七月九日清晨六點三十二分——橋

達妮齊卡擔心她的哥哥。尤賽夫那通關於跌倒進醫院的電話令她擔憂。他說得不痛不癢，但他向來喜歡輕描淡寫帶過——他口中的小割傷可能需要縫上十幾針，牙痛很有可能是膿瘡，小小的不開心則意味憂鬱到底……她試過打電話，但他沒接。她傳了半打訊息，努力維持語氣輕鬆，才不會顯得她又在嘮叨。

她也擔心她即將失去她的丈夫。米蘭的父親有情婦，他的祖父也有情婦。他們聊過這件事。妻子們爲了維持不穩定的平衡而容忍情婦們，而米蘭丁點也不想重蹈覆轍。他曾熱烈地如此直言。他們認爲討論這段情婦的歷史是一種幸運符，可保他們平安。米蘭不會追隨家族中的男人們。那條線到他爲止。但這又代表什麼意義？如果他摒棄收情婦的想法，他會離開他的妻子嗎？**許願時要小心哪**，她告訴自己。

達妮齊卡最近覺得跟他有些疏離，擔心是不是自己曾做錯什麼，或是最近有什麼不妥。

她不喜歡感覺跟他那麼疏離。她想要知道她對米蘭的愛是一種不變、不可動搖的東西，如果那份愛有絲毫變動，那也只是變得更多層次、更複雜、更豐富。

她的計畫是站在觀眾的遠遠後方，像這是第一次一樣看著米蘭——看看過去的火花是否依然在她心中。她想在他身上找尋他移情別戀的蛛絲馬跡。或許，如果她能想像自己不認識他，她就能辨別自己是否依然想要這個男人。不過她還是要先在橋上找到她的弟弟。她料想弟弟應該又來橋上了，因爲他很頑固，也因爲他愛他的工作。她經過一尊尊繃著臉的雕像和灰白色的天空。霧氣懸在河上，橋的另一端隱沒在升起的霧中。三隻野豬旅館就在霧中的某處。她曾和米蘭一起留宿其中。

來到橋中央，她看見一頭象。牠看似聳立於人群之上。她倒抽一口氣。她那清晨的腦拒絕接受這頭象的存在。她在作夢嗎？她或許是夢見了跟弟弟的那場對話，還有對自己婚姻的憂慮，現在則是夢見這頭象。

站在她身旁的女人嘗試幫象拍照，失手摔了手機，她脫口而出：「他媽受難的耶穌啊！」因爲某些原因，這句咒罵讓達妮齊卡認清這頭象確實存在。這個可憐的東西看起來很不安，愈來愈多人擠在牠前面，而牠朝雕像後退。牠多半不懂自己置身何處，或是何以至此，或是所有這些人想對牠怎麼樣。這頭象令她莫名快樂。這是一個編入尋常一天的魔咒，一道沒有解答的謎，一首屬於一場戀愛的歌。她不知道自己目瞪口呆在那兒站了多久。好一會兒後，她終於環顧四周找尋她的弟弟。弟弟在人群中的某處，她就是知道。

到這個時候，聚集在象四周的人群已經增長到寸步難行的地步。她會猜現場有幾百個人。

達妮齊卡擠過人群。如果弟弟在這裡，她也只能碰巧看見他。或許他會先注意到她。她保持安全距離站在象和合唱團之間，因此能夠觀察米蘭而不被他發現。

在因象而群聚的人群和合唱團之間，一名女子開始跳舞。她身穿絲質睡衣。達妮齊卡想看著她的丈夫，同時也受舞者吸引。她好不容易逼自己專注於她的米蘭。她愈是看，就愈覺得不安。要是她根本不認識這名正在指揮合唱團的男子呢？要是她不知道他喝太多之後怎麼打呼，或是三杯紅酒對他來說就算喝太多呢？或是他喜歡在週日早晨泡在浴缸裡閱讀，喝掉一整壺法式濾壓咖啡？成長的過程中，他母親堅持他每週和她一起參加彌撒三次，而他就是在那裡慢慢愛上人聲。他可以在幾秒內單手解開胸罩，隔著洋裝或襯衫也沒問題。他這個愛人因爲無比細心而顯得慢吞吞，有時對她來說太慢了些。做愛後，他喜歡談重要話題——不是生活瑣事，而是像上帝、死亡和音樂這種重要話題。他變得對他人或許可能覺得奇怪的事物入迷，像是指甲旁的肉刺、坐在窗裡的女人、白色絲質內褲、火星的圖片、絨鼠。他覺得自己過重，將會厲行幾段時間的無碳飲食。他二十二歲的時候，曾在巴黎的一場音樂會後和作曲家阿福・佩爾特一起喝酒。

達妮齊卡搖頭。她覺得他獨特的站姿很迷人——他自信滿滿，看似對自己的身體完全自在。就算他是個陌生人，她也會樂於和他交談、一起喝杯酒，欣然接受和他建立關係的機會。

他沉浸於音樂中，但似乎直勾勾看著一名團員：前排那個髮色膚色俱深的女子。達妮齊卡看著，感覺到她丈夫和這女人之間有某種連結，因爲她的表情毫不動搖，而且深情。她的丈夫帶領著合唱團唱這首曲子，然而他眼裡只有這個女人。

她的心臟眼看就要破胸而出。或許這個女人——她想不起她叫什麼名字——就是她和米蘭偏離彼此的原因。這名女高音陷入愛河。米蘭和這位大奶團員有染。耶穌基督啊。她想離她丈夫和這女人遠遠的，遠離這座橋，遠離合唱團的歌聲。她轉過身，眺望河流。她想找個洞穴像隻冬眠的熊一樣蜷縮起來——在那個洞穴內，她將放慢她的心跳，直到心臟幾乎完全停止跳動。她那無用又愚蠢的心啊。她不會回家。她的朋友在斯捷潘斯卡（Štěpánská）有間公寓。在那瞬間，她想過跳進河裡游走，隨波逐流，在北海清空她的一切。或許有座小島，她可以在那裡重新開始，在那裡學說瑞典語或丹麥語。

象咆哮，人立而起，聳立於人群上方，達妮齊卡看得出牠有多巨大。牠劇烈搖晃牠那龐大的腦袋，瘋狂地來回甩。當牠開始擠過人群，那過程看起來彷彿慢動作。不過很快地，象轉而全速衝刺，擋在牠前方的一切都被牠推開，或是踩在腳下。**有東西在追牠**，她心想，**天啊！**象擠過橋上的人群，達妮齊卡快速爬上胸牆，緊緊抱著燈柱。牠跑得好快。

她躲避處的前方幾米，有個男人從人群中站出來，走到象的路徑上，一面揮動雙手一面喊著：「莎兒！莎兒！莎兒！哇噢，莎兒。」

「嘿！」她大喊，就在象即將踩上他的那當下，達妮齊卡飛躍回橋面上，伸出手拉住他的袖子，盡她所能用力拉扯。他倒向她，她則朝前一歪。

達妮齊卡周遭的一切轉暗，變得寧靜。沒有煩憂了。沒有跟她丈夫有染的大奶團員。沒有合唱團，沒有象，也沒有橋。那黑暗溫暖而柔軟。她覺得自己在微笑，但沒辦法確定。她沉入徹底無光之境。

當她睜開眼，疼痛彷彿一隻坐在她胸口的龐然怪物。她的右肩不在該在的位置，而且她只能短促地吸氣、吐氣。她躺在地上仰望上方。揮手的那個男人跪在她身旁。「發生什麼事？」她低語。

「那頭象。」

「我不能……不能呼吸。」她呻吟。

「妳會沒事的。」

她看見他表情中的懷疑。他在說謊。她不會沒事。「那頭象……不停。」她說。「你為什麼……試圖阻止牠？」

「我在動物園工作。我以為她會為我而停下來。」

「我的胸口……不太對。」她皺起臉。感覺像是那頭象就坐在她胸口，她的肋骨被壓得穿過她的背刺入地面。

「躺著別動。很快就會有人來幫妳。」他折起他的外套塞到她的頭下方。

她必須專心呼吸，不能想米蘭和那個團員。或許她誤判了她方才所見。她沒有證據。一個表情不代表任何意義，感覺就更別提了。或許他們都愛音樂，僅此而已。她的直覺也曾出錯。

她開始恐慌。疼痛變得更巨大，她的呼吸變得更淺薄，而且她覺得頭暈。「我會死嗎？」

「什麼？不會。妳只是被稍微撞了一下。妳會沒事的。」他站起來，來回掃視橋上，在找些什麼，但沒看到他在找的東西。

「被一頭象踩過。真想不到啊……太出乎意料了。」她哼聲說道。

「聽著，我現在要把妳抱到橋尾去。我們必須送妳去醫院，我只想得到走那邊才能儘快把妳送去醫院。」

「醫院？」

「對。應該要讓他們幫妳檢查一下。只是以防萬一。」他一手鑽到她膝蓋下，另一手則是她的肩膀後。他將她抱起的中途，她忍不住呻吟，感覺自己幾乎就要滑落。

他邁開步伐。「我們去橋尾搭計程車。」他說。

她不知道要花多少時間才能走到橋尾，不過聽見門碰地關上時，她睜開眼。褐灰色的鑲板，松木味的空氣清新劑。他厲聲對司機喊：「最近的醫院，快！」

達妮齊卡靠著陌生人哭了起來，因爲她胸口和肩膀的疼痛，也因爲她想起米蘭可能出軌了。

「妳會沒事的。」那男人說。

「你一直這麼說。眞話。告訴我眞話。」

「一頭五噸重的象從妳身上踩過去。我不知道有多糟……」

她閉上眼，幾乎聽不見他說話。**他在說什麼**？

「事實上，她的體重稍微超過五噸。我們上週幫她量過。她的體重一直在增加。」

「噢，天啊。」她說。

「這會是一個好故事。有一天，妳可以告訴妳的兒子，還有妳的孫子，跟他們說說妳在卡魯夫橋被一頭五噸重的象踩過去的那一天。」

她現在呼吸時有咻咻聲。

「我是瓦夏。」他說。「謝謝妳把我拉開。」

「達妮齊卡。」她說。

司機忽然轉入一條開放的車道，猛踩油門，一輛車對他們按喇叭。

「我們就要有孩子了。」瓦夏說。「我跟妳說過了嗎？」

「我們？但我結婚了耶。」

「什麼？不是啦——我是說我妻子和我決定要生孩子。如果是女兒，我們會叫她達妮齊卡。」

要是她有辦法完整吸一口氣就好了。她短促地猛力吸氣三次。「那男孩呢？」

距離醫院幾個路口外，瓦夏握住她的手。她的呼吸變得不穩定，而且現在吸氣時有咯咯聲。計程車司機在不過度魯莽的前提下推向極限。瓦夏抱緊達妮齊卡，她才不會在後座被甩來甩去。他拚命將她固定住。

咯咯聲聽起來不妙。這證明她依然在呼吸，但出了嚴重的錯。

外面的世界太快了，車內的世界則是令人頭昏又緩慢。達妮齊卡希望她的小弟平安。**小——**她已經好幾年不覺得他小了。但他是她的小弟。如果他在橋上，那他可能也受傷了。不過她現在不能爲他擔心。她必須活下去。她試著捏捏瓦夏的手。她想起在橋上看弟弟表演的情景——他是怎麼讓觀眾相信他正站在高聳辦公大樓牆外的窄小空間。他好笑又嬉鬧，同時也感到害怕，而觀眾與他同在。她記得她很擔心，不希望他摔落。**說到底，他為什麼要在那個牆外的窄小空間扮小丑**？她應該告訴他她有多爲他感到驕傲的。她應該更常那麼做。

瓦夏腦中的故事水閘開啓。繆思女神就跟他一起在這後座，給他一個又一個故事，而所有故事同時說話，每一個都試圖比另一個更醍醐灌頂。故事大爆發。重負脫離他的身體，橋上的所有人在他眼中都是美麗的角色。他們是許許多多故事。他能夠看見敘事的弧線像彩色細繩一樣交叉畫過橋上，延伸到空中。處處有故事。他只需要觀看、聆聽，然後問：**要是……會怎樣**？橋上的舞者化身爲受過正統訓練的芭蕾舞伶，職業是異國舞者。一個哭泣的女人跟一名戴小丑鼻的男子坐在一起，這裡則是倒轉的灰姑娘童話。這個女人被悲傷弄得筋疲力竭，她最後將會拯救這個無比渴望在她身邊陪伴她的男人。

計程車轉過一個彎，速度幾乎太快，他們擠到門邊。達妮齊卡呻吟。**時機不對啊，繆思**

女神，他想著，走開！

繆思女神不屈不撓，繼續給他源源不絕的故事。合唱團裡的女人捧著自己的肚子，彷彿在保護著什麼。她不會是他小說中的主要角色，但地位依然重要。她將生下孩子，但那父親很複雜。這位孕婦或許不喜歡混亂，但她的人生眼看就要變成一幅詭異的畢卡索畫作。最後，一部分的瓦夏飄浮在計程車上空，看著一個男人要一個很可能剛救他一命的受傷女子握緊他的手；他們正搭計程車趕往醫院。他看了一會兒，彷彿他並不置身其中。假以時日，這也有可能成爲一個故事，開頭的句子是**握緊我的手**。但現在時機不對！

他朝上瞥一毫秒，翻了翻白眼，想著，**繆思女神，滾開。沒開玩笑，看在上帝份上，馬上滾。走開，改天再回來！**

他全神貫注於達妮齊卡。當她的手在他掌中變得軟綿綿，他用力捏，希望感覺到她回捏、握緊生命，將他的活力傳回來給他。

PART
05

THE ELEPHANT ON KARLUV BRIDGE

達妮齊卡死了嗎？我知道許多事，但並不知道這個問題的答案。你只能自己決定。我們離開他們的時候情況看起來不妙，但沒有必然的結果。許多人走過這條橋，談論生命的必然：死亡與稅。這可能是個笑話，因爲我就想得到更多必然。舉例來說，我想應該可以加入一個關於靈感的必然——繆思女神非常不會看時機。這是必然，對吧？靈感總是在最不恰當的時機迸現？我看多了。無論如何，在那輛計程車的後座，故事在瓦夏腦中誕生，而且瑪塔頗有可能已經懷上孩子了。讓我來預言一下。瑪塔將誕下女嬰，他們會將她命名爲達妮齊卡。但這裡並沒有從此過著幸福快樂的日子那種結局。這只是一個預言。

米蘭的妻子在一場與象有關的意外後悲劇性過世，這必然將爲他解決一個問題。假定魯本斯風格（Rubenesque）[48]的伊莎貝．布斯托斯即將爲他生下孩子。不過小說（如果可以把這個故事謎當作一部小說）沒必要次次都把所有小細節好好收尾，對吧？不知道所有事也沒關係。聽著，無論達妮齊卡發生什麼事，我隱約覺得米蘭應該會安然度過這場混亂。但我這是在做什麼？你並不需要前一個段落的重點概述。只是，我無法理解米蘭怎麼會宣稱自己同時愛兩個女人。他說他愛伊莎貝，然後當然了，他告訴伊莎貝他愛達妮齊卡。有哪個女人會停下手邊的事並對自己說：**我與兩個男人相愛？或是我跟兩個人相愛？**或者，遇上愛情時，女人總是堅定又專注？

讓我來問個問題：人類能夠同時愛另外兩個人類嗎（那種瘋狂、浪漫的愛）？愛能夠分成兩半——或是切成三份或更多嗎？把這個問題放在心裡，收好暫時帶在身上。身為一座橋，我對愛的經驗有限。一七四二年布拉格圍城時（我在這之中只勉強倖存），有一個因為飢餓而發狂的年輕男子。我短暫愛過他。當然了，還有我的痲雀——薺達・弗拉貝茲，我確確實實愛著她。這兩次春心蕩漾相隔數百年，因此對不同人同時懷抱浪漫愛意，這種事對我而言有點牽強。

夠了。關於象的溝通方式，有些事你應該要知道。舉例來說，你知道象能夠透過地面傳遞訊息嗎？史丹佛大學（Stanford University）的幾位科學家在二〇〇一年走過我的橋面時一

註48：Sir Peter Paul Rubens，巴洛克早期代表畫家，以反宗教改革的祭壇畫、肖像畫、風景畫以及有關神話及寓言的歷史畫而聞名。除此之外，魯本斯亦常描繪豐滿肉感的裸女，此處的魯本斯風格一詞即特指此。

面討論這個話題。他們說象能製造一種「隆隆聲」，其中含有一種次聲波的頻率，意思是人類聽不見。這些隆隆聲透過大地傳遞，其他象能夠透過牠們的腳感覺到這些震動，因而知道附近有危險，或是食物，或是水，或是愛。好了。現在，你閱讀接下來的部分時就不會迷失了。當你看見「隆隆」這個詞，你會知道這並不是在說打雷。

看到了吧？我只是在努力做這件無比簡單的事——將你平安從河的一岸送到另一岸。*Ad meliora.* 49

某個又快又閃亮的東西沿路而來，很快地減慢，然後發出一陣刺耳的巨大聲響。那東西在她身旁轉彎，而象繼續前進。她進入一條通道，跟隨鼻子的帶領，而通道彎曲繞開街上的危險。她會透過大地送出訊息，讓象群知道這樣的危險。不過象群在河的另一邊——他們聽得見嗎？她無論如何還是會試試，因為有些象可能跟著她來了：可能是莉芭，或是奧佳，或是拉朵絲。多半不會是拉朵絲——她連自己的影子都怕。覺察的阿納絲塔西雅或許可能跨過牆上的裂縫——她會對這開口和開口之外的空間感到好奇。

本象有一個理論。一天早上，他們在等早餐送來時，覺察的阿納絲塔西雅這麼說道。**諸**

象心中都有一股巨大的哀傷。這地方的象都帶著這東西，一種根深蒂固的悲哀。

莎兒覺得困惑，因爲那天早上她並不覺得難過。妳認為名為莎兒的這頭象也有這種哀傷嗎？

有。諸象皆有。

象擺脫得了這種哀傷嗎？

不能。沒有解方。這種哀傷源自象天生不該被關起來。就算這些象不曾行走於起始之地，他們內在的某個東西仍知道此為事實。因此這些象的心中有巨大的哀傷。這是我的理論。

這應該成為一首詩歌。覺察的阿納絲塔西雅應該作一首有關這種哀傷的詩歌。

覺察的阿納絲塔西雅噴氣。本象不作詩歌。本象不自由。不自由的象為何要作詩歌？

不忠的道德雜技

七月九日凌晨三點十五分——托馬許．蘭姆

在凌晨的黑暗中，讓我們以一個名叫托馬許．蘭姆的男人，一個有道德問題的保鑣重新開始。他負責守衛一個女人；她最近剛發現自己懷孕，而且也有道德問題。你或許會很想

批判尤漢娜・法蘭柯，但她並不是壞人——比起空想，她其實更現實些，於是便以冷靜的堅忍態度接受懷孕的事實。啊，你終究會認識她，你也將對她的品格推演出你自己的了解。不過我還是納悶，當你開始閱讀這個篇章，你會不會在內心深處種下這些問題：**托馬許・蘭姆是個有道德的人嗎？尤漢娜・法蘭柯呢？要怎樣才稱得上有道德？**當然了，道德就是明辨對錯與善惡行爲之別。諸如此類。你以爲橋有辦法翻字典嗎？我之所以知道我知道的這些事，那是因爲我聆聽。我聽了超過六百年，而且我是非常優秀的聆聽者。我得知有千千百百種不忠、失信，以及不誠實。總之，這是你的回家作業：托馬許・蘭姆和尤漢娜・法蘭柯的道德問題。

針對這部分的故事，讓我來給你一點警告：你即將慢慢進入一個格外黑暗的地方。或許更精確來說，托瑪斯・蘭姆置身黑暗之地。總不能都是光明與喜悅，對吧？在你遇見他之前，我幾乎想跟你說個笑話。你可能以爲我一個笑話也不知道。我知道的可多著了。一匹馬走進酒吧，酒保問，幹嘛拉長一張臉？看到了吧？或是這一個：我妻子叫我別再模仿紅鶴，因此我得把我的腳放下來。我又沒說它們是好笑話。

耶雷尼街上，一家夜店外，一名男子從停靠的車輛之間走到馬路上，托馬許・蘭姆緊急煞車。男子在車前方摔倒，眼睛瞪得老大。他的手機車輪般滾過卵石街道，不過有點延遲，彷彿是被丟出去的。男子一隻手撐著引擎蓋站起來，怒瞪托馬許，接著走過去撿起手機。他低頭檢查，然後直直看著車子的方向。「你弄壞我手機。」他說。「你差點害死我，而且我的手機摔爛了。」

托馬許將駕駛座的車窗降下一半。夜店音樂的如雷節奏。遠方的警笛。一輛車從對向開過來。他微笑。「摔得眞是厲害。」

「你差點害死我耶，老兄！」

「你看起來沒事。」

「我的手機摔爛了。我要叫警察。」他又低頭看手機。「你的手機拿來，我才能報警。」

托馬許嘆氣。不是第一次了，巴黎有過一次，米蘭也有一次。這個版本的假車禍沒那麼

註49：拉丁文，朝向更美好之物的意思。

優雅，不過只要目標正確，詐欺就有可能成功。飛撲到慢速汽車前方的女人效果比較好。擦傷的膝蓋上再來一點點血——眞假皆可，然後眼淚總是能夠略略增添眞實感。

豪華轎車後座，他客戶的妻子和她約會的對象繼續親吻。客戶妻子的安全是他的首要之務。跟她在一起的男人無足輕重。

騙子男更是一點也不重要。托馬許看著他朝豪華轎車走近幾步。他很高，一身肌肉；褲子的右邊膝蓋扯破了。托馬許不想鬧大。他升起車窗，開走。騙子男開始吼了：「你應該給錢，老兄！你差點害死我。你必須付錢！你必須付錢！」這男人活像隻鬥雞，讓他想起在捷克軍隊遇見的一個人。他努力不在這個時候想起來。他不想回憶起非洲。

他想著他正在守衛的這個女人，尤漢娜・法蘭柯，以各種陳腐的方式來說，她有一種平凡的美，行爲舉止看似出自豪門，不過她說話的方式完全是另外一回事。這不重要。只要有需要，她能夠假裝自己是任何人。他沒立場批判。他只是個保鑣。

路上的男人用拳頭重擊車後。後座的客戶尖叫，托馬許停車，又將駕駛座的車窗降下一條細縫。「待在車上。」他說。

他打開門，下車，那男人差點沒微笑。

「現在要給錢了？」

「不，沒那種事。」托馬許快速靠近那男人，而他退後兩步。他又高又結實，但可能因爲藥物或酒精而失了氣勢。他說話時比正常速度慢，古怪地拉長字句。

「你弄壞我的手機。你差點害死……」

托馬許來到一米之內，撥開外套，露出臀側槍套內的克拉克手槍（Glock）。他讓那白痴看著他鬆開扣子。男人用力嚥了口口水，左右張望。

他用上他最壓抑的語氣，才不會驚嚇這男人。「離開。」他說。

騙子男快速逃離，托馬許回到車上時，他發現自己的雙手在顫抖。他辨識出這種失去控制的狂怒，想要傷害那個男人——這部分的他想要這男人攻擊他，他就能再次以暴制暴。托馬許發動車子。他有一股衝動，而他控制住它了。他可以聽見他的心理師在他耳裡低語：**造成我們對他人惱怒的所有事都能幫助我們了解自己。**

「那是怎麼回事？」

他在後照鏡對上尤漢娜．法蘭柯的視線。「一個老騙子。」

「我們沒傷了他嗎？」

「可能傷了他的自尊吧。」

二〇一五年三月十五日——托馬許・蘭姆，中非共和國

托馬許他們誤入中非共和國東南角奧博（Obo）外的一個大象盜獵營地，當時他是捷克特種部隊某小隊的中尉，負責帶領這個偵查隊。他們部署於此之前的超過十年間，象牙成爲了資助中非武裝集團的關鍵財源；托馬許和他的小隊負責壓制聖主抵抗軍（Lord's Resistance Army），但這個盜獵營並不在他們的雷達上。他們在營地邊緣遇上一名哨兵，這才知道盜獵營的存在。營地是一團血淋淋的混亂。六頭成年象剛遭屠殺，象牙取下後整齊地推成一堆。兩隻又餓又渴的幼象則被關在畜欄內。

聖主抵抗軍發現自己人數屈居劣勢，很快便棄守。七個男人丟下武器，等待十五人的捷克小隊確認該地點安全。托馬許發現屍體——四名公園管理人，兩個女孩——並肩排放在淺溝內。女孩年紀不超過五歲。他看得出她們遭射殺，但她們依偎著彼此，那模樣看起來彷彿只是睡著。其中一個女孩的手腕上繫著一條友誼編織手環，女性朋友會爲彼此編的那種。他踉蹌後退幾步，轉過身，把胃裡的東西吐得一乾二淨。他吐個不停，直到什麼也不剩。

他起身時，狂怒和憎惡跟著他一起起身。他料想聖主抵抗軍的人殺了象，然後也殺死負責保護象的公園管理人。但他猜不透誰會傷害小孩。什麼樣的人會殺死孩童？

他要人送食物和水給幼象，下令審問其中一名盜獵者。問一個小時後，故事浮現：這群遭指控的盜獵者來的時候營地已是如此光景，他們沒比捷克人早到多久。這名盜獵者受審問時顯得有些奉承討好。托馬許猜想他不是首領，但也不是最底層——他憤慨地宣稱自己無辜，想用他的故事打動他們。他們將這名無辜的盜獵者帶到其他人看不見之處，塞住他的嘴、捆住他，然後托馬許對空開了一槍。他們等待，當捷克士兵回來，沒帶著剛剛那名盜獵者，其餘盜獵者的焦慮程度彷彿化爲可觸摸的實體。他們的同志去哪了？這些士兵對他做了什麼事？托馬許手指另一名盜獵者，翻譯官從頭來過。又是相同的故事；他們也將這名盜獵者帶離他的同志。他們要他站在淺溝邊上，讓他看著死去的管理人和兩個死去的女孩，然後等待。「你有個機會立即拯救你自己。」翻譯官說。「眞相或是子彈，自己選吧。」

他告訴捷克人，他們爲了象牙殺了那些象，管理人來得不巧。他堅持自己沒參與殺人。兩個女孩是其中一名管理人的女兒——雙胞胎。他們在管理人的卡車後座發現她們。殺死女孩們不是他的主意。他自己也有孩子——一男一女。他跟殺小孩一點關係也沒有。他是因爲擔心家人才會來——他的妻小、父母、姊妹——如果他試圖離開軍隊，他們會有危險。就算他只是質疑命令，他的家人也得面對後果。他表示，這番供詞已讓他全家陷入險境。除此之外，他們這會兒失去了一小筆象牙財，他們也全部都有危險。

托馬許凝視翻譯官。「是這樣嗎？你翻譯得對嗎？最後那部分。」

「關於兩個女孩？」

「對，再問他一次。」

翻譯官照做。「他說女孩們之後才被殺。他說他試過阻止他們。」

「女孩們在他們殺死管理人之後還活著？不是某種失誤？」

翻譯官傳達問題，而盜獵者點頭。看來他們的首領不想為兩個哭泣的女孩心煩；除此之外，也擔心她們成為目擊證人。她們是需要收尾的線頭。

「問他哪個是首領。」

盜獵者說，是那個右手少一根手指的男人。

他們把第一個盜獵者抓過來，然後將兩人一起帶回夥伴身邊。托馬許看著他們窩回同志之中。現在很清楚首領是誰了。兩個男人都聽從他指示。就這群人所知，他們倆都緊咬事後才抵達的這套說詞。

七月九日凌晨三點五十分——托馬許・蘭姆

他們晚上十一點半左右抵達夜店，托馬許在吧檯附近徘徊，喝檸檬蘇打水，眼觀四面耳聽八方。他知道自己年紀太大，這地方的熟客不會對他感興趣，而這正合他意。尤漢娜跳舞、調情，她選擇的飲料是奎寧水加萊姆汁。這對她來說倒是一種改變。她在今晚之前向來喝香檳。她對一個男人特別感興趣，儘管他試圖說服尤漢娜來杯香檳，她還是堅持要奎寧水。

上車後很尷尬，因爲托馬許堅持細細檢查男人的身分證，跑一遍安全檢查，然後才願意開車。他在夜店裡已經幫這男人做過側寫，並沒有值得注意之處，不過在旅館裡幽會又是另外一回事了。這超乎跳舞。尤漢娜對安全檢查很不高興——她只想趕快走，男人倒是意外平靜。托馬許解釋爲何需要檢查後，他看似覺得沒差。他似乎太過用力表現得不在意，而這引起托馬許猜疑。但猜疑一切，甚至有些偏執，這本來就是他的工作。等待檢查的過程中，尤漢娜說她想來杯香檳。男人回夜店，帶著一瓶水晶（Cristal）香檳出來。他在車外碰地開瓶，上車後立即倒出兩杯。

尤漢娜咯咯笑。「啜個一兩口不會怎麼樣。」

蘇黎世辦公室核可這男人，托馬許在他的位子上扭過身子，交還身分證。「可以走了。

感謝您如此理解。」

他發動汽車，駛離夜店前的路邊，尤漢娜升起前後座之間的分隔窗，不讓托馬許看見，或是就她所知，不讓他聽見後面的勾當。她不知道後座裝了竊聽器。她也不知道，她和這男人在旅館房間裡時，他也會聽著。如果他沒有時時刻刻看著、聽著他的客戶，那他這保鑣還有什麼用。

他可能有點嫉妒他們的幽會。他已經記不得他上次做愛、吻女人或被女人吻是什麼時候的事了。

托馬許從萊騰斯卡街（Letenská Street）轉上尤塞夫斯卡（Josefská）街，駛向卡魯夫橋橋尾的旅館。尤漢娜對旅館很挑剔。必須是這間才行。她和她在夜店挑的男人這會兒在竊竊私語。他對她說她有多美，而她咯咯笑。

他將車子停入停車場，降下分隔窗。「請稍等一下。」他在櫃檯登記入住，進房後立刻布下兩個竊聽器，一個在床邊桌底下，另一個在浴室。

回到豪華汽車，他將房卡交給尤漢娜。「如您要求，四十五號房。我會待在這裡。」

「謝謝你，托馬許。」

他看著他們進入旅館大廳，走向升降梯。

「漫漫長夜哪。」他伸手輕拍側倒在副駕駛座上的咖啡保溫瓶。他不知道誰會在清晨四點煎培根，但那味道弄得他口水直流。他此時可以坐下來吃一大堆培根——培根和蛋，柳橙醬烤土司——不過主要還是培根。

他懷疑尤漢娜懷孕了，但這跟他無關。他沒立場對她的所作所爲指指點點。而且，尤漢娜向來待他不薄，沒像許多前客戶一樣把他當僕役。她問過他的人生，而且看似眞心對他的回答感興趣。她堅持要他喊她的名字，而非夫人，或法蘭柯女士。他剛開始稱呼她夫人，而她畏縮：「請叫我尤漢娜就好。夫人聽起來好老，活像個老處女。」

尤漢娜是否與人私通對托馬許來說沒有差別。他們從不談論她口中的這些「會面」。他前妻曾指控他跟人私通。他還去查這個詞的意思。她是對的。

托馬許對尤漢娜有禮而友善；他對所有客戶都是相同態度。他做他的工作，酬勞優渥。他的唯一責任是保護她免於受傷害，但他想像不出誰會想傷害這個即將成爲瑞士銀行家之妻的女人。不過話說回來，他也想像不出誰會想傷害大象，或是小女孩，或是狩獵監督員。他忍不住想著非洲，他在那裡的責任是確保派系不互相殘殺、濫殺無辜百姓，卻弄得荒腔走板。他在非洲的工作也是保護人命。眞好笑。

中非共和國的早晨絕對靜止；他記得自己看著染上粉紅色調的日出，納悶著這片天空在現代智人首度以雙腳站立、左右張望後的三十萬年以來是否有過任何改變。他在帳棚入口停下腳步，聆聽大草原緩緩展現生機：鳥語，鬣狗的歇斯底里笑聲，鳥群的嘎嘎囀鳴。

托馬許踢聖主抵抗軍首領的腳把他叫醒。他拉他起來，帶他走向淺溝；現在裡面空無一物——管理人和兩個女孩正在前往奧博的途中；到那之後，他們將被裝上飛機，飛往首都班基（Bangui）。他想過試著跟這男人談談，企圖了解這場殺戮，或是他怎麼有辦法殺死一頭象，更別提六頭。不過托馬許還來不及開口，那男人搶先以自大的必然態度對他微笑——這男人知道托馬許受一堆規定支配，什麼也做不了，只能逮捕盜獵者，將他們交給中非共和國警方，而中非共和國警方和聖主抵抗軍則是合作關係，將不得不釋放這些盜獵者。托馬許想著因爲錢財與槍械而被五馬分屍、丟在那裡腐爛的象。他想起兩個女孩彷彿睡著的模樣，也想起友誼手環。他有個年紀跟她們差不多的姪女。

他陷入大學學過的哲學孑遺之中。這不盡然算是電車問題：軌道上有輛電車即將撞死五個人，但你可以扳動操作桿，將電車轉移到另一道只會撞死一個人的鐵軌。所以你會怎麼做？殺死一個人？還是殺死五個人？要拯救幾條人命，犧牲一人才算道德正確？不，這不是電車問題，但很接近。無法保證這男人會再次殺戮，但可能性很高。如果托馬許殺死這名士兵，他很有可能因而得以保住多條人命。在那一刻，這交易看似公平得很，公道的交易。如果他讓這個醜陋的人類活，其他人會死。托馬許願意餘生都與自身行爲的後果共處嗎？但他在那一刻想不出能有什麼後果。

然後他想起兩個小女孩失去生命的臉龐。他朝還笑個不停的首領當頭開了一槍，再朝胸口補兩槍。首領看似對此大感驚詫——彷彿子彈的聲音有違他的預期。托馬許用靴尖將他推入淺溝。他低頭看那男人，發現笑容已然消失。賺到了。

托馬許還拿著槍，手在顫抖。他看著槍，彷彿不確定自己正在看著什麼，彷彿他不懂槍是什麼。他轉過身。他應該對所有盜獵者如法炮製。一位頗受他敬重的指揮官曾說：「視而不見等同認可。」[50] 現在，托馬許試圖將此格言當作一種行動呼籲。殺死象、管理人和小孩——他不想對可能做出這些事的人視而不見。了結工作是合情合理的做法。

註50：The standard you walk past is the standard you accept. 應出自澳洲退役將領大衛・林賽・莫里森（David Lindsay Morrison）中將於二〇一三年為軍中女性所受不平待遇發聲時的演說。

他會射殺其他盜獵者；他會完成工作。他會爲了那些象、管理人和兩個死去的小女孩兒而動手。這些人奪取性命。爲了什麼？爲了錢，他們的軍隊才能買更多槍，也爲了附更多英勇動章的制服。但殺死象並不英勇。殺死狩獵管理人並不英勇。殺死聖主反抗軍的士兵也不算英勇，但可能稱得上正義。

他從來就不想被當作英勇的表率。他跟英勇差遠了。

托馬許將槍握得更緊一點，槍柄刺痛他的手掌。等到他們全部死掉，他就改正世上的一個錯誤了。

他抬起頭，發現高大的一等士官長馬雷克擋在他前面。馬雷克很可能超過一百二十公斤重，而且比托馬許高上許多。

「夠了。」馬雷克說。「如果你繼續下去，你就變得跟他們一樣了。而我說去他們的。去他們的。」他緩慢而謹慎地拿走托馬許手中的槍，將他密密實實擁入懷中。

托馬許這輩子沒哭得那麼慘過。他只是再也不在乎了，但他又太在乎；他對一等士官長馬雷克的平靜、仁慈和思路明晰心懷感激。

二〇一六年六月十二日——托馬許・蘭姆

他們傳喚托馬許到聽證會作證，除了他之外還有他的幾名同袍和翻譯官。他的人之中沒人提報這次事件有任何不尋常之處——他們都說肯定是自衛。除了眞相，托馬許不曾慫恿他們說任何話。

聽證會的檢察官是一名說話溫和可親的女子，她看著照片，嘆氣。「我來看看我有沒有誤解你的故事，中尉。」她說。「此名男子取得武器，在某個時間點威脅你——同時他的雙手都綁縛於背後？」

他知道她看著的那張照片，也能理解爲什麼會引發質疑；他還聽出這女人用這種語氣、用這種方式說「故事」這兩個字是想表達什麼。她的言外之意是虛構，或謊言。

「他是在死後才被綁起來。」托馬許說。

「哦？你們爲什麼要這麼做？」

「我們才能試圖從他的手下嘴裡挖出情報。他們才會相信我們有能耐殺掉綁起來的人。」

他清了清喉嚨，喝口水。「這男人的死很可怕，很不幸，但也是查明該營地究竟發生什麼事的契機。」

「那你們，嗯，挖出什麼情報了？」

「我想提醒聽證會的諸位委員，這些男人殺死四名管理人和兩個小女孩。他們還屠殺了六頭象。」

「據稱。」語氣溫和的女人說。

「我們拿到供詞。」

語氣溫和的女人吼了起來。「沒得到任何其他證據佐證的供詞！這些證據都沒有證實你的故事。」

「我已經說出事發經過。」

「而你預期這個法庭採納你的說法？」

他對她微笑。「噯，我發過誓的。」

「中尉，我還有一個問題。」女人啜飲一口水。「你來到這個營地，發現死去的管理人、女孩以及象，你有什麼感覺？」

「感覺？」

「對。你憤怒嗎？你確切是什麼感覺？」

他看著女人的窄臉、薄唇，以及緊緊往後梳的頭髮。這就是她的殺手鐧——她一直以來就是在爲這個片刻鋪陳。她要他坦承自己暴怒驚駭，有能耐殺死受縛者。

他的律師起身。「我方當事人的感覺很難稱得上有任何關連。」

聽證會委員中的師級將領做筆記，然後清清喉嚨。「這將表明中尉在遭控事件發生當下的心理狀態。證人應回答問題。」

「我重複一次我的問題，」檢察官說，「當你當日走入該營地，你有什麼感覺？」

「妳有孩子嗎？妳似乎如此熱衷爲這些男人辯護，而他們因爲兩個小女孩造成麻煩就痛下殺手。妳能想像如果她們是妳的孩子呢？他們對女孩們的頭開槍。」他緩緩用一根食指對準自己的額頭中央。「這裡。他們就從這裡射殺她們。小女孩。」

她看著這名高級軍官。「可以麻煩你回答我的問題嗎？四個死去的管理人、六頭死去的象、兩名死去的女孩——頭部中彈。這景象給你什麼感覺，中尉？」

他用盡洪荒之力才抽掉自己臉上的情緒。「我感覺悲傷。」他說。

「悲傷？那麼多血、死亡與慘狀，而你覺得悲傷？你不憤怒嗎，中尉？沒有怒火中燒？因爲要是我，我就會怒火中燒。你不覺得憤怒才是正常反應嗎？」

他維持表情平靜無波，女人點頭，在筆記本草草書寫。「我沒其他問題了。」

一週後，他成了老百姓——遭捷克軍方開除軍籍——坐在皮爾森的一家酒吧喝太多啤酒。他很感恩。他不喜歡謊言。他喜歡眞相，因爲他的唯一希望是眞相讓他得以在夜裡安睡。他沒有告訴法庭完整的眞相，他至少說出了他認爲重要的事。對他不利的證據說服力不夠，無法控告他，不過該死的足以導致他被迫退役。

直到置身中非共和國的那一刻，當聖主抵抗軍的小隊首領對他露出嘲弄鄙視的笑，托馬許都不曾後悔自己當初決定從軍。

托馬許一退役，他立即展開在皮爾森，在布拉格，在維也納喝太多啤酒的戰役，只在慕尼黑和日內瓦維持短暫時間的無酒清醒。儘管他相信阻止聖主抵抗軍首領好讓其無法再次殺戮的這個決定能幫助他睡得更安穩，實際上並非如此。他根本很少睡——歸咎於太多咖啡因、枕頭不對、床單的針數不夠，或是床太凹凸不平。他有幾個月的時間每週都買新枕頭，直到發現自己擁有超過一打枕頭才停手。

以前小隊裡的一個男人在慕尼黑偶然遇見他，而因爲這男人的家族跟一家位於蘇黎世的保全公司有關係，他可以運用影響力幫托馬許弄份工作。他受雇的條件之一是他得去看心理醫師，而儘管他認爲整個心理學界都很可疑，他還是想要這份工作。他已經在深淵裡待太久了。

二〇一七年四月十四日——托馬許與瑪塔

剛開始，托瑪許覺得瑪塔．多米那很輕佻——令人放下戒心的那種。他沒那麼喜歡像她這樣的體型——他偏愛嬌小些的女性——但她的嘴很性感，半是頑皮，半是渴求，然後是全然的善意。他沒找過心理師，不知道該預期些什麼。他知道他們就是付錢要她表現出熱切的關心，但從頗早的時候開始，他就相信她是真心想了解他，真令人難堪。如果瑪塔提出邀請，他會跟她上床。他知道自己不該對他的心理師有這樣的想法，但事實如此，而她說她關心事實。他將對她坦露自我，至少他放心坦露多少就坦露多少。他不知道要跟她說多少，他才能得到那份工作。

她傾身拿起筆記本，而他忍不住看著她那豐滿的乳溝。**她是故意的嗎**？

「你覺得你爲什麼要來這裡？」

「他們，守護加保全公司想確保我沒問題，他們才會聘用我。」

「你覺得**沒問題**是什麼意思？」

「心理健全、穩定、和諧、腳踏實地，而且值得信賴。」

「你覺得自己有什麼問題嗎？我的意思是，我們有沒有特別應該談哪些事？某個事件？

近期的創傷？」

「是這樣運作的嗎？我之前沒跟心理師晤談過。」

「我們聊天——談你的生活、你對事物的感覺，甚至可能談你的夢。如果問題浮現，我們就加以處理。所以，舉例來說，我們可以談談你退役的事。」

「妳知道那件事？」

「對，我讀過你的檔案。」

「有份我的檔案？」

「你即將加入的那個公司有一份客戶清單，其中盡是非常富裕、非常位高權重、非常珍視自身隱私之人。爲所有潛在員工做廣泛的背景調查是標準作業流程。所以，你從軍中退役……」

「首先，是開除，不是退役。第二，我檔案中有沒有哪個部分是妳希望我談的？」

瑪塔微笑，而他希望她沒這麼做，因爲那笑容很誘人。

「我們可以從開除的部分開始。你對遭開除有什麼感覺？」

「很棒。我覺得很棒。」

瑪塔看著他，不發一語。

「說眞的？我覺得解脫了。」
「爲什麼解脫呢？」
「我得以輕鬆不費力地走開，用不著辭職。」
「你原本想辭職？」
「對。我準備好繼續前進了。」
「可以再多說一點嗎？我對你爲什麼想繼續前進很感興趣。」
他思考片刻。「我離婚後，有些東西吸引我加入軍隊──固定模式、儀式、單純──這些東西不再對我發揮作用了。」
「你隊上的人怎麼樣？」
「關係依舊，他們都還在。」
「這是過程緩慢的領悟嗎？我是指不再對你發揮作用的那些東西。」
「什麼？」
「發生得很慢嗎？還是說，你有天早上醒來，一切就已經不一樣了？」
「我猜那就像有天早上醒來後不認得掛在自家牆上的畫，或是家具，或是在你床上睡在你身旁的女人。」

「鏡中的臉呢？」

大多數時候，他都不喜歡鏡中的那張臉。「臉怎麼樣？」他問。

「你喜歡嗎？你能與那張臉共處嗎？」

「我沒多少選擇，對吧？」

「你知道我只是在比喻。」

「聽著，」托馬許說，「我不是那種妳會稱爲好人的人。我做過一些我自己也不覺得驕傲的事，在道德上可能有爭議的事。我不想談細節。我不……」

「非洲？」她說。

他挺直背。**肯定是一份要命周密的報告**。「好，如果我告訴妳一些私密的事呢？一些看起來有罪的事——或許是犯罪行爲？並不是說正在調查中還怎樣的。那都結束了……但若我告訴妳像那樣的事……」

「我永遠不會告訴任何人，因爲有種稱爲醫病保密特權的東西。我們之間的談話有一定程度的隱密性。」

「所以我可以告訴妳任何事？像告解一樣？」

「什麼都可以，除非你意圖傷害他人或自己……」

「然後妳會採取行動？」

「然後我不得不採取行動，沒錯。」

「我沒那種意圖。」

「那我將守口如瓶。」

托馬許喝點水，靠向椅背，深深凝視瑪塔——試著評估她有多可靠。或許得等到其他天，或許是下一次晤談時。他還想回想起非洲嗎？更別提還要談非洲的事？

二〇一七年四月二十二日——托馬許與瑪塔

她沒有逼他談非洲。感覺起來，她彷彿樂得繞著這個話題慢慢靠近。他對此保持警戒，因爲過去這週以來，他滿腦子都是這件事。他可以對她坦承到什麼程度？如果他百分之百坦承，她會怎麼想他？這女人的看法對他來說爲什麼重要？

他們在談夢，以及她是如何認爲能透過夢境一瞥人的潛意識。她在講述榮格以及夢境分析，這時托馬許站起來，穿過房間站在窗前。

「並不是說我相信自己做了什麼錯事，」他的視線停留在窗外，「我會毫不遲疑再做一次。只是……我原本以爲做了之後我應該會感覺好一點，結果卻沒有。我認爲那樣做是對的，但如果眞是如此，我爲什麼又會爲之心煩？」

「你在非洲發生什麼事？」

他坐下，對她和盤托出。他在傾訴的同時領悟，關於去那家保全公司上班這件事，他或許正在越線。他不知道她在報告中會怎麼寫。

他說完後，心理師沉默了一會兒；托馬許感覺像過了幾個小時，實際上應該只有一分鐘。

「所以有好多東西要談。」她終於開口。

「妳不覺得詭異或糟糕嗎？」

「我不是重點，」她說，「重點在於你和鏡中的臉。」

「那張臉上沒有安詳。」

「你想得到安詳嗎？得到赦免？那是你要的嗎？」

「我並不預期得到赦免。反正我沒有宗教信仰。」

「赦免可能來自很多地方，並非宗教機構獨有。」

「當然，醫師。妳說了算。」

「那，如果我們要繼續談這件事，你希望從中得到什麼？你在尋求什麼？」

「我想要少一點——那段回憶、懷疑、焦慮。我希望它只是偶爾抽痛，不要像這樣痛個不停。我也希望能睡。」

他們在五月又晤談了兩次，六月再一次。六月底時，托馬許開始在守護加工作。瑪塔在一個條件之下放行：接下來的兩年，他必須繼續每個月來找她一次，有需要的話就更多次。

他的第一個任務在蘇黎世——一名義大利演員想要隱私與安全。她在湖邊租了一棟有柵門和圍牆的房子。那是一份爲時四個月的簡單任務。

托馬許會說捷克語和英語，還有一點點俄語，但不會說西班牙語。公司聘請了一位私人教師，在那四個月之中，他每天早上跟著老師學西班牙語；他接下來的工作在馬德里。

他遵守每個月和瑪塔見面的約定；如果不可能回布拉格，那他們就改爲線上晤談。

二〇一七年十一月二十七日——托馬許・蘭姆，里昂

托馬許在里昂保護一位流行歌手，一名年輕女子；她想要無縫來去她的旅館和演唱會場地，以及隔天從旅館到上飛機。這份工作需要他常常站在她旅館房間那層樓的電梯門附近，留意瘋狂粉絲和查驗身分文件。工作完成、客戶平安登機前往下一場演唱會後，托馬許跟他的其中一名夥伴在酒吧裡，看著一個身上珠寶多得誇張的男人對兩個努力禮貌表達希望不受打擾的女人說話。那男人想跳舞，而且看來並不接受他人拒絕。最後，他一把抓住其中較矮、較纖弱的那個女人的手臂——穿藍色洋裝的那位——想將她拉進舞池。托馬許就是在這個時候介入——要他別煩她——男人勃然大怒。怒火稍縱即逝。他塊頭很大，但沒料到會遇上那陣快拳，隨即難看地重重倒下。托馬許的夥伴在警察到來前將他推出酒吧，然後又進去帶偏爭端、誤導。

他沒跟瑪塔說這件事。她會問那傢伙的膚色。他會覺得有義務告訴她，而他的回答將會開啓一條新的質疑路線。或是她會點頭，提出實際上有兩個女人，他過度保護了。

這股暴力是如此突如其來，他爲此大感驚詫。他甚至沒在思考。他看著那傢伙那張驕傲、過度自信的臉，然後就揮起拳來——一直到他被同事拉開才停手。一群男人開始推擠、

拉袖子，試著緩和情勢，卻只是火上加油。其中一個人，戴黑色棒球帽的傢伙，他出拳，但沒打中他設定好的目標，反倒是托馬許的左眼下方中招。這拳力道不重，但也足以讓他刺痛。他想回應，但他的朋友將那人推回亂鬥中，扯著托馬許朝門口而去。

托馬許覺得自己別無選擇，非介入不可。感覺起來，那可能是不同於憤怒的其他東西。

七月九日清晨四點三十分——托馬許・蘭姆

他隔著露臺朝尤漢娜的房間窗戶一瞥。他看不見她，但在這種情況下，看見也尷尬。聽得見就夠了。他們現在安靜無聲，暫時平靜那種，而托馬許發現自己爲她感到難過，因爲她就要將自己跟一頭富有、位高權重的鬥牛犬綁在一起。他希望尤漢娜知道自己在做什麼。

他見過她的銀行家未婚夫，印象不怎麼樣。銀行家要去出差的兩週前，守護加接案經理和包含托馬許在內的三名保鑣在一張會議桌的桌邊坐下，敲定保護他未婚妻的工作細節。他很矮，禿頭、裝腔作勢。而且冷漠——只說有必要說的話，不多也不少。他堅持要他們都稱呼他傑克。他微笑著，表現得友善而不拘小節，不過總是存在著定義明確的階級。他在頂層，接下來是經理，保鑣在他們之下。身爲他助理的那名年輕女子則要侍候他們所有人。

「伊娃，咖啡。」他的手指繞會議桌畫了一圈，彷彿她早該知道才對。

過去幾個月以來，發生過幾次針對銀行家的威脅事件，情節嚴重到有足夠理由爲他的未婚妻增添額外的防護措施。銀行家在跟俄國人做交易，但出了一些岔子。

「卡洛夫，那個天殺的蠢貨，他不高興。」銀行家說。「他不理解市場波動，所以才有那些威脅。」

他們顯然沒獲知完整故事，銀行家沒興致告訴他們；他只想要得到保護。檔案中對於威脅的本質有更詳細的描述，還提及狗遭殺害的事件。

他們問起尤漢娜的情況，他告知他們，他仍是已婚狀態，他試圖解決那個問題，而一旦解決，他就會跟尤漢娜結婚。

托馬許不曾將他的前妻當作有待解決的問題——就算是在他知道他們已經結束的時候也一樣。他不曾那般冷漠。然而，他對她的愛漫不經心，而且從不顧及她的感受。

三天前，托馬許的前妻來電說想找他喝一杯。

聽見絲黛巴娜的聲音，他大感驚訝。「跟我嗎？爲了什麼？」他問道。

「就是喝一杯而已。我這週末在城裡。」

他們約好在新城一家名為米諾葛拉夫（Vinograf）的紅酒吧見面。在她的記憶中，他以前常跟她一起喝紅酒，但他已經不喝了——現在偏愛啤酒，偶爾喝伏特加。不過他記得自己以前喜歡一種名為沃爾奈（Volnay）的酒，或是一種來自沃爾奈地區的酒。他也記得自己以前喜歡他的前妻——愛她——能有多愛就有多愛。然後他跟一群大學同學混熟了——特別是一個名叫漢娜的女人。他們剛開始十分清白——只是花很多時間聊康德和笛卡爾，不過一旦酒也攙和進來，他們的討論就變調了。很快地，托馬許以兩個女人、兩種人生，以及維繫這一切的一萬個謊言玩起拋球雜耍。再怎麼說，在學校研習道德，又蓄意選擇不道德的生活方式，其中的諷刺都令人費解。

他應該寫一本書，書名就叫作《不忠的道德雜技》。他要否認什麼，他才能和漢娜做愛？他突然不再相信婚姻了嗎？他是否騙自己他沒有愛上漢娜——他們之間只是性而已？他是否告訴自己，跟漢娜做愛實際上是在實踐佛教教義，因為那就是活在當下？或許他告訴自己僅此一次，在那之後，他就沒問題了。而他每次和她上床時都這麼告訴自己。

他迷失了，而聖雄甘地說——另一個大學時光的孑遺——找尋自我的最佳方法，就是捨身為他人付出；這說法眞是太有道理了。如果連甘地都不能相信，那他還能信誰？他投身軍伍，因爲這似乎是爲他人付出的完美方法。

他好奇前妻想要什麼。她還在教書嗎？他們結婚時，她的職業是五年級數學老師。她現在住在倫敦，他不知道她在做什麼工作。他不確定自己想被如此赤裸裸地提醒他的不正直，或是他完全無法充分地愛人。這些失敗就刻在他的臉上，在他的皺紋之中；就算是現在，每當他看著鏡子，他都能看見絲黛巴娜眼裡滲血的傷——以及排山倒海的悲傷。他想起她關上門時表情是如此認命，忍不住一縮。他當時坐在床緣，不發一語。他記得當時自己希望她甩上門。他被揭穿，無聲內疚，可悲地可鄙。

他並非會掃開螞蟻的佛教徒，但他努力當個仁善、富同情心的人。他對前妻說好，他會去。如果她想用酒潑他的臉，沒問題。如果她想賞他耳光，沒問題。無論絲黛巴娜有什麼打算，他都接受，因爲他活該。

他們週二見面後，他就能弄清楚他妻子想要什麼。擔心這些事一點幫助也沒有。他必須專心保護這會兒正在呻吟的銀行家未婚妻。托馬許又在外帶杯裡倒了些咖啡。他應該下車伸伸腿。

二〇一七年十一月二十九日——托馬許與瑪塔

托馬許遇上工作間的空檔，回布拉格的家待了十天。他決定走路去心理師的辦公室晤談。氣溫約攝氏五度，天空是一片翻騰的美麗灰色，感覺要下雪了。在秋季走過布拉格的街道有股魔力，彷彿光禿禿的樹木暴露出建築物眞正的樣貌。布拉格總是很美，不過在秋季，那更是格外地美。到處都是哥德風格的石塊，瀰漫中古世紀氛圍，彷彿所有現代感像許許多多落葉一樣隨風飄落。

他跟瑪塔一起坐下後，瑪塔提出的第一個問題是他知不知道創傷後壓力症候群是什麼。

「我沒有什麼症候群，如果妳的言外之意是這個。」

「創傷後壓力症候群沒你所想那麼罕見。」

「我可沒有，醫師。我不是那種人。」

「介意我問幾個單純的問題嗎？單純又簡單。問完我們再談。」

他點頭。「來吧。」

「對於非洲發生的事，你還會做栩栩如生的惡夢嗎？」

「夢。就是夢而已。」她等著他回答。「對，我會做非洲的夢。」

「那些夢有時候感覺太眞實嗎？你是不是在重新經歷非洲那段過往？」
「我們上次晤談時聊過這個。妳知道答案。」
「你對你自己抱持正面觀感嗎？你對未來抱持正面觀感嗎？你最近一次跟人穩定交往是什麼時候的事？」
「卡門算嗎？」
「卡門是妓女，所以不算。除非你在她下班時跟她約會，不然她就不算交往對象。」
「卡門不算的話，那就有幾年了。不過我因爲工作的關係常常不在家。」
「你會易怒嗎？或是突然暴怒？你有這種情況嗎？」
「現在算嗎？因爲這些問題很煩人。」
「我現在問你的問題出自創傷後壓力症候群症狀清單。」
「我沒有任何症候群。非洲可能對我造成一些問題，但那不是什麼症候群。任何人都會陷入麻煩，如果他們……」
「我同意。任何人都會陷入麻煩。聽著，我們就決定別再稱之爲什麼症候群了。你想改用什麼說法？」
他轉而凝視窗戶的方向。「混亂。之前發生的事弄得我有點混亂。」

「有些方法可以處理置身混亂的狀況。」

「很好。」

「我們也可以考慮採用藥物治療。我不能開藥，但我的同事可以。」

「不，不要吃藥。我必須保持警覺，時時刻刻，不能意識不清。」

「只是讓你考慮考慮而已。我想讓你知道你的所有選項。」

「那跟妳談呢？」

「是，我們會繼續晤談，我們會繼續聊，說好的，對吧？我讓你去保護富裕名流，讓你帶著槍守護他人，同時我們繼續處理你的……」她回想那個詞，「**混亂**。」

這令他微笑。

「好了，我們從聊聊你指節上的擦傷和眼睛下面的瘀傷開始吧。你怎麼會受傷？」

七月九日清晨五點十五分——托馬許・蘭姆

他站在露臺上。客戶房間的窗子距離他十米，豪華轎車則在下方的路邊。他握住咖啡杯，試圖以手指汲取杯子的微薄暖意。

房間內，他們在聊上個月的抗議活動，遭抗議的對象是受控詐騙的總理安德烈・巴比許（Andrej Babiš）[51]。

「超過十萬人上街。」他說。

「所以他就有罪嗎？」她問。

「不，但引發一些嚴重的問題。」

「暴民，無論人數再多、組織再完善，都不能算是合法訴訟程序。」

「所以妳認爲巴比許是清白的？」

「我認爲我想知道眞相，而暴民喊喊口號可找不到眞相。捷克共和國難道就沒有合法訴訟程序嗎？國家被共產主義接管了嗎？」

托馬許回過頭看著房間的窗子。這種枕邊話還眞怪，但他對尤漢娜萌生一股新生的敬意。到頭來，她跟那個鬥牛犬銀行家或許將一帆風順。

這段對話讓托馬許想起他在認識他前妻前交往過的一個女人。達妮齊卡總是問有另外十幾個問題隱藏其中的問題。**你以前的性伴侶常常要你多做哪些事**？或是，**你對親密感的恐**

懼和對承諾的厭惡，哪一個比較常讓你封閉起來？如果他們是在下西洋棋，那她永遠領先八步——或者更糟，她在第一步開始前就贏了。達妮齊卡是個兇猛的愛人，有著反應神速的機智，只要她想，她總是能逗他笑。他有時會遺忘這有多重要。跟達妮齊卡做愛，感覺就像跟一顆絕對會爆炸、滴答作響的炸彈同床共枕——爆炸時，情況由她掌控。她會做愛做到一半停下來，忽然想聊天了，完全不覺得有什麼大不了。有一次，性交中途，她下了床，親吻他，拿起她的大提琴拉了一個小時，然後才回到床上並快速入睡。托馬許發現自己想念她。他知道自己累了，多半不該打給她，但他還是想打。他真心不記得他們爲何分手，而他希望能夠知道她過得幸福快樂。

二〇一八年六月三日——托馬許與瑪塔

托馬許不再覺得他和他的心理師之間可能產生什麼火花。他原本以爲存在的性張力純粹只反映出他對心理治療沒經驗。她的專注獲得回報。她依然是個迷人得要命的女人，而且有些時候，她看起來似乎眞心在乎他。他在瑪塔對面坐下，上下打量她一番。她一身黑，無袖洋裝搭配黑色皮革腰帶、黑色絲襪——就連她今天的髮色也是黑的。一切皆黑，只有紅鞋除外。

窗簾拉下，微風從打開的窗子徐徐吹來，辦公室內很舒適。他注意到她的辦公桌後方有一幅裱框的引文，掛得有點歪斜。她看著他起身，走過去將其扶正。他讀出來：**無影就無光；若無瑕疵，也不會有心靈的完整。自成圓滿，生命要的並非完美，而是完滿。**

「我都跟妳晤談多久了，怎麼一直沒注意到這東西掛在這裡？」他問道。

「比一年再多一點點。」

「那麼久了嗎？妳相信這句話？」

「對。若無瑕疵，也不會完整。這是一個旅程。我們都在旅程之中。」

「妳覺得我們有進展嗎？還是我現在比之前更不完整？」

但他其實知道答案。當他又萌生暴力衝動，他會知道，並爲下一步做出決定——大多數時候是這樣。他也知道什麼會觸發他的焦慮。他很驚訝自己居然那麼享受和瑪塔晤談。她設法說服了他，在他體內可能存在著一個正派的好人。儘管曾發生非洲的事。儘管他仍會做惡夢；在過去這一年來，惡夢的頻率已然下降。儘管那可恥的勃然暴怒。

「我確實覺得我們有進展。」

「我還是有這種徒勞感，因爲我對那些女孩和管理人來說毫無用處。我沒盡我的責任。不過是啊，我會說我比之前完整。這都要歸功於妳。」

「你知道那不是你的錯。你了解那不是你的錯。創傷後壓力症候群眞實存在。抱歉，你的**情緒混亂眞實存在**。」

「說得眞好，醫師。不過有時候言詞並不會公平對待眞相。」

「因此我們有音樂、藝術，以及雕塑；因此你有我。因此我們討論你的夢。」

他知道她終究會問起他做過哪些特別的夢，於是他主動開口：「幾天前，我又做了那個夢——非洲夢，只不過內容跟盜獵營無關。」

「所以有所不同？」

「對啊。依然是非洲，不過我們只是站在那裡等某個東西。」

註51：應指發生於二〇一九年六月二十三日的抗議活動。巴比許在二〇一八年遭控詐領高達二百萬歐元的歐盟補助款，引發民眾不滿，自二〇一八年起即多次示威抗議要求巴比許下臺。二〇二三年一月九日，捷克法院宣判前總理巴比許無罪。

「你說『我們』指的是……」

「我的小隊。所有人。我看得見他們的臉，聽得見他們的聲音。」

「你們在等什麼。」

「那就是問題所在。我不知道。在這個夢裡，我們哈哈笑、互相開玩笑。」

「有沒有什麼可能的答案？什麼東西有可能耽擱你們？有人賴床？天氣？」

「都不是。軍隊不是那樣運作的。當我們說要在早上七點離開，每個人都會出現，準備妥當而且準時。如果你沒準時出現，你麻煩就大了。」

「不過那天有某件事耽擱了你們。」

「對。我想不起來是怎麼樣，不過發生了某件事，我們耽擱了。妳會以爲我應該要記得像那樣的事。」

「或許那並不重要，或許只有你們耽擱這件事本身才重要。」

「我們太晚到。到得太晚了。所以很重要。」

「你們在你們抵達的時候抵達。你們發現的事令人毛骨悚然，但責任不在你們。」

他低頭看地板。那是一片表面有待修整的鑲嵌硬木。他們永遠不會知道聖主抵抗軍的那個首領是否有可能投誠。如果某個仁慈、富同情心的人有辦法打動他，將他送上一條不同的道路，那麼托馬許就不會遇見瑪塔。聖主抵抗軍的那個首領就要面對後悔、內疚、無法成眠，以及他媽的惡夢。

瑪塔在椅子上挺直身子，將筆記本放在茶几上。「再往回推一點。我們來談談那個早晨。你醒來時人在哪？你早餐吃什麼？」

「我們在基地營區，早餐吃培根和蛋。我們總是吃培根和蛋。」

「接下來發生什麼事？」

「妳知道接下來發生什麼事。」

「我要聽你說。惡魔藏在細節之中。」

「那天早上是我這輩子最後一次吃培根。那天之後，我就完了，我受不了培根的味道。而我愛培根。」

七月九日清晨六點三十三分——橋

卡魯夫橋橋尾處，三隻野豬旅館的露臺上，托馬許・蘭姆看著一頭站在橋中央的象；合唱團正在爲所有願意駐足聆聽的路人演唱，象彷彿沉浸於甜美悅耳的歌聲中。合唱團面朝另一個方向，因此托馬許只能勉強聽見他們的聲音，不過就算他的耳朵未經訓練，他依然覺得他們唱得無比精妙。托馬許並不打算猜測一頭象怎麼會一大清早站在橋上。橋上一片霧濛濛，他瞇眼聚焦於象。

他剛剛聽了三小時的做愛，以及只偶爾有些意思的枕邊低語，因此他樂得能脫離片刻。他現在很累，而且脾氣不只是有點暴躁而已。他想將尤漢娜平安送回家，他才能給自己倒一大杯酒，爬上他自己的床。

他欣然接受這令人驚奇的消遣，身體往前，手肘靠在露臺胸牆上。那頭象看似耐性十足，彷彿在等待什麼。他看得見下方路邊的豪華汽車，以及所有進出旅館的人。他距離尤漢娜的房間也夠近，因此如果出了什麼差錯，他幾秒內就到得了。那意味著要跳窗，但對他而言也不算新鮮事。尤漢娜和她的愛人這會兒在房間內安靜無聲，他琢磨著他們是不是睡著了。**這就是我的工作**，他告訴自己。

那女孩站在橋中央，面朝象的另外一邊，對身後的騷亂渾然不覺。托馬許拔槍，手靠在胸牆平坦的頂面。象受到某物驚嚇，沿橋朝他的方向奔來，人群四散。距離這麼遠，用來福槍最適合。他有來福槍，但放在車子的後車箱，在下方的路邊。沒時間去拿。用這把SIG[52]要很精確才行，而且不保證威嚇得了這種體積的動物。最好的情況是他擦傷那頭象，而牠停下來或改變路線。

他朝下方一瞥，剛好看見尤漢娜走出旅館前門，一面戴上太陽眼鏡，過街朝他們的車而去。

「該死。」他將注意力拉回橋上，身穿藍色洋裝和黃色靴子的小女孩就站在象衝刺的路徑上，彷彿她置身漏斗，象則是從漏斗流下去的一切——而且牠加速了。女孩原地凍結。他可以越過她的頭頂射擊，但他寧可不那麼做。

「快啊，孩子。」他說。「快點滾開。動起來。」

他看得出他必須射哪裡，也清楚知道子彈會往哪裡去。

托馬許注意到那股靜謐的密度，耳裡只聽得見自己的心跳。他緩緩扣下扳機。

註52：應指SIG系列的手槍，由德國槍械生產公司西格&紹爾（SIG Sauer）製造。

接著，輪胎尖叫、汽車喇叭怒鳴，托馬許一縮。他的手抽動，那一槍掠過橋上空頗高的位置，直入布拉格城內。槍聲有如在建築物之間迴盪的刺耳巴掌。象拐向一旁，好幾個人被撞下橋，落入河中。藍洋裝的女孩在象衝過她身旁時文風不動。

下方的街道上，一輛黑色廂型車快速從豪華轎車後方倒車退開，然後加速向前，輪胎尖叫——車呼嘯繞過轉角，消失在視線範圍之外。他用遙控器將豪華汽車的每一扇門都上鎖，收槍，朝樓梯前進。來到樓下後，他稍停一會兒，又拔出ＳＩＧ，舉在身前拐過轉角。街上鴉雀無聲，只有那輛豪華汽車，車窗映出蒼白的早晨——街上再無其他車。廂型車內的惡棍肯定在他開槍沒幾秒後就行動。他抬頭看著毗鄰的建築物，查看是否有槍的閃光，或是從望遠鏡反射的陽光。如果是他，他就會在高處安排人手，不過顯然這些傢伙沒這麼做。沒人，或是就算原本有人，現在也已經離開。

他打開後座車門，尤漢娜嚇得跳起來。

「我聽見槍聲。你還好嗎？」

「一切都好，但我要把妳鎖在裡面，檢查一下附近。別下車。」

「你要檢查一下附近是什麼意思？我會出事嗎？」

「沒事的，尤漢娜……相信我。」他考慮要不要告訴她車上裝的是防彈玻璃，但沒必要讓她驚慌。她原本就已經大受驚嚇了。

他推門關上，然後用遙控器將車門上鎖。

托馬許緩步沿街朝廂型車逃逸的方向走，每一步都帶著他朝過去的自我更靠近一點——朝向蘭姆中尉、他的手下、未知的危險、激增的腎上腺素，以及他所受的訓練。他在街道兩側來回，檢查每一個入口通道，以及窄街的每一個隱蔽角落，視線沿建築物上下——搜尋任何動靜。他在冒汗，槍在手裡滑不嘰溜。來到轉角，他在路中央停下腳步，轉身。

象就在那兒，灰色的龐大身軀若隱若現，琥珀色的小眼睛看著他。

托馬許後退，伏低，收槍入套。他朝豪華汽車的方向望去。寂靜無聲。她看得見這景象嗎？俄國人用這頭象分散他的注意力嗎？把他從他該在的地方引開？不，太蠢了。俄國人永遠不會那麼優雅，而且，無論如何，這頭象剛剛才從卡魯夫橋過來。他想起達茲拉夫・馬雷克，那個高大的士官長，在非洲拿走他的槍，阻止他落入那種無人能逃出生天的黑暗。達妮齊卡會知道此時此刻該怎麼做——她的做法將美麗而簡單。絲黛巴娜會像個小小孩一樣咯咯笑。瑪塔或許會問他，他以爲自己當下看見的這頭幻想之象是否象徵著什麼。

托馬許看著前方的巨獸，然後在路面坐了下來。象來回搖晃，而這名前士兵抬頭凝望牠。

象拖著腳步走近，長鼻探向他。牠嗅聞他的肩膀、頭，而托馬許將一隻手放在牠的鼻子上——感覺那皮膚怪異而柔軟的粗糙。象似乎在呼嚕響，發出低沉的隆隆聲，在他胸腔震動著。象持續前進，直到托馬許所坐之處就在牠的一隻前腳旁——一根健壯的灰色柱子，滿是深深的皺紋。他感覺到象輻射而出的熱，聞到類似蜂蜜的味道。托馬許抬頭看。象看似在守護他。

當那輛計程車拐過街角，在半個街區外停下來，象後退。他們倆看著計程車司機下車，站在那兒目瞪口呆，車門洞開。他拿下眼鏡用襯衫下襬擦拭。象將托馬許抬離地面，長鼻裹住他的胸膛；等到他感覺到自己的腿就在他下方，他隨即站好。象牢牢凝視他。灰色流蘇般的睫毛。琥珀的顏色。某種心照不宣。然後牠龐大的身軀晃開，踩著笨重的腳步沿街道離去，經過豪華轎車，轉彎。象走出視線範圍後，計程車司機喊道：「你還好嗎？」托馬許不知該如何回答。

PART
06

The Elephant on Karluv Bridge

坎辛風

你當然知道象逃離動物園了，但你知道是爲什麼嗎？這個問題或許比表面上看起來還要複雜，然而我們或許過度解讀了。要是莎兒只是聞到非洲的氣味，朝那個方向前進而已呢？她靠著一道牆，而牆倒塌。不是非常戲劇化，我知道。不過考量兩年前的那次淹水，牆不穩固也還算可以理解。我記得那次水患。河水漲得如此之高，實在恐怖。

你難道不想站在乾燥、帶香氣的坎辛風之中，享受那股舒適溫暖？讓如絲空氣吹拂你的皮膚，想像自己置身他方。「坎辛風」應該要是一首詩，或是一首歌的名字才對；應該以幾乎無法辨認的字體書寫，或是寫在愛人給你的紙條上。

嗯，這三個字實際上並沒有你初見時那麼浪漫。坎辛拼寫爲Khamseen或khamsin，阿拉伯文中五十的意思，因爲那是一種每年春天不時出現，共維持大約五十天的塵暴，夾帶來自沙漠的大量沙塵，吹襲的速度可高達時速一百四十公里。每當坎辛風吹起，溼度會降到百分之五以下，溫度也可能在幾個小時內飆升至超過攝氏四十五度。

在非洲，當坎辛風火力全開，人就會跑去躲起來。找到路穿過地中海和半個歐洲、終於順道來訪布拉格的微風只是坎辛風的孑遺，僅剩下一絲沙漠和大草原的氣息；略微暖一點，沙塵只比平常稍多一點，但無疑已經足夠。

七月九日剛過午夜，莎兒回應了空氣中的一絲氣味。她原本在象欄的較低區域打盹——沒有完全睡著，而是處於將遁入睡眠的朦朧中。

危險！她睜開眼，完全清醒，全身發抖。這空氣不一樣，在召喚著她，同時要她逃跑。此時此刻，其中的召喚較爲強烈。這空氣要她跟隨。

莎兒走開時，亞洛薇，象群之中的五十五歲族長抬起頭看。此象去找個能獨處的空間並不是什麼稀罕之事。莎兒總是鬱悶若有所思，彷彿她並沒有完全接受獸欄的約束、她在動物園的生活只是暫時性的困境，一個某日將須獲得解答的問題。

這頭較年長的象也聞到了——空氣中有種帶灰塵、外來的味道——但對她來說一點意義也沒有。亞洛薇看著不到一年前才來到動物園的八歲母象阿納絲塔西雅。她就在亞洛薇身旁的稻草堆中，亞洛薇哼了哼，她便抬起頭來。

較年長的象用長鼻輕推阿納絲塔西雅。**莎兒心煩意亂。此象總是如此—她心懷憂慮。此象總是在為某事憂慮。**

阿納絲塔西雅看著莎兒朝象欄的另一端走去。她心神不寧，腳步快而穩——不是平常半夜那種沉重而緩慢的步伐。

或許吧。

或許？亞洛薇和另外幾頭象都說她是心煩意亂的莎兒。如果這不是心煩意亂，那還會是什麼？

有點古怪。彷彿外面有某個東西，而那東西在呼喚此象。阿納絲塔西雅很擅長覺知他者的感覺。例如她就知道亞洛薇很累，沒興致討論莎兒是否心煩意亂。她也知道莎兒一點也不憂慮——她反倒是被某個東西吸引。她很好奇。

坎辛風來勢洶洶地橫掃地中海，掠過義大利、克羅埃西亞與斯洛維尼亞上方，掃過奧地利，最後落入捷克共和國。這陣順道來訪布拉格的猛烈氣息來自非洲某大草原，一股複雜的氣味流，擾動了莎兒體內蟄伏已久的某個東西。

過去三年來，非洲和歐洲上空的高速氣流緩緩改變；這一夜的數週前，這些風更是大幅度變動。坎辛風通常都是北非上空固定、可預測的現象，將乾草原的芬芳帶入歐洲部分地區，帶入這些味道原本罕有機會到達的地方。

風颳入位於布拉格動物園外圍的象區，而莎兒睜開眼。她抬起頭，深深吸氣。經過這麼、這麼多年，莎兒再次聞到非洲，她直覺地朝那味道而去。她從架高的觀測臺下方鑽過，靠在一段牆上，而牆隨即倒塌。

圍欄之外是什麼？是世界嗎？第二母親米拉的河在外面嗎？她不知道。此時此刻，外面純粹就是未知。可能還有另一道牆。她不想小題大作，也不想要離別的詩歌。她不懂為什麼只有她被那氣味吸引。象群的其他象都沒聞到嗎？她站在洞口前，等待塵土落定。就在這停頓之中，她想起獸群。亞洛薇老了，很快將離開——她一天走得比一天慢——莎兒將繼位成為族長。

象群是家人。象群就是一切。圍欄之外是未知。

她說出他們的名字：**亞洛薇、莉芭、奧佳、達妮卡、拉朵絲、阿納絲塔西雅、詩妲，以及小哈維。瑞沙和西魯斯沒跟雌象關在一起，但依然是象群的一分子。然後還有莎兒自己。本象屬於這個象群，但外面——那河在外面。本象總是夢見那河。**

離開象群去找那河很冒險，而且令人害怕。

她如何能不踏過牆上的這個開口？是她推的，這會兒倒下的牆在邀請她邁向未知與自由，以及圍欄之外一切事物的謎。

莎兒轉過身，再次面對朦朧的黑暗。第二母親米拉的聲音在她腦中迴盪。**找到那河，孩子。**

莎兒往左看，然後往右，接著踏上攤平的混凝塊，遁入黑暗。

走入河中之前，莎兒站在水邊拉扯高高的草。河對面是布拉格城，不過從她所站位置看不出城市的痕跡——只有河以及對岸的朦朧黑暗。她閉上眼，聆聽這是否是第二母親米拉的河，但她只聽見水聲。

她緩緩走入水中，測試河底是否穩固。相較於她的龐大體積，水流的強度只能算是漣漪。就算水位高如此時，河水也動不了這頭象——只是繞著象流動。一直要到她完全沉入水中，她才漂浮起來，而儘管她不曾有過這樣的經驗，她仍開始泅泳。

來到對岸後，她穩穩從水中走出來，踏上突出河中的細長沙洲，然後繼續走——跨越一道小橋，穿過一個小工業區，來到發電廠後街（Za Elektrǒrnou）。她穿過斯特洛莫芙卡公園（Stromovka Park），沿房屋夾道的馬路前行。她走在人行道上，走在樹下，偶爾停下來拉扯低懸的樹枝。灰入灰，莎兒繼續追逐大草原的風，朝布拉格中心而去。

那河
七月九日清晨六點三十四分——卡魯夫

可惜，你與橋——也就是我——共度的時光即將結束。我相信你一定知道，我已盡我所能以最大的憐憫之心引導你渡河。

象生或死、逃脫或再次遭捕獲很重要嗎？你在乎象是否重回動物園嗎？你需要知道嗎？抑或是，象今日造訪了卡魯夫橋，而且以某種方式影響了她所遇見的人，這樣便已足夠？如果你無須知道橋之外發生什麼事，那就幫自己倒杯酒，放鬆吧。你的旅程結束了。至於需要答案的人，嗯，那就繼續吧，但我要警告你，答案有時可能是難纏的討厭鬼。舉例來說，托馬許・蘭姆射入布拉格城的那槍——那顆本該阻攔暴衝的象、拯救藍洋裝小女孩的亂飛子彈，嗯，它擊中了。然而並非無害地擊中某棟建築物或樹木的側面。它砰的一聲撞上一名男子的胸膛；半夜為了找旅館的事跟妻子吵架那位。梅西在22 PUP精釀啤酒吧前看到的那一對？還記得他們嗎？嗯，那男人想向妻子示好——恕我直言，就是示愛，於是他大清早起床走出旅館去幫她買咖啡。他正在回旅館的途中——就像布拉格的許許多多旅館，這家也宣稱莫札特曾在他們的某面牆上撒尿。男人帶著兩杯從歐洛咖啡館買的咖啡，這時子彈正中他的胸膛中央；他死去時腦中只想著，害他把妻子的咖啡灑出來，眞是倒楣。

如我所說，你可能以爲你會找到你的問題的答案——你將讀到最後一個句子，然後你可能會容許自己露出小小的微笑，不過在那最後幾行之中將會有推測，有猜想，也會有開放式的謎。你可能會發現自己在凌晨三點醒來，納悶著象到底有沒有活著離開布拉格。抑或是，你將相信寫下的一切——你將信任一名可能從頭到尾都在騙你的作者。

無論如何，我將會想念我們之間的對話——嗯，實際上只有我在說話，*ad infinitum*[53]。就算你會回應，我也不知道。不過當然了，我哪裡也不會去。我是一座橋。你知道上哪找我。時間狼吞虎嚥吃盡萬物。*Tempus edax rerum.*[54]

只有我除外。看來我總會留存。

七月九日早晨——莎兒

莎兒沿從聖尼可拉斯教堂延伸而出的路往外走，轉入長長的卵石橋面。她在臬玻穆的聖若望雕像附近、靠近橋中央的位置停下腳步，在清晨的涼爽霧氣中顫抖。她站在水面之上，越過胸牆俯瞰，下面肯定就是伏爾塔瓦河。她看不見水，但能聞到隱藏起來的河。她看不出可以怎麼下去水邊。她筋疲力竭，開始輕輕搖晃。搖擺的動作愈來愈小，直到最後象終於靠在雕像的臺座上，完全靜止。

莎兒知道第二母親米拉說過的那些故事，關於徹夜行進找尋食物或水，或是躲避掠食者，但她沒概念整夜持續前進竟如此困難。她聆聽米拉的聲音，但只聽見寂靜。

她睡著了；在那幾分鐘之內，她不再關心飢餓或口渴或危險。非洲大草原的味道已經陪伴她一整夜，她有可能就是因爲這種氣味才進入半夢半醒的狀態。浮沉夢鄉之間，有一些她不可能知曉或了解的景象。如果夢境有可能全然陌生，如果夢境有可能展現新天地，那麼或許卡魯夫橋上的這頭象夢見了一片無垠的綠，炙烈的熱，以及刺眼的藍天，龐大的象群在這裡將土壤翻攪爲飛塵。她也了解了記憶地圖，知道該如何、在何時穿越廣袤的平原，彷彿路徑永遠都在，就釘在她的記憶之牆上。

註53：拉丁文，沒完沒了之意。
註54：即前一句話的拉丁文。

第二母親米拉的聲音清晰急迫。這是那河的記憶地圖。

若未曾涉足，象怎能知道那地方的地圖？

象怎麼知道該如何呼吸？

莎兒思考片刻。本象不知道該如何呼吸。她就是呼吸了。

記憶地圖也是相同道理。

本象好累，第二母親。

對，本象知道，孩子。

本象現在可以休息嗎？本象走得夠遠了嗎？

象需要回家。回到那河。

本象如何才能做到？

一次一步。黃昏之後走，清晨之前走。總是朝著起始之地味道的方向。象知道那方向嗎？製作地圖而後跟隨其指示。

第二母親會跟本象一起走嗎？

本象已與妳同在，孩子。

那女人提著水桶站在莎兒前方，莎兒聞聞她——有肥皂和汗水的味道。莎兒聞聞水，將鼻尖浸入喝個精光。

「還要嗎？」女人問道。

這個人類屬於那河。她的聲音令人安心。她看似沒有迷失。大約一打人聚集在那女人身旁。其中有個年輕男人，棕色的皮革郵差包橫背胸前，他自願幫她裝滿水桶。她將水桶交給他，而他快步從象身旁離開，奔向小城區橋塔。象又開始搖晃——浮沉之間，將重心從一腳換到另外一腳。她已經醒著超過二十四小時。

她前方現在有數百人了，而她並不習慣她和人之間什麼都沒有——沒有圍欄隔開他們。這些人和他們爆發的恐懼、興奮、悲傷、緊張、快樂——他們都在看她，沒人繼續前進。一名中年婦女提議報警，另一人則提議打電話給動物園，看看他們是否有頭象走失；一名老嫗轉身問身旁的人鎮上是否有馬戲團。幾個人把手機舉在臉前方拍攝這頭象，但象什麼也沒做，只是看著人數愈來愈多的群眾看她。

大約二十米開外，聖克里斯多福雕像前方，合唱團結束暖身，指揮稍停，讓團員們準備好開始唱主要演出曲目。他無聲爲團員數拍子，而他們唱出第一句：「小羔羊，是誰造出你……」團員們看著象唱，笑容滿面。

又是哀悼的詩歌。這首歌跟著本象，但本象不想要伴隨這首詩歌而來的景象。

她再次看見母親死去和其他象倒下，起始之地漫起嚇人的塵土。她又開始搖晃。要是死亡就藏在人群中的某處呢？要是它在等待正確的時機，等到她放下防備、沒注意，或是分心呢？莎兒退後避開愈來愈膨脹的人群。她的前方和四周都需要空間，然而這些人在搶走她的空間。她退離人群，臀部撞上身後某個石造的大東西。石塊移動，歪斜、搖晃，然後又一歪，幾乎脫離原位。

然後一陣巨響，人群從莎兒周遭退開。

有東西倒了。又一道牆倒塌，這一次很大聲。沒空間轉身察看發生什麼事。有一個憤怒、嗡嗡響的聲音。

不久，她的臉四周出現一大群嗡嗡響又不停叮刺的東西。

蜜蜂！

蜜蜂攻擊她的鼻子、長鼻的尖端，以及她的眼睛——她沒辦法驅散牠們。她人立起來、甩頭、拍動耳朵。她呻吟。到處都是蜜蜂，源源不絕。

跑！本象必須跑！

她吼出她的焦慮，圍觀的人手忙腳亂閃開，好幾個人從橋邊落入河中。她在飛，踩著重重的腳步全速衝過橋中央，半盲，一面奔馳一面驅趕蜜蜂。

離開橋後，嗡嗡聲稍減，但蜜蜂還是在叮她。莎兒跑到繁忙的路口中間停了下來。一輛送貨卡車緊急煞車，綠燈亮起，無人前進。卡車發出響亮的喇叭聲，莎兒佯裝衝刺，噴著鼻息退後，準備再度衝刺。卡車立即閉聲，靜止不動。

走過幾個街區後，蜜蜂終於消失，象聞聞一個在清掃人行道、沒注意到她的老嫗。又走過一個街區，一輛計程車轉過街角，嘎吱一聲停下。

莎兒在一個有三個選項的路口稍停。她無須再逃離蜜蜂，也不再追尋非洲大草原那令人陶醉的味道。現在是其他力量在推動她。她又渴又餓，而且她想遠離人群。她又懷孕了。但這是她首度感覺到新生命在她體內脈動。

她沿左側的街道前進，繞過一個大彎順著下坡路走向河。她在路中間遇到一個在她靠近時坐了下來的男人。莎兒站在他旁邊，她不確定自己爲何這麼做，但他的氣味——一股強烈、甜美的味道——讓她想守護他。她對養育與保護的本能躍然甦醒。她爲他唱了一首療癒的詩歌。唱完的時候，他的臉在漏水，聞起來鹹鹹的。她將他抬離地面，又將他放下；繞過他走開時，她幾乎爲離開他而感到遺憾，然而河的味道以及體內某種需要遠離城市的本能又開始拉扯她。

河岸霧氣濃厚，她停下來飲水，然後鑽到低懸的霧層之下，走進水中。她能涉水多遠就走多遠，直到河水抬起她，而她順水漂流。她漂入橋下的黑暗，從另一邊出來，進入莊嚴的灰色晨光。

本象要繼續前進，直到置身第二母親的河才停止。本象身體裡的新象將會認識那河。象崽不會有諸象心中的巨大哀傷。象崽將對圍欄一無所知。

本象與妳同在。

第二母親的聲音就在她腦中，強大而鎮定象心。一直到現在，在伏爾塔瓦河中漂流，莎兒才領悟，第二母親之所以能存在於她腦中，唯一的可能是她已然離世。莎兒離開漢堡象群時，第二母親米拉已經度過了六十三季，而那已經是好幾季之前的事了。象群會哀悼——他們會唱哀悼的詩歌好幾天。她應該也在那裡哀悼才對——感覺像她內在有某個事物尚未完成，也將永遠不會完成。

本象一直與妳同在。此時此刻，名為第二母親米拉的象正在起始之地等待。本象在等河裡這頭名為莎兒的象。

本象在河中漂流。

這並非某象所說的那河。

對，但這河不壞，不太冷，也不太快，而且能夠抬起象——帶其離開。

這是條好河，可以帶某象遠離危險，遠離迷失者。

第二母親米拉已經不在了，莎兒卻沒在那裡唱哀悼的詩歌。等到她離開河的水流，她將好好哀悼一番。本象一直稱名為米拉的象為其第二母親。本象終其一生都使用第二母親米拉這個名字。這是一個好名字。整個布拉格象群都認識第二母親米拉，因為本象在教導他們詩歌時都告訴他們了，不過本象覺得自己或許犯了一個錯。

犯錯？

對。因為第二母親米拉並非第二。米拉是唯一的母親。名為米拉的象一直以來都是本象的唯一母親。本象一直都將名為米拉的象當做唯一的母親那般愛著她。本象應該在自己被帶離漢堡之前說出此番事實才是。本象早該告訴她唯一的母親……

寂靜。

然後，莎兒漂入另一座橋下的黑暗，米拉的聲音溫柔堅定。本象知道。

莎兒在清晨曙光、霧，以及懷疑的庇護下漂過城市。她有可能又從另外十座橋下漂過，經過動物園，離開布拉格，朝北海而去。

七月九日＋後記

如我預料，象今日來到橋上。一頭象來拜訪我。

在我走之前，讓我來說最後一個故事給你聽。一八九二年，一位名叫齊塔・阿黛岡德公主（Princess Zita Adelgunde）的奥地利貴族女子羞辱了阿娜斯塔西亞・克爾曼斯堡伯爵夫人（Contess Anastasia Kelmennsberg）——跟一頂帽子有關，或是某種令人反感的香味，或是一場聚會中的花藝——她們在卡魯夫橋以劍決鬥。如果你以爲一八〇〇年代的女人都文靜地謹守道德、沒有話語權也沒有權力，那我建議你再想想吧。公主受過一些醫療訓練，知道劍穿過束腹的骯髒布料很可能會造成感染，於是兩個女人同意袒胸決鬥。袒胸！使劍！阿娜斯塔西亞伯爵夫人先讓對手見血，於是決鬥由她勝出，而我之所以提起這場決鬥，是想證明我見過許多怪事，但不得不說，那頭象來訪仍屬怪中之怪。

無論如何，現在薺達或許會覺得我說的話有些分量了；薺達・丹妮耶拉・弗拉貝茲是她的全名，她告訴我的。她現在非常像隻麻雀——她的脆弱、嬌弱的動作，還有她啄食物的方式——不過總帶著一股寒冷天氣的精力。就算是現在，超過九十歲了，她的步伐依然穩健。

她並不會像麻雀一樣飛翔。還不會。或許人會變得和他們的名字一樣，所以才會為命名這檔事百般苦惱。只要時間夠長，我們的自我和名字或許終究會歸於同步。我聽過不少有關姓名的對話，那些可厲害了！娘家姓、母親名、父親名。寵物名。透出貴族氣息或平民味兒的名字。我聽過的那些爭吵可眞夠瞧的！還有慶祝活動。說到慶祝活動，今天是薺達的生日，我也是今天生。我們同天出生，只不過相隔了超過五百年。在我的前四百年橋生之中，人類稱我為石橋，因為我就是以石塊打造。你不覺得這是一個很不錯的例子嗎？可以看出十四世紀人類的想像力有多驚人。

薺達還沒來，而我有點擔心，因為她很少遲到。她說她今天滿九十二歲。我剛好知道她應該是九十五歲才對，但我沒立場糾正她。我愛她，因此可以輕饒這種小小的虛榮。

我相信她應該很快就會到來，而她到了之後，我不會因為自己說對象的事就洋洋得意。象來過，如我預料。說實在的，在超過六百年的光陰之中，象不可避免就是會出現。輪到象了，就這樣，稱不太上什麼預言——比較像是消去法。好多人生在橋上來來去去，而這不過剛好是象出現的最佳時機。只要等得夠久，象終究會出現。

致謝

謝謝理雅、福勒（Leah Fowler）博士的鼓勵、見解極深刻的校訂，以及適時的建議。非常感謝艾蜜莉．薩索（Emily Saso），她讀了象的早期版本，告訴我她喜歡其中的哪些部分。我也要感謝丹尼斯．普方丹（Denise Prefontaine）和艾德蒙頓谷動物園（The Edmonton Valley Zoo）讓我自由進出；感謝超凡的莎莉．歐格登（Sally Ogden）提供舞蹈和布拉格方面的建言，還有我的布拉格顧問之一米蘭．烏黑爾（Milan Uher）；感謝蘇．奇洛塔（Sue Kilotat）提供護理和精神病學方面的見解；謝謝我的小丑老師楊．韓德森（Jan Henderson），也感謝雪萊．托基（Shelley Tookey）（雪萊舞團）幫助我了解舞蹈背後故事的重要性。

感謝我美麗的支持團隊，他們多半聽我談象聽到都想吐了吧；這個團隊包含：家庭組——辛蒂露（Cindy-Lou）（我最愛的妻子），以及麥肯琪（Mackenzie）（我最愛的女兒兼最愛的舞者）；還有廣播節目《道路之家》（The Road Home）和主持人巴柏．喬米克（Bob Chelmick）（眞的好感謝道路不變的支持，以及在「距離一座名爲那卡姆〔Nakamun〕之湖不遠之處」B室寫這本書的時光。無比感謝西索當出版社（Thistledown Press）的工作人員，謝謝他們跟我一樣愛這本書。

我也要朝我五位義大利繆思的方向微微謙卑鞠躬：伊塔羅・卡爾維諾（Italo Calvino）、亞歷山卓・巴利科（Alessandro Baricco）、保羅・索倫提諾（Paolo Sorrentino）、費德里柯・費里尼（Federico Fellini），以及狂野的蘇菲亞・羅蘭（Sophia Loren）。

創作本書的過程中，沒有任何一頭眞象遭受傷害、虐待或刺激。牠們只是受到拜訪而已。

本書撰寫於加拿大亞伯達（Alberta）高原的北方森林邊緣，第六號條約（Treaty 6）領地的心臟地帶，屬於加拿大原住民族克里族（Cree）、索特人（Saulteaux）、黑腳人（Blackfoot）、梅蒂人（Mētis）、甸尼人（Dene），以及納珂他西歐克斯族（Nakota Sioux）的傳統聚居地與旅行路線。

尾註

弗拉貝茲［ vrabec (vra-bec) ］——捷克語陽性和斯洛維尼亞語的姓氏，「麻雀」之意。陰性爲弗拉蔻瓦（Vrabcovб），德文的拼法則爲 Wrabetz。另一個來自捷克語、源自相同意義的姓氏是布拉貝茲（Brabec）。

關於波浪號（~）（A note on） tildes（~）

波浪號是什麼？根據牛津字典，波浪號（tilde，讀法爲 til-duh）有以下作用：

一、變音符號，位於西班牙文的 n 之上時讀爲 ny，如 secor；位於葡萄牙文的 a 或 o 之上時鼻音化，如 Sro Paulo；或是在語音轉錄時置於母音之上，示意鼻音化。

二、用於 URL 之中。

三、數學中也使用形似波浪號的符號表示相似，在邏輯學中表示否定。除此之外，有些人可能會稱其爲「花飾」。

（英語中）的波浪號有時代表「大概」，例如「～三十分鐘前」意指「大概三十分鐘前」。

這個符號首度使用於古希臘的多聲調拼寫體系，作爲揚抑符的變體，代表音調先上揚後回歸標準。

在日文中，波浪號用於表示範圍或間隔，例如五～十意指介於五和十之間。

本書提及的部分歷史人物、地點與物品——排序依照英文字母順序。

阿爾伯特·愛因斯坦 Albert Einstein

愛因斯坦在一八七九年三月十四日誕生於德國的符騰堡（Wьrttemberg）。後來他們舉家遷居慕尼黑，愛因斯坦從這裡開始接受學校教育。他們在一八九五年遷居瑞士，愛因斯坦繼續求學，進入蘇黎世的瑞士聯邦綜合技術學校（Swiss Federal polytechnic school）的數學與物理教學文憑課程。他於一九〇〇年畢業，隔年獲得瑞士公民資格，此後終身爲瑞士公民。一九〇三年，他開始任職於瑞士專利局，並於一九〇五年獲得博士學位。爲了進入普魯士科學院（Prussian Academy of Sciences）和柏林洪堡大學（Humboldt University of Berlin），愛因斯坦於一九一四年遷居柏林，並於一九一七年成爲威廉皇帝物理研究所（Kaiser Wilhelm Institute for Physics）所長。在他的一生中，他發表了數百本書籍與論文，其中包含超過三百篇科學報告。當然了，愛因斯坦的作品廣爲人知，最重要的成就包含相對論和方程式 $E = mc^2$。他在一九二一年因發現光電效應而獲得諾貝爾物理學獎。

愛因斯坦在一九一一年來到布拉格時已相當知名。其關於相對論的獨特理論和熱力學的研究廣受讚揚，而他搭著這股浪潮，獲聘布拉格德國大學（The German University）理論物理學教授。愛因斯坦一家〔包含他的第一任妻子米列娃（Mileva）以及兩個年幼的兒子漢斯阿爾伯特（Hans Albert）和愛德華（Eduard）〕住在斯密胥歐夫（Smнchov）區的一間現代式公寓。查理橋會告訴你愛因斯坦喜歡跨越伏爾塔瓦河散步去上班，有幾次可能就是取道卡魯夫橋。居住於布拉格期間，他發表了十一篇論文，其中的幾篇促成了後來的廣義相對論。愛因斯坦在布拉格居住十六個月後於一九一二年七月離開。舊城廣場一棟房子外的匾牌上寫著：一九一一年至一九一二年間任職於布拉格大學的阿爾伯特·愛因斯坦教授，相對論創始者，諾貝爾獎得主，曾在這裡的貝爾塔·凡塔夫人（Mrs. Berta Fanta）沙龍拉小提琴、和知名作家馬克斯·布洛德（Max Brod）與法蘭茲·卡夫卡（Franz Kafka）等朋友見面。

阿福·佩爾特 Arvo Pärt

我是因為佩爾特的《鏡中鏡》（*Spiegel im Spiegel*）才認識他；那是一首奇異而令人難忘的作品，採取「鐘鳴作曲法」（*tintinnabular*）（我甚至不打算試著解釋這是什麼），長度約十分鐘。諸多電視節目、電影、戲劇和舞蹈都曾採用《鏡中鏡》，所以你很有可能也聽過。佩爾特生於一九三五年九月十一日，是一名愛沙尼亞作曲家。一九七〇年以降，他的創作轉變為採用鐘聲的極簡風格，此即為由他所創造的鐘鳴作曲法。《鏡中鏡》非常值得一聽。

布拉格天文鐘 (Prague) Astronomical Clock

鐘的機械構造總共有三個主要部分：一、天文鐘面，顯示太陽和月亮在天空中的位置，以及各種天文資訊；二、鐘兩側的天主教聖徒（「行走的使徒」，使徒像和其他雕像每到整點就會動起來，最引人注目的是在整點報時的死神骷髏）；三、顯示月份的日曆鐘面。根據布拉格傳說，如果天文鐘遭忽視，城市就會出事。此鐘最初設立於一四一〇年，也就是說，這是全世界第三古老的天文鐘，也是仍在運作的鐘之中最古老的一只。

蓄鬍男子 (The) Bearded Man

查理橋旁的伏爾塔瓦河河堤上，牆中有一塊蓄鬍男子頭部的淺浮雕。**淺浮雕是什麼**？你或許想問。嗯，這是一種雕塑方式，雕刻的形體只比平坦的背景稍高一些。有人說這個蓄鬍男子頭像描繪的是布拉格首座石橋尤迪特橋（Judith Bridge，建於十二世紀）的義大利建築師。這幅淺浮雕也被視為判斷水位的標準。因此，如果伏爾塔瓦河的水位觸及蓄鬍男子的頭髮，那就該疏散舊城區了——是時候登高避難了。

斯拉維亞咖啡廳 Café Slavia

知名的豪華咖啡廳斯拉維亞坐落於國家劇院對面，開幕於一八八一年（與劇院同年），並成爲藝術家與知識分子的聚會場所，包含前總統瓦茨拉夫・哈維爾（Vбclav Havel），在他身爲異議人士的那些年間，他也是這裡的常客。咖啡廳於一九九一年因所有權問題而歇業，六年後重新開張，並整修爲其一九三〇年代的裝飾藝術風格。一天結束後，或是在劇院度過一夜後，很適合來這裡享用咖啡與點心。可以從咖啡廳的河畔窗戶欣賞美麗的布拉格城堡（Prague Castle）景致。

不公控訴辯護委員會
(The) Committee for the Defense of the Unjustly Prosecuted

不公控訴辯護委員會（捷克語爲 Vэbor na obranu nespravedlivě stнhanэch，簡稱 VONS）的目的是支持異議人士與其家人，幫助社會大眾了解異議人士的困境。VONS 成立不久後，瓦茨拉夫・哈維爾和委員會的另外五名代表遭逮捕，並處二到五年徒刑。我們可以假定，就像七七憲章和諸多異議人士在共產黨時代的困境，VONS 並不受共產黨政府歡迎。委員會的許多成員都遭捷克斯洛伐克祕密警察迫害。

卡魯夫橋的袒胸決鬥女子 Dueling topless women on the Karlův Bridge

一位名叫齊塔・阿黛岡德公主（Princess Zita Adelgunde）的奧地利貴族女子是否曾羞辱阿娜斯塔西亞・克爾曼斯堡伯爵夫人（Contess Anastasia Kelmennsberg），兩人因而在卡魯夫橋展開一場袒胸的劍術決鬥？沒有。不過，作者在網路上搜索時曾無意間發現一則奇異的故事，描述維也納的一場袒胸決鬥（別問他原本到底在搜尋什麼）。這場眞正的決鬥〔據稱決鬥者分別爲寶蓮・梅特涅公主（Princess Pauline Metternichand）和阿娜斯塔西亞・基爾曼賽格伯爵夫人（Countess Anastasia Kielmansegg）〕，發生於一八九二年，導火線是對插花的一場爭執。兩名女子的一位朋友受過一些醫學訓練，這位朋友告訴她們，許多微小的決鬥傷害都因爲撕裂的衣服被劍尖帶入傷口而引發敗血症，而爲了避免這種看不見的危險，朋友建議她們褪除腰部以上的衣物。於是，無關色情或性慾，而是爲了安全考量。她們顯然是以長劍決鬥，公主的鼻子在某個時間點遭輕微劃傷，伯爵夫人則是手臂見血。這個時候，她們各自的副手舒瓦森貝格公主（Princess Schwarzenberg）和琴斯克伯爵夫人（Countess Kinsk）建議她們擁抱、親吻，握手言和，而她們照做了。

巴黎菲利浦 高利耶小丑學校 École Philippe Gaulier in Paris

菲利浦・高利耶是法國小丑大師、教育家，以及劇場教授，一九四三年生於巴黎。他是菲利浦・高利耶小丑學校的創始人。這是一所位於巴黎近郊埃唐普（Йtampes）的知名劇場學校。高利耶不僅扮演小丑，他同時也是劇作家、導演。他曾出版《折磨者》（*Le Gégèneur*）；這本書描述他對劇場的想法，也包含以培養演員技能爲目標的練習。高利耶以扮演小丑和丑角而聞名，一般認爲他在「丑角」（bouffon）方面是全世界首屈一指的權威，這是一種喜劇類型，他視其爲某種翻轉的小丑，在醜怪和迷人之間達到平衡。

菲利浦・高利耶小丑學校創立於一九八〇年，這是一個劇場工作坊，基本理念爲遊戲或法文「Le Jeu」是創作或表演戲劇的核心，推崇演戲爲孩童遊戲的理論，表演時帶著極大的歡愉與機敏，藉由與觀眾的想像對話而建立起默契。《衛報》（*The Guardian*）二〇一六年的一篇文章如此描述高利耶：「這個男人猶如頭髮花白散亂的哥布林，沒人能比他看起來或聽起來更像『小丑宗師』。」《紐約時報》（*New York Times*）稱他爲「小丑界的鄧不利多」。薩夏・拜倫・柯恩（Sacha Baron Cohen）、艾瑪・湯普森（Emma Thompson）、海倫娜・寶漢・卡特（Helena Bonham Carter）、羅貝托・貝尼尼（Roberto Benigni）、湯姆・沃克（Tom Walker），以及賽門・麥克伯尼（Simon McBurney）都曾爲他的學生。他的課堂羞辱又嚇人，本書作者很想去他的學校就讀，但還不夠年輕。

法蘭茲 卡夫卡 Franz Kafka

一八八三年七月三日生於布拉格，在一個中產階級猶太家庭中長大，他獲得博士學位，一九〇七年至一九二二年間任職於政府保險機構（他顯然很稱職，但並不快樂）。他在一九二二年罹患結核病，被迫退休。《變形記》（*The Metamorphosis*）或許是他最知名的作品。他懷疑自己的寫作品質——巨大的疑慮和不確定感，再加上他生性敏感又神經質，他因而要求朋友在他過世後焚毀他所有未出版的手稿。他的文學遺囑執行人未遵守卡夫卡的指示，出版了未完成的小說《審判》（*The Trial*）、《城堡》（*The Castle,*）、《美國》（*Amerika*），以及短篇集。（如果你想做好某件事，那就得自己來，對吧？）。布拉格的羅浮咖啡館（Cafй Louvre）（創立於一九〇二年）聲稱卡夫卡曾爲其座上賓。卡夫卡顯然會到羅浮咖啡館寫作、探討哲學，以及和他的朋友馬克斯・布洛德碰面。布洛德是卡夫卡最親近的朋友，最後就是他將卡夫卡的遺願置之不理，在他死後出版他的作品。

亨利 馬諦斯和他的貓，米諾許 Henri Matisse and his cat, Minouche

亨利・馬諦斯在一八六九年十二月三十一日誕生於法國皮卡第（Picardie）勒卡托（Le Cateau），於一九五四年十一月三日歿於尼斯（Nice）。他是一名藝術家，一般認爲他是二十世紀最重要的法國畫家之一。他身處野獸派運動最前線，畢生追求色彩的表現性。馬諦斯有養貓嗎？有的。他頗愛他的三隻貓，米諾許、咕西（Coussi），還有一隻黑貓，名叫普斯（la Puce），就是「跳蚤」的意思。馬諦斯有跟安娜・巴甫洛娃（Anna Pavlova）往來嗎？可能有。

揚 帕托契卡 Jan Patočka

布拉格的蘇格拉底，頗具名望的捷克哲學家兼社會運動家，實際上於一九〇七年六月一日生於捷克共和國（Czechia）的圖爾諾夫（Turnov）。他的言論常被人引用，例如：「人眞正考驗不在於如何完美演繹他爲自己創造的角色，而是如何完美演繹命運指派給他的角色。」（The real test of a man is not how well he plays the role he has invented for himself, but how well he plays the role that destiny assigned to him.）他事實上是瓦茨拉夫・哈維爾的良師益友。一九三九年到一九四五年捷克大學關閉期間、一九五一年到一九六八年，以及一九七二年後，帕托契卡遭禁止教書。他只有少數幾本書曾出版，他的大多數作品都僅以打印稿之形式流通，由他的學生留存，主要都在他死後才拿出來分享。他和其他遭禁的知識分子一起在所謂的「地下大學」授課，這是一所非正式的機構，目的是提供免費、未受審查的人文教育。一九七七年一月，他成爲捷克斯洛伐克七七憲章人權運動的原始簽署人之一兼主要發言人。他在一九七七年歿於布拉格。

坎辛風 (The) Khamseen Wind

坎辛風（另有 khamsin、Chamsin 等拼法）是一種又熱又乾的氣流，盛行於北非和阿拉伯半島，由南方或東南方吹來，風速可達每小時一百四十公里，有可能造成溫度驟升至攝氏四十五度。額外的好處是，坎辛風常夾帶大量沙塵，並吸乾空氣中的所有水分。因此，突然的高熱、猛烈強風、遮蔽視線的塵土、飛揚的沙，以及零水氣——坎辛風的形象稱不上浪漫。當坎辛風颳起，跑去躲起來或許會是好主意。「坎辛」這個詞來自阿拉伯語中的「五十」，因爲坎辛風每年折磨埃及和環繞地中海的東方國家約五十天。

路德維希 范 貝多芬 Ludwig van Beethoven

貝多芬曾於一七九六年，莫札特過世五年後來到布拉格，當時住在布拉格城堡下的小城區。他居住的建築位於溫泉街（Lőzeňskő Street），儘管在數百年來屢遭洪水侵襲，至今依然矗立。他有沒有在卡魯夫橋上發過脾氣？誰知道呢，可能有吧。

刻在舊城橋塔上的回文—— 一三五七九七五三一
The palindrome—135797531—carved into the Old Town bridge tower

刻在舊城卡魯夫橋東端塔樓的回文一三五七九七五三一無疑不是一串隨機的數字。這個數列正讀和反讀都一樣，指出此橋基石放置的日期與時間。查理國王（King Charles）是個迷信的統治者，認爲像這樣的橋有個好開始是一件很重要的事，於是他諮詢過天文學家後，在一三五七年第七個月第九天的清晨五點三十一分動工——因此一三五七—九—七—五三一。這整個都很唬人，但也很迷人。你想得出還有哪座橋像卡魯夫一樣持久嗎？

一九六八年布拉格之春及其激昂民情 (1968 and the euphoria of the) Prague Spring

布拉格之春是捷克斯洛伐克在亞歷山大・杜布切克（Alexander Dubček）領導下的短暫解放（一九六八年一月至八月）。杜布切克時任捷克斯洛伐克共產黨第一書記，他給予媒體較大的自由，也容許經濟改革、旅行自由，以及恢復政治異議人士的名譽。緊接在這些改革之後的期間即被稱爲布拉格之春，只是這段時間實在太過短暫。杜布切克的目標是「有人性面孔的社會主義」，在捷克斯洛伐克廣受頌揚。在蘇聯呢？那就沒那麼受歡迎了。蘇聯震怒，並在一九六八年八月二十日入侵捷克斯洛伐克，藉此反擊改革。五千輛蘇聯坦克駛入捷克斯洛伐克，同時進犯的還有華沙條約簽署國的約六十萬大軍。改革很快便遭撤銷，布拉格之春也蒸發於蘇聯的冬季。

詩人萊納 瑪利亞 里爾克 (The poet) Rainer Maria Rilke

里爾克在一八七五年十二月四日誕生於布拉格，一般公認他是詩意最爲濃烈的德語詩人之一。他的創作包含韻文與高度詩意的散文。幾個評論家將里爾克的作品描述爲「神祕。」他的作品包含一部小說，數本詩集，還有數卷書信集，描述在一個懷疑、孤獨與焦慮的時代，交流不可言喻之事有多麼困難。因爲這些主題，他成爲介於傳統和現代主義作家之間的過渡人物。里爾克並沒有說「永遠當起點」（Always be beginning），他說的是：「耐心面對你心中所有未解之謎，並嘗試愛問題本身……像是以外國文字寫的書。不要找尋答案；你無法體驗，因此不能將答案交付與你。重點在於體驗一切。現在就體驗那些問題……下定決心持續開創——當個開創者！」出自《里爾克談愛與其他難題：翻譯與考量》（*Rilke on Love and Other Difficulties: Translations and Considerations*）。

臬玻穆的聖若望 Saint John of Nepomuk

臬玻穆的聖若望是第一位因告解保密殉道者，反誹謗的主保聖人，洪水與淹溺的守護者。他是波希米亞王后的告解神師，並且拒絕對國王透露她告解的內容。國王氣惱，嫉妒又憤怒，因此就跟所有國王一樣，他對若望施以酷刑，並以鎖鏈綁縛若望，將其從卡魯夫橋拋入河中。橋上以十字標示出若望在一三九三年三月二十日被拋入河中淹死的位置。事實並沒有那麼戲劇化。有可能國王只是因爲若望違反他的命令，說服克拉德魯比（Kladruby）本篤會修道院的修道士提名一位新院長。他們選定的候選人經若望批准，這代表國王將無法染指修道院的財富與土地。無論如何，臬玻穆的聖若望因維護告解保密而獲得讚揚。這個故事雖在他過世約二百八十年後才發表，但依然是一個比較受歡迎的版本。臬玻穆的聖若望雕像底座有兩個青銅牌，它們已成爲布拉格的習俗。

一般咸信，若是來到橋上的訪客碰觸青銅牌，他們的願望將會成眞，而且他們有天將重訪布拉格。

西格蒙德 佛洛伊德 Sigmund Freud

《懸掛的男人》（Zavěšenɘ muž）創作於一九九六年，爲捷克雕塑家大衛・切爾尼（David Černɘ）的傑作，他的作品可見於布拉格各處。一般認爲切爾尼的許多作品都刻意撩撥、荒謬，最終令人無法忘懷——而《懸掛的男人》也不例外。《懸掛的男人》是知名心理學家西格蒙德・佛洛伊德的七呎塑像，懸掛於建築外牆的狹小空間，一手緊抓突出的竿子，另一手隨興地插在口袋裡，彷彿萬事無礙。據說佛洛伊德在他四十歲到五十歲之間完成他最富創造性的作品，當時他罹患多種身心疾病以及若干恐懼症，包含過度恐懼死亡。順帶一提，布拉格急救單位曾接過許許多多關切的民眾來電，他們相信眞有一個人懸吊在建築外。

瓦茨拉夫 哈維爾 Václav Havel

瓦茨拉夫・哈維爾和揚・帕托契卡以及另外幾個人是七七憲章的創始成員兼建構者。七七憲章批評政府沒有履行其簽署的若干文件中的人權條款。哈維爾是一名政治家、劇作家，也曾爲異議人士，於一九八九年至一九九二年擔任捷克斯洛伐克的最後一任總統，而後於一九九三年至二〇〇三年擔任捷克共和國的首任總統。他是共產主義失勢後第一位民選總統。身爲作家，他以他的劇本、散文與回憶錄而聞名，尤其是他的《致奧佳》（*Letters to Olga*）書信集，其中彙集哈維爾在一九七九年五月至一九八三年三月入獄期間寫給妻子奧佳・哈夫洛瓦（Olga Havlovб）的信件。

伏爾塔瓦河 Vltava River

伏爾塔瓦河常被稱爲「捷克國河」，是捷克共和國內最長的河流，長度約四百三十公里，發源於波希米亞西南方，先朝東南方流，而後轉北貫穿波希米亞，最後在布拉格以北二十九公里處注入易北河（Elbe）。布拉格境內有十八座橫跨伏爾塔瓦河的橋梁（四座爲鐵路橋，三座僅限行人通行）。大象有可能在伏爾塔瓦河漂流嗎？嗯，這條河在布拉格大約有七米深……大象的身高則約三米。

瓦爾普吉斯之夜 Walpurgis Night

捷克共和國於每年四月三十日慶祝瓦爾普吉斯之夜，捷克語稱「Čarodějnice」。此夜的慶典包含「焚燒女巫」。瓦爾普吉斯之夜的習俗可追溯至異教時期，當時的斯拉夫人製作代表冬季與死亡女神的塑像，然後加以焚燒。灰燼隨後撒入一水體，藉此告訴神祇所有人都已厭倦冬季，準備好迎接春季。近代，布拉格人藉焚燒女巫擬像告別冬季，迎接春天。瓦爾普吉斯之夜有篝火、食物和飲料、音樂，舉市歡慶。臘腸在火上烤，啤酒免費供應。慶典經常通宵達旦。

沃夫岡 阿瑪迪斯 莫札特 Wolfgang Amadeus Mozart

莫札特於一七八七年一月十一日首度來到布拉格，二月中旬方離去。他在各處都廣受頌揚。他在一月十九日舉辦了一場音樂會，《布拉格交響曲》於此首演。莫札特還即興創作了一首鋼琴獨奏（他肯定很像派對上某個喝醉的傢伙，一屁股在鋼琴旁坐下，而你心想，哼，最好彈點好聽的，結果根本超棒）。他在一七八七年十月爲了歌劇《唐・喬凡尼》（*Don Giovanni*）的首演第二次來到布拉格。他還曾在一七八九年、一七九一年來訪（因此有很多機會尿遍布拉格各地的牆）。他在一七九一年逝世，布拉格舉市爲其哀悼。

查理橋的象

The Elephant on Karluv Bridge

作　者—湯瑪士・托洛費穆克 Thomas Trofimuk
譯　者—歸也光
編　輯—黃煜智
行銷企劃—林昱豪
校　對—魏秋綢
書封設計—楊珮琪
內文排版—陳姿伃

副總編輯—羅珊珊
總 編 輯—胡金倫
董 事 長—趙政岷
出 版 者—時報文化出版企業股份有限公司
108019 台北市和平西路三段 240 號四樓
發行專線／（02）2306-6842
讀者服務專線／0800-231-705、（02）2304-7103
讀者服務傳眞／（02）2304-6858
郵撥／1934-4724 時報文化出版公司
信箱／10899 臺北華江橋郵局第 99 號信箱
時報悅讀網—www.readingtimes.com.tw
電子郵件信箱—ctliving@readingtimes.com.tw
思潮線臉書—https://www.facebook.com/trendage
法律顧問—理律法律事務所　陳長文律師、李念祖律師
印　刷—家佑印刷有限公司
初版一刷—二〇二四年三月二十九日
定　價—新台幣五六〇元

時報文化出版公司成立於一九七五年，並於一九九九年股票上櫃公開發行，於二〇〇八年脫離中時集團非屬旺中，以「尊重智慧與創意的文化事業」爲信念。

查理橋的象 / 湯瑪士 . 托洛費穆克 (Thomas Trofimuk) 著 ; 歸也光譯 . -- 初版 . -- 臺北市 : 時報文化出版企業股份有限公司 , 2024.03
424 面 ; 14.8*21 公分 .
譯自 : The elephant on Karluv bridge.
ISBN 978-626-374-978-8(平裝)

885.357　　113001949

ISBN 978-626-374-978-8